Im Handgepäck ein bißchen Liebe

Trude Egger

Im Handgepäck ein bißchen Liebe

Ein heiterer Roman

Scherz

Gewidmet meinem Freund Bartolomé,
der Deutsch lernen wollte,
um dieses Buch lesen zu können.
Leider kam er über «Guten Morgen,
wie geht es Ihrer Frau Gemahlin?»
nicht hinaus. Und ausgerechnet dieser
Satz war nirgends unterzubringen.

Erste Auflage 1989

Schutzumschlag unter Verwendung einer
Zeichnung von Dagmar Geisler.

I

«Acht Minuten Verspätung!» stellt Professor Kuss leicht indigniert auf der Flughafenterrasse von Funchal, Madeira, fest. «Unsere Maschine aus Wien war auf die Minute pünktlich. Aber natürlich, auf meinen Bruder Simon muß man immer warten.»

Seiner Meinung nach ist Simon schuld an der Verspätung der Frankfurter Maschine. Zwar hat Bernhard Kuss keinerlei konkreten Beweis dafür, aber aufgrund seiner traurigen Erfahrungen kann nur Simon dahinterstecken. Mit diesem jüngeren Bruder hat es doch ständig nichts als Ärger gegeben, gleich von dem Moment an, den er sich ausgesucht hatte, um auf dieser Welt zu erscheinen: an Bernhards Zeugnistag. Ausgerechnet an Klein-Bernis Triumphtag mußte er daherkommen und ihm die Show stehlen!

«Tja, Schätzchen, es scheint nicht mehr allzuweit her zu sein mit der berühmten germanischen Pünktlichkeit. Wenn uns jetzt sogar die schlampigen Wiener schon überrunden», meint seine Frau Julia lächelnd. «Aber trotzdem habe ich das Gefühl, daß du dich in Österreich recht gut eingelebt hast. Du scheinst gern in Salzburg zu leben, nicht wahr?»

«Doch ja, man kann sich daran gewöhnen. Ich muß zugeben, ich ziehe nach diesem ersten Jahr eine ständige Übersiedlung nach Salzburg in Erwägung. Aber das liegt natürlich auch an dir, Liebes», setzt Bernhard Kuss eilig hinzu. «Du weißt, daß ich eine derart eminent wichtige Entscheidung niemals über deinen Kopf hinweg treffen würde.»

«Reden wir doch ein anderes Mal darüber, ja? ... Glaubst du, daß es hier ständig so weht?»

Der Wind ist zwar lau, aber ungemein heftig. Er treibt die fetten Wolken vom Meer herüber auf die Spitzen der Berge zu, von denen sie aufgespießt werden, und fährt durch Julias Pagenkopf. Sie hat ihr Haar jetzt weißblond gefärbt. Es ist dünn und seidig wie die Fäden, die oben aus den Maiskolben hängen. Der laue Wind zerrt auch heftig an den Fransen ihres Schultertuchs. Das Ehepaar Kuss hat sich in einer der kleinen, sündteuren Arkadenboutiquen der Salzburger Getreidegasse eingekleidet. Im klassisch alpenländischen Jägerlook.

«Kannst du dir vorstellen, warum Martha ihn verlassen hat?» sagt Julia jetzt, die Augen am Himmel, auf dem nun wirklich jeden Moment die Frankfurter Maschine mit Simon an Bord auftauchen müßte.

Bruder Berni läßt einen trockenen Lacher hören. «Ich frage mich nicht, warum sie ihn verlassen hat. Ich frage mich vielmehr, wie eine Ehefrau es überhaupt mit ihm aushalten kann.»

«Martha war ganz schön vernarrt in Simon. Das ist ja das Komische an der Sache.»

Berni schiebt den Ärmel seiner Trachtenjoppe zurück und blickt auf die Uhr. «Über eine Viertelstunde Verspätung! Nun, wenn sie das tatsächlich einmal gewesen ist, dann wird sich das im Laufe der Zeit gegeben haben.» Er mustert die dem Flughafengebäude gegenüberliegende Böschung durch das Objektiv seiner Kamera, findet jedoch nichts, was eine Aufnahme wert wäre. Nichts als staubgraue Agaven auf nackter roter Erde.

«Bei Männern wie euch gibt sich das nie, Liebling», sagt Julia, während sie ihre Nase zärtlich, jedoch diskret (der Herr Professor schätzt eine öffentliche Zurschaustellung der Gefühle nicht allzusehr) über seinen Joppenärmel streifen läßt.

Es war Julias Idee gewesen, Simon in die Wanderferien auf Madeira mitzunehmen. «Was meinst du, Liebling?» hatte sie zu Berni gesagt. «Es wird ihn vielleicht ein wenig von seiner

Misere ablenken. Hättest du sehr viel dagegen, wenn ich ihn anrufe und frage, ob er mitkommen möchte?»

Du lieber Himmel, und ob er was dagegen gehabt hatte, der Berni! Simon im Urlaub dabeizuhaben, das paßte ihm ungefähr so gut wie ein nasser Hund im Bett. Aber er konnte nicht gut nein sagen. Dazu ist er zu kultiviert. Und außerdem hat er als Kind brav seinen Bibeltext gelernt, der etwa so lautet: Du mußt deine Eltern lieben, deine Brüder und Schwestern und alle übrigen Verwandten, auch wenn du sie nicht riechen kannst, sonst wirst du in der Hölle braten.

Im Moment jedoch hat er Simon vergessen. Er bezieht den Plural in Julias Schmeichelei auf sich allein und lächelt gebauchpinselt. Das muß man Julia lassen. Sie versteht's. Sie weiß, wie man es anstellt, daß ein Mann sich auch nach siebzehn Ehejahren noch einbilden darf, ein wirklich toller Typ zu sein.

Simon, in der Frankfurter Maschine sitzend, hat mitgezählt: neun Mal.

Zum neunten Mal läßt er, ohne mit der Wimper zu zucken, die Stewardeß über sein im Mittelgang ausgestrecktes Bein mit dem Bergschuh Größe 46 steigen. Und das nur deshalb, weil sie ihn irgendwie an Martha erinnert. Ihr nachblickend, stellt er zufrieden fest: Sogar ein verlängerter Rücken kann wütend aussehen. Die trotzige Art, wie Sie geht... sozusagen mit Ausrufungszeichen.

Gut. Soll sie sich nur fuchsen.

Einen Moment lang, aber wirklich nur einen Moment lang, ist er beinahe glücklich. Bis ihm Martha wieder einfällt. Und mit ihr die ganze Misere, die sie ihm eingebrockt hat: Der speckige Schlafsack, ein Relikt aus seiner Junggesellenzeit, in einer Ecke des von ihr so gründlich ausgeräumten Schlafzimmers... Seine dreieinhalb Anzüge, an der Gardinenstange hängend... Die hochkant gestellte Werkzeugkiste als Hocker vor der Küchenanrichte. Die ganz besonders. Hat er sich doch an einer vorstehenden Klammer seinen zweitbesten Hosenboden ruiniert. Schon allein der Gedanke daran macht ihn sauer, und er muß augenblicklich etwas gegen die Wut in seinem Bauch unternehmen. Also wartet er geduldig, bis es sich die Stewardeß auf dem Notsitz neben dem Ausstieg gemütlich gemacht hat. Dann, als sie so recht bequem sitzt, hebt er lässig einen Finger.

«Sie wünschen?» fragt sie und schaut Simon an wie einen Apfel mit Wurm.

«Einen Gordon's Dry», verlangt der mit zufriedenem Grinsen.

Der Gin steht als dritter von oben auf der Karte der Bordgetränke. Wenn er pro Getränk fünfzehn Minuten rechnet, dann langt die Liste bis Madeira. Das heißt, wenn er den Magenbitter aufteilt. Den gibt es nur in Dreierpackung.

Normalerweise ist Simon kein Saufbold. Aber erfahrungsgemäß tun verlassene Ehemänner zunächst einmal eines: Sie besaufen sich. Und er will von diesem ehrwürdigen Brauch nicht abweichen.

Eine seiner beiden ältlichen Sitznachbarinnen, und zwar die am Fenster, angelt jetzt zwischen ihren Beinen einen prall gefüllten Plastiksack unter dem Sitz hervor. Einen mit Kaufhofreklame drauf. Aus dem kramt sie einen kleineren Plastiksack und daraus eine Orange.

«Wir kriegen aber gleich was zum Essen, Klara», sagt Simons andere Nachbarin, mit deren spitzen Ellbogen er auf den engen Sitzen bereits einige Male unliebsame Bekanntschaft gemacht hat.

Gott ja, so ist das Leben. Er hatte davon geträumt, neben einer scharfen kleinen Hexe zu sitzen, und den Möglichkeiten, die sich dabei bieten würden. Um ehrlich zu sein, Simon hat einigen Nachholbedarf. Seit Marthas Exodus hat sich in punkto Sex nicht viel abgespielt. Er war in letzter Zeit ständig müde. Der Kampf mit den ungewohnten Haushaltspflichten wie den zu leerenden Mülleimern hatte ihn fix und fertig gemacht. Und hatte er es wirklich einmal mit einem Vögelchen bis zur Wohnungstür geschafft, ergriff jede nach einem Blick auf seinen Schlafsack die Flucht.

Aber Träume sind schließlich erlaubt. Jetzt hat er eben die zwei älteren Damen neben sich. Und insgeheim hofft er auf Julia. Die hatte er immer schon toll gefunden.

«Von einem Essen seh ich weit und breit nichts», sagt die am Fenster böse. Aus dem großen, dem Kaufhofsack, fischt sie einen weiteren kleinen, zu einer Wurst gerollten. Darin hat sie ein Taschenmesser.

«Das geht ruckzuck, du wirst schon sehen», sagt die andere. «Sie bindet sich schon die Schürze um.»

«Es dauert sicher noch 'ne Ewigkeit. Ich kann nicht mehr schlucken. Etwas ist mit meinem Hals los.»

«Das wird die Klimaanlage sein. Meiner ist auch ganz trokken.»

«Meiner auch», mischt sich Simon ein, auf ein bißchen Mitgefühl hoffend.

«Na siehste», sagt die mit den spitzen Ellbogen zur Bösen. «So fängt bei mir jedesmal die Angina an.»

«Ach komm, Klara, erzähl doch bitte nicht wieder diesen Unsinn!»

Klara schweigt. Aber nur, weil sie beleidigt ist.

Jetzt schieben die Stewardeß und ihr Kollege den scheppernden Metallkasten in den Mittelgang und teilen nach rechts und links die Schachteln mit dem Essen aus. Simon wartet, wartet mit Engelsgeduld, bis sie fünf Reihen vor ihm sind. Dann quetscht er sich aus dem Sitz.

Die Stewardeß sagt an seinem rechten Ohr vorbei: «Ich fürchte, Sie werden sich schon ein wenig gedulden müssen. Sie sehen doch, daß Sie im Moment nicht vorbei können.»

«Ich würde gern warten, wenn's möglich wäre. Ist es aber nicht. Es pressiert.»

Die beiden ziehen mit ärgerlichen Stößen das scheppernde Ding zurück bis vor den Ausstieg, und dort quetscht Simon seine mageren Einsneunzig an ihnen vorbei und sagt auch noch höflich: «'tschuldigung.»

Er schließt sich ein, setzt sich und denkt während der Zeitspanne, die er gebraucht hätte, wenn er tatsächlich gemußt hätte, zum -zigstenmal darüber nach, warum zum Teufel Martha ihn verlassen hat. Er ist sich ganz sicher, daß ihm großes Unrecht geschehen war.

«Auch beim Bergwandern dabei?» sagt jetzt die Spitzellbogige zu Simon, der inzwischen wieder auf seinen Platz zurückgekehrt ist.

«Wer – ich? Wieso?»

«Nicht schwer zu erraten, was?» Sie nickt hinunter zu seinen Bergschuhen. «Machen Sie das öfter?»

«Was? Wandern?» Simon muß grinsen. Er würde den Weg zwischen Schlafsack und Badezimmer mit dem Auto zurücklegen, wenn der Türrahmen breit genug wäre. «Nicht, wenn ich es irgendwie vermeiden kann.»

«Und warum jetzt?»

«Julias Idee.»

«Julia?»

«Meine Schwägerin. Sie meinte, es würde mir guttun. Die viele frische Luft und so ...» Und vielleicht, denkt er sich und hat plötzlich ein heißes Gefühl im Bauch, vielleicht hat sie ihn jetzt doch endlich satt, den Berni, den Spießer, und würde seine Qualitäten entdecken.

«Also doch nicht so ganz mutterseelenallein?»

«Sehe ich so aus?» Simon schaut aus tiefliegenden Augen schwermütig zu seiner Nachbarin hinunter. «So mutterseelenallein?»

Die nickt. «Wie ein ausgesetztes Hundevieh.»

«Dackel?»

«Dackel? Nee, auf keinen Fall.» Sie mustert von der Seite her Simons aufregend männliches Profil mit den eingefallenen Wangen und der schmalen Nase, das sie an Richard Chamberlain als Pater Ralph erinnert. Sie kichert. «Eher Windhund... Übrigens, du kannst ruhig Frieda zu mir sagen. Und das hier ist meine Kusine Klara.»

«Ich heiße Simon. Simon Adam Kuss.» Er läuft rot an, weil er sich auch in fünfunddreißig Jahren nicht an diesen saublöden Namen gewöhnt hat.

«O Gott!» sagt Frieda mit einem Schmunzeln. «Jetzt versteh ich, warum Eva es getan hat, damals unterm Apfelbaum... Klara, das hier ist Simon Adam. Gehört zum selben Verein wie wir.»

Klara murmelt zum Fenster hin: «Sehr erfreut.»

Nur – erfreut sieht sie nicht aus. Sie ist es auch nicht, denn Simon hört sie zischen: «Wie kommst du dazu, Frieda, dich mit ihm abzugeben? Du kennst ihn doch überhaupt nicht.»

Frieda stößt Simon in stummer Verschwörung ihren knochigen Ellbogen in die Rippen, bevor sie sich zu Klärchens frischen Dauerwellen hinüberbeugt und ihr ins Ohr flüstert: «Sei doch nicht so kindisch! Du hast versprochen, nicht wieder auf *die* Tour anzufangen. Also tu mir den Gefallen und reiß dich zusammen, ja?»

Klärchens Lippen zittern.

«Ist ja schon gut.» Frieda tätschelt ihren Arm. «Wir wollen es doch nett zusammen haben im Urlaub, nicht wahr?» Und zu Simon sagt sie: «Wir sind schon ein ziemlich mieser Haufen, fürchte ich. Wenn ich mich so umsehe – ein besseres Altersheim auf der letzten Wallfahrt. Du bist anscheinend der einzige Mensch hier unter sechzig... Deine Schwägerin, ist sie auch in der Maschine?»

Simon schüttelt den Kopf. «Nicht in dieser. Sie kommt mit der aus Wien. Mein Bruder und seine Frau leben seit etwas über einem Jahr in Salzburg. Er unterrichtet dort Sprachen.»

Frieda sagt sehnsüchtig: «Salzburg... Vor Jahren war ich einmal dort... Bist du verheiratet?»

Simon nickt düster.

«Also auf Eheurlaub?»

«So könnte man es auch nennen», murmelt er bitter. Er findet, daß man sich bei einer Frau wie Frieda die brutale Wahrheit erlauben kann. «Sie ist mir abgehauen. Vor drei Wochen.»

«Wenn ihr beide gestattet –» sagt Klärchen mit einer Stimme, die so eisig ist wie die Außentemperatur, «ich muß hinaus.»

Es folgt eine Prozedur, als würde man Sardinen aus einer halbgeöffneten Büchse angeln.

«Das tut mir aber leid», sagt Frieda, nachdem Klärchen sich endlich vorbeigequetscht hat.

«Was?» fragt Simon begriffsstutzig.

«Nun, das mit deiner Frau.»

Er seufzt, so sei eben das Leben, und der Witz dran wäre, daß er keinen blassen Schimmer hätte, warum sie gegangen sei.

Frieda grinst. «Das wissen die Männer selten, das Warum. Außer natürlich, es ist ein anderer Mann im Spiel. Aber ein anderer Mann war es wohl nicht, nehme ich an?»

Simon murmelt: «Was weiß ich, möglich –»

Er hat darüber nachgegrübelt, bis er schwarz geworden ist – ob ein anderer Mann ... Er hätte es nur zu gern geglaubt und damit einen soliden Grund zu ehrlicher Entrüstung gehabt. Aber – Martha und ein anderer Mann? Ihr war doch einer schon zuviel.

Aber wenn es das nicht war, was zum Teufel sollte es sonst gewesen sein? Gestritten hatten sie sich doch kaum mehr. Nicht mehr in letzter Zeit. Es hatte sich doch alles recht nett eingependelt.

Aus Simons Brust quält sich ein tiefer Seufzer.

Frieda, die Gute, sucht nach einem Thema, das den armen Kerl an ihrer Seite von seiner ehelichen Misere ablenken könnte. Sie findet es schließlich eine Sitzreihe schräg vor ihnen, deutet mit einem Kopfnicken hin und zischelt: «Wetten, die gehören auch zu uns! Er jedenfalls hat Wanderstiefel an. Sie natürlich nicht. Klar. Eine Dame wie die! Die hat sie im

Gepäck und läßt ihn fürs Übergewicht zahlen, ohne mit der Wimper zu zucken.»

Jetzt ist es Frieda, die seufzt.

Simon sieht von der Dame, die ihren Mann fürs Übergewicht zahlen ließ, ohne mit der Wimper zu zucken, nichts als ein bißchen Haar. Unheimlich schön gelocktes Haar und unheimlich blond. Von ihm sieht er von seinem Sitz aus nur die rechte Hälfte: graues Haar, etwas schütter am Scheitel, einen Jackenärmel aus etwas Tweedähnlichem, mit einem Lederfleck am Ellbogen. Er sah nach Landhaus, Rosengarten und Hundehaaren auf dem Sofa aus, der Gentleman.

Simon konsultiert das Flugjournal und hebt dann wieder den Finger. Die Stewardeß sieht im fest in die Augen, bleibt aber standhaft sitzen. Schließlich kommt ihr Kollege angetrabt.

«Sie wünschen?» fragt der Steward sauer.

«Einen Jim Beam, wenn es nicht zuviel Mühe macht», sagt Simon katzenfreundlich.

«Ich würde vorsichtiger mit dem Zeug sein, wenn ich du wäre», murmelt Frieda. «Soviel ich gehört habe, muß man auf Madeira immer mit einer stürmischen Landung rechnen.»

«Ach, und du meinst, es macht sich schlecht, wenn man als besoffene Leiche im Turnsaal aufgebahrt wird?»

Frieda lacht schallend los. Sie muß die Brille abnehmen und die Tränen aus den Augen wischen. «O Gott, du bist mir einer! Kipp mir bloß nichts über die Hose. Ich habe nur die eine mit, für kühles Wetter.»

Simon beugt sich hinunter und flüstert: «Wenn es so weit ist, halte ich mich an Klärchen.»

Die kommt, ihre Handtasche krampfhaft unter den Arm geklemmt, im selben Augenblick zurück, in dem Simon der Bourbon und dem mit dem Lederfleck der verlangte Tomatensaft serviert werden.

Tomatensaft gibt es an Bord umsonst.

Der Gentleman mit dem Lederfleck am Ärmel nippt an

seinem Getränk ebenso lang wie Simon braucht, um den Bourbon und den nachfolgenden Campari zu erledigen, Nummer sieben auf der Karte. Dann stellt der Gentleman den leeren Becher unter den unbesetzten Sitz am Mittelgang, steht auf und geht nach vorne zum Wandbehälter, wo zur kostenlosen Entnahme Luftpostkuverts und Papier stecken.

Sichtlich zufrieden fischt er einige Kuverts und das dazugehörige Papier aus dem Behälter, als die Stimme seiner Frau ihn erstarren läßt. Was die Dame zu sagen hat, versteht Simon nicht. Aber er kann es sich denken. Ihr Lächeln, als sie jetzt an ihm vorbeistöckelt, spricht Bände: reinste Salzsäure, gezuckert mit Sacharin.

Lederfleck hat mit einem verlegenen Grinsen die Kuverts und das Papier zurückgesteckt und es sich dann wieder auf seinem Sitz gemütlich gemacht. Er verschanzt sich hinter der Zeitung. Könnte Simon Gedanken lesen, würde er entdecken, daß sich Lederfleck mit Fragen beschäftigt, die durchaus kriminellen Charakter haben...

2

Nummer acht – Minisekt, Marke Mumm Dry – hat auf Simon eine wohltuend einschläfernde Wirkung ausgeübt. Er hat den halben Atlantik zwischen Santiago (Santiago in Spanien natürlich, nicht Chile) und Porto Santo verschlafen und dabei wahrhaftig nichts versäumt. Seine rechte Hand hält Friedas Arm umklammert. Von Zeit zu Zeit zuckt diese Hand. Wie die Pfoten von schlafenden Katern zucken, wenn sie vom Mäusefangen träumen. Und ein paar Mal murmelt er etwas, aus dem Frieda entnimmt, daß er sich im Schlaf mit jener Frau auseinandersetzt, die ihn vor drei Wochen verlassen hat. Armes Kerlchen, denkt Frieda, voll des Mitgefühls, das sie an niemanden mehr verschwenden kann, seit ihre Kinder aus dem Haus sind. Er sieht so entsetzlich schutzbedürftig aus. Womit sie recht hat. Niemand kann erbarmungswürdiger aussehen als ein großer, magerer Mann mit eingefallenen Wangen und traurig über den Mundwinkeln hängendem Schnurrbart.

Friedas Arm wird schön langsam lahm. Aber sie läßt ihn unter Simons haltsuchender Pfote. Es tut gut, wieder einmal von etwas Attraktiverem gebraucht zu werden als dem tristen Klärchen.

Simon erwacht mit einem erschrockenen Grunzer.

«Es wackelt ganz schön gewaltig, was?» meint Frieda.

Er kann nur stumm nicken. Himmel, ist ihm schlecht.

Nicht nur ihm. Rings um sich herum sieht er nichts als grüngesichtige Passagiere.

Simon schaut ihnen nach und überlegt, wie lange er selber es noch aushält. Er lenkt sich ab mit dem Gedanken an den Traum von der scharfen kleinen Hexe, und er raunt Frieda, die er inzwischen mit gesundem Instinkt als Muttersatz adoptiert hat, zu:

«Glaubst du, daß der Pilot die Insel auch wirklich findet? Ich meine, bei dem Wetter...»

«Ich will's doch sehr hoffen», meint Frieda mit einem Lachen um die Augen und tätschelt beruhigend Simons Arm. «In meinem Alter liebt man fliegerische Überraschungen nicht mehr so wie einst. Hör zu, der sagt was zu uns!» Der, das ist die müde Geisterstimme des Piloten aus dem Lautsprecher, die berichtet, daß ein kräftiger Wind aus Südwest weht, über Madeira soeben eine Regenfront hinweggezogen ist, daß sich die Landung wegen der Wetterlage und topographischen Gegebenheit etwas unruhig gestalten wird und daß die Passagiere sich der eigenen Sicherheit zuliebe jetzt anschnallen müßten.

Just in dem Moment wacht Klärchen aus unruhigem Schlummer auf.

Gerade noch rechtzeitig, um sich ordentlich fürchten zu können. Sie hat auch das von der Regenfront noch mitgekriegt und jammert: «Und ich habe den Schirm im Koffer! Du hast doch behauptet, dort regnet es nie, Frieda!»

«Das wird es auch nicht. Hast ja gehört – die Front ist schon drüberweggezogen.»

«Mir ist schlecht.»

«Willst du raus?»

Aber so schlecht ist es Klärchen auch wieder nicht. Es paßt ihr nur alles zusammen nicht. Sie wäre viel lieber wieder nach Mallorca gegangen. Da waren sie letztes Jahr und das Jahr zuvor. Da ist ihr alles schon so beruhigend bekannt.

«Aber wir wollten doch diesmal woandershin. Mensch, Klara, denk bloß, Madeira, die Blumeninsel, ewiger Frühling, das blaue Meer...!»

«Das hatten wir auch auf Mallorca.»

«Jetzt mach aber einen Punkt», sagt Frieda, der der Geduldsfaden reißt. «Du wolltest doch unbedingt mit.»

Klärchen schnappt nach Luft. «Ach! Hältst du mir das jetzt schon vor? Bin ich dir jetzt schon im Weg? Natürlich», meint sie giftig mit einem vielsagenden Blick auf Simons maskuline Pranke, «jetzt hast du ja was Attraktiveres gefunden.»

Frieda verdreht bloß die Augen himmelwärts.

«Was», erinnert sich Klara, «was hat er da vorhin gesagt von einer Topo ... Topodingsda?»

«Er meinte damit», klärt Simon sie höflich auf, «daß die Landebahn auf Madeira so kurz ist, daß sie die Insel nur von speziell ausgebildeten Piloten anfliegen lassen. Ledigen, ohne Familienanhang.»

Simon ist es nicht nur schlecht, ihm ist auch sterbenslangweilig.

Wirklich jammerschade, daß er nicht Gedanken lesen kann. Was sich nämlich momentan unter dem exakt gezogenen Scheitel des Herrn mit dem Lederfleck am Ärmel abspielt, würde zweifellos seine Langeweile vertreiben. – Die Schwierigkeit, überlegt sich der soeben, liegt an der Tür. Sie öffnet sich gegen die Flugrichtung. Lederfleck sieht nämlich im Geist seine Frau aus der Tür fallen. Zehntausend Meter. Und unten das Meer ... Einen der gratis verteilten Marzipanriegel aus dem Papier schälend, erkundigt er sich liebevoll: «Möchtest du auch einen, Mäuschen?»

«Sei nicht kindisch, mir ist speiübel!»

«Das tut mir aber leid, Mäuschen.»

Mit Genuß verzehrt er seinen und steckt die beiden anderen in die Jackentasche. Er hatte gleich drei genommen. Einen für sich, einen für Irene und einen extra bei dem Gedanken an die Unterhaltszahlungen, die er an seine beiden Exgattinnen zu leisten hat. Dabei hatte er sich wieder einmal geschworen: Scheidung war eine Dummheit, die er kein drittes Mal mehr begehen würde.

Durch Klärchens Kopf geistern unablässig die erschreckenden Worte: speziell ausgebildete Piloten, ledig, ohne Familienanhang... Auch als sie, um sich abzulenken, aus dem Fenster schaut, findet sie keinen Trost. Im Gegenteil. Was sie dort unten sieht, läßt sie schaudern. Trotz der Höhe erkennt man deutlich die vom Sturm aufgepeitschten, aus der Entfernung wie gefroren wirkenden gewaltigen Wogen. Heilige Maria Mutter Gottes, sollte der Ozean ihr kühles Grab werden?

Sie flüstert: «Hast du das gewußt, Frieda? Das vom Flugplatz?»

Die zuckt die Achseln. Sie hat die Aufzucht von drei widerspenstigen Kindern und die Leberzirrhose eines Quartalsäufers von Ehemann überstanden. Seither nimmt sie das Leben mit allem Drum und Dran, auch zu kurz geratene Landebahnen, mit Gleichmut hin.

«Also doch! Ich glaube, meine liebe Frieda, es wäre deine Pflicht gewesen, mich auf diesen Umstand aufmerksam zu machen.»

Wenn sie kurz vor dem Überschnappen ist, redet Klara Kniebusch immer so gespreizt. Sie verleiht sich damit jenen innerlichen Halt, der sie, als sie noch Handarbeitslehrerin war, so manches Mal davor bewahrt hat, mit der Zuschneideschere auf ihre Schülerinnen loszugehen.

«Ach, Klara, wozu denn?» seufzt Frieda. «Du hättest dich doch nur um so länger gefürchtet.»

Unten auf dem Meer lagern dunkle Wolkenschatten. Das bringt Klara erneut ihre frische Dauerwelle zum Bewußtsein und die Gefahr, die diesen auf der feindseligen, regenverdächtigen Insel droht, auf die Frieda sie verschleppt. «Glaubst du... wenn ich den netten jungen Mann da vorne recht schön bitte... glaubst du, daß er mir dann meinen Schirm aus dem Koffer holt?»

«Himmel, Klara, stell dich doch nicht so an! Der Koffer ist im Gepäckraum. Soll er aussteigen und ihn holen? Es wird schon nicht regnen. Und wenn, werden wir auch nicht sterben.»

Jetzt ist Klara wieder einmal beleidigt.

Simon geht es, wie gesagt, gar nicht gut.

Nebel, dick wie Erbsensuppe von vorgestern, lagert in seinem gemarterten Schädel. Und im Magen braut sich was zusammen, das im Verein mit dem steifen Südwestwind über kurz oder lang eine verheerende Wirkung zeigen muß. Außerdem fühlt er sich so hundeelend einsam, so anlehnungsbedürftig wie nie in den zehn Jahren neben Martha. «Sie ist goldrichtig, weißt du, ein Klasseweib», murmelt er, die Augen geschlossen, um nicht sehen zu müssen, wie draußen die Welt kopfsteht.

«Wer ist ein Klasseweib?» erkundigt sich Frieda.

«Julia natürlich.»

«Bist du in sie verliebt?»

Er in Julia verliebt! In die Frau seines Bruders! Aber er mag sie eben. So als Mensch, wenn Frieda das recht verstehen könne –

«Aber ja», lächelt Frieda, «ich verstehe schon recht. Und deinen Bruder, magst du den auch?»

«Sagen wir es so: Ich schneide mir nicht unbedingt die Gurgel durch, wenn ich ihn nicht sehe.» Der springende Punkt jedoch, sagt Simon weiter, sei der, daß sein Bruder ihn nicht möge. Er sei eben nichts zum Herzeigen in dessen stinkfeinen Kreisen.

«Unsinn. Was machst du denn?»

«Och, nichts Besonderes.»

«Und was ist Nichtsbesonderes?»

«Ich plane Kläranlagen», murmelt er.

«Na also. Das ist doch was. Ist doch eine gute Sache, so eine Kläranlage. Dann bist du Ingenieur oder so was Ähnliches?»

Simon nickt. Aber was ist schon ein kleiner Ingenieur gegen einen waschechten Professor?

«Ich sage dir, warum er mich nicht mag», raunt er Frieda zu. «Er hat mir nie verziehen, daß ich zwölf Zentimeter größer bin als er. Das hat er nie verkraftet, der Berni . . . Verdammt, jetzt hat es mich erwischt!» Die gebückte Haltung hinunter zu Friedas Ohr zusammen mit den Bocksprüngen der Maschine hat den Alkoholsee in seinem Innern zum Überschwappen gebracht.

Simon reißt sich den Gurt vom Bauch und macht einen Sprint nach vorne.

Die Stewardeß springt auf, um sich ihm heroisch in den Weg zu werfen, und zetert: «Sehen Sie nicht das Zeichen zum Landen! Bleiben Sie doch sitzen!» So erschrocken ist sie, daß sie sogar «bitte» hinzusetzt.

«Aus dem Weg, Kleine!» zischt Simon zwischen zusammengepreßten Zähnen heraus, packt das Mädchen mit einem Griff, den er sonst nur bei widerspenstigen Eisentraversen anzuwenden pflegt, stellt es zur Seite und stürzt ins Klo.

Keine Sekunde zu früh.

«Madeira! Guck doch mal, Klara, so guck doch mal!» ruft Frieda, einen Klumpen aus Rührung und Erwartung im Hals, und beugt sich über Klaras Plastiksackwirtschaft zum Fenster hin.

«Wie könnte ich, wenn du mir im Weg bist?» meint Klara sauer.

Frieda zieht ihren Kopf zurück, und Klärchen guckt. Sie sieht unter sich pechschwarze Felsen, die aus dem Meer aufsteigen, so steil wie . . . wie . . . es fehlt ihr jeglicher Vergleich für so viel erschreckende Steilheit. Und oben stecken die schrecklichen Felsen in finsteren Wolken. Es ist fürchterlich. Sie flüstert: «Wo sind sie denn, die Orchideen?» Eine Träne rutscht ihr aus dem Augenwinkel und dann in einer Falte langsam zum Ohr hinunter.

Hin und her gebeutelt vom Südwestwind rackert sich die Boeing die schroffen Berghänge entlang zum betonierten Taschentuch hin, auf dem sie landen darf. Auch Simon starrt in den Momenten, in denen er nicht gerade mitten im Sterben ist, auf die wildschwankenden Klippen hinunter und stellt fest: Menschenskind, das waren vielleicht Farben!

Selbst Gauguin im ärgsten Suff hätte sich nichts Verrückteres ausdenken können als diese Farben. Ziegelrot, Herzkirschenrot, Zinnoberrot, Sauerkirschenrot, Dohlenschwarz, Moorerdenschwarz, Ockergelb, Löwenfellgelb. Oben herum Grünes mit weißen Spielzeughäuschen dazwischen. Und rundherum das Meer tintenblau, stellenweise smaragdgrün und schneeweiß dort, wo es an den Klippen leckt.

Obwohl er es momentan nicht so ganz genießen kann, weil ihm so mies ist, muß er zugeben, daß Madeira ihm gefällt.

Auch Frieda gefällt es. Sie ist ganz aus dem Häuschen. Sie sieht aus, als wäre sie wieder fünf und würde den Weihnachtsmann am Fenster vorbeikutschieren sehen.

Die beiden sind beileibe nicht die einzigen, die fasziniert sind. Eine Reihe schräg vor ihnen betrachtet Lederfleck, nachdem die Boeing gewendet und direkten Kurs auf den Flugplatz genommen hat, vorbei am exquisiten Profil seiner Gattin die topographischen Gegebenheiten Madeiras. Er findet sie höchst vielversprechend: poröses Lavagestein, nach einem Regen zweifellos glitschig wie Schmierseife; schmale Wege in exponierter Lage am Rand einsam gelegener Klippen, Klippen, die grob geschätzt hundert Meter senkrecht ins Meer abfielen. Wer auf einem dieser Wege versehentlich – nun ja, mehr oder weniger versehentlich – danebentrat, der erreichte die ewige Seligkeit in Sekundenschnelle. Und ohne lästige Zuschauerschaft.

Doch ja, Madeira schien genau das zu sein, was er gesucht hatte.

3

Lois, in Madeira stationierter Bergführer des österreichischen Alpinclubs, sitzt an der Flughafenbar vor einem Bier. Mit Kennerblick, wenn auch nicht gerade brennend interessiert, begutachtet er die bergsteigerischen und sonstigen Qualitäten seiner aus Wien angelieferten Schar. Mit einem Zwinkern sagt er auf portugiesisch zu seinem Freund, dem Barkeeper, und weist auf die Terrasse: «Die beiden dort draußen sind ein Anblick für Götter, was!»

Nachdem er sich als junger Dachs ein-, zweimal den Mund verbrannt hat, schweigt sich der Lois jetzt im allgemeinen über seine Schäfchen aus. Mit den Barkeepern jedoch ist das etwas anderes. Barkeeper sind wie tiefe Brunnenschächte: Was immer auch da hineinfällt, es bleibt in der Versenkung.

Mit den beiden meint der Lois das Ehepaar Kuss in seinem Salontrachtenlook.

«Womöglich kommen die morgen auch in dem Aufzug daher!» Der Lois grinst sich eins, weil er an den Matsch denken muß, der sie draußen am Ostkap nach dem heutigen Regenguß erwarten wird.

«*Sie* hat Klasse», stellt der Barkeeper fest.

Der Lois nickt. Jung ist sie zwar nicht mehr und schön auch nicht besonders, aber sie ist die Art von Frau, bei der die Phantasie eines Mannes augenblicklich mit ihm durchgeht.

Der Barkeeper grinst.

Für ihn ist alles, was da vor ihm hockt, ein aufgeschlagenes Buch.

«Nichts für mich!» wehrt der Louis entsetzt ab. «Glaubst du, ich spinne? Wenn ich was brauchen kann, dann ist das Ärger mit einem Ehemann. – Was sagst du zu den zweien dort?» Er nickt zu einem der Tische hin. Dort futtert ein rotbestrumpftes Paar panierte Hühnerhaxen aus einem Wust von Fettpapier.

Der Barkeeper meint, solche Typen kenne er zur Genüge. Und er liebe sie heiß. «Er ist ein Meckerer», stellt er fest.

«Keine Sorge, den bieg ich mir schon zurecht», erwidert Lois. «Ich mach ihm schon klar, daß ich nicht jemand bin, mit dem er umspringen kann, wie's ihm paßt. Bei mir gibt es keine Fisimatenten.»

Der Barkeeper läßt einen Kaffee aus der Maschine, bringt ihn ans andere Ende der Theke, kehrt zurück zum Lois und sagt mit einem Kopfnicken zur Terrasse hin und einem amüsierten Funkeln in den schwarzen Augen: «Da wären zwei für deinen Harem. Die Blonde und die Braune dort.»

«Geht nicht.» Der Lois wehrt mit müder Hand ab. «Ich bin k. o. Schau mich an. Ich schlepp mich schon auf dem Zahnfleisch daher. Sogar wenn du mir die Miss Universum auf dem Tablett servierst, spielt sich bei mir nichts mehr ab. Ich brauche eine Pause.»

Der Barkeeper lächelt voller Verständnis. Er hat die Ursache von Lois' momentaner Schlappheit vor einer Stunde abfliegen sehen.

«Ich hoffe nur, sie lassen mich in Ruh!» seufzt der. Die kleine Brünette da draußen sah ihm nach einem verdächtig anhänglichen Typ aus. Eines jener stillen Mäuschen, die einen am Wickel hatten, bevor man wußte, wie einem geschah. «Glaubst du, die sind echt?» fragt er, auf den blonden Zopf der anderen deutend.

«Sicher», sagt der Barkeeper, «sicher sind die Haare echt», ohne sich auch nur umzudrehen. Er hat längst schon alles gesehen, was es zu sehen gibt.

Ob der Lois will oder nicht, seine Blicke wandern erneut hin zum Zopf, der da blond und üppig auf den Mädchenrücken hinunterbaumelt. Nun, vielleicht nicht mehr so ganz Mädchen. So um die achtundzwanzig, schätzt er mit kundigem Auge. Er ist wie ein Ausrufungszeichen, dieser Zopf. Und die Stelle, wo beim Ausrufungszeichen der Punkt sitzt, also diese Stelle ist verdammt fesselnd. Der Lois verkündet mit einem aus tiefstem Herzen kommenden Seufzer:

«Na ja, vielleicht bin ich nicht ihr Typ!»

Denn wenn die wollte... Schließlich ist er auch nur ein Mann, nicht wahr. Also, wenn die wollte, dann ging der Zirkus wieder von vorne los. Und am Ende der Saison konnten sie ihn auf einer Bahre heimtransportieren. Dabei hatte er sich eingebildet, er hätte als Bergführer einen gesunden Job.

«Wenn du mich fragst», sagt der Barkeeper, «dann hast du vor der deine Ruhe. Die hat schon einen anderen im Auge.»

Der Lois wischt sich das Bier vom Bart und blinzelt unter wucherndem Brauengestrüpp hinaus zu der Bezopften. Wen zum Teufel meinte der? Doch nicht etwa den versnobten Trachtenmenschen? Gut, sie stand neben ihm. Aber sagte das vielleicht etwas? Irgendwo mußte sie ja schließlich stehen.

«Geh, du spinnst. Was sollte die mit dem alten Dackel?»

«Wetten wir ein Bier?» sagt der Barkeeper.

Inzwischen bahnt sich draußen auf der Terrasse ein amüsantes Schauspiel an. Mitwirkende sind die mit dem Zopf, Professor Bernhard Kuss und seine Frau Julia, letztere in einer Nebenrolle.

Einleitender Dialog der Bezopften, die Bernhard Kuss sachte am Ärmel stupst: «Pardon, dürft ich Sie um etwas bitten?»

Berni, ziemlich konsterniert, daß jemand ihn anspricht, ohne vorher den Finger gehoben zu haben, sagt: «Ja bitte?»

Er sieht sich erschrocken einer Sonnenbrille gegenüber, die nicht nur vorne Brille ist, sondern auch auf der Seite, bis nach hinten zum Ohr, als wäre sie für das Auge eines Chamäleons kreiert. Sie ist der letzte Modeschrei, was Berni aber nicht weiß, da seine Frau klug genug ist, ihn nicht mit derartigen Extravaganzen zu beunruhigen.

Das Mädchen schiebt sich die Brille ins Haar. Dahinter hatten sich Augen vom selben Blau, wie sie Siamkatzen haben, verborgen.

Berni fragt schon wesentlich milder: «Um was geht es denn?»

Sie seufzt: «Ich krieg das Biest von Film einfach nicht rein. Ich fürcht, ich bin in solchen Sachen ein schreckliches Tschapperl.» Die alte Leier: Eva appelliert an Adam, der alles kann, was Eva angeblich nicht kann, zum Beispiel Sektflaschen öffnen und Filme einlegen.

Berni plustert sich auf wie ein Gockel auf dem Mist, nimmt die Kamera und tut wichtig: «Das werden wir gleich haben.»

Er spannt den Film ein und sagt, leutselig wie am Zeugnistag bei der Verteilung: «Bitte sehr, mein Fräulein –»

«Sagen S' ruhig Sissi zu mir», flötet die, und dann sagt sie noch «danke» oder etwas Ähnliches. Völlig unwichtig, was. Wichtig dabei ist nur das Lächeln. Süß. Mit Grübchen und Herz. Eine echte Wiener Spezialität. Wie Sachertorte. Und Heuriger mit Schmalzbrot. Sanften Flügelschlags schwebt es Professor Bernhard Kuss entgegen und läßt sich auf seinem Gemüt nieder. So zärtlich, so reizend flaumfederleicht wie ein Zitronenfalter auf einem Tulpenblatt –

«Jetzt könnten sie aber wirklich schon hier sein!» sagt Julia in einem Ton, der ein wenig die übliche Nonchalance vermissen läßt. Nicht, daß sie sich Bernhards und dieses Nuttchens wegen Sorgen machte, Gott bewahre. Trotzdem hätte sie momentan einen Kreis ältlicher Damen bevorzugt.

Diesmal seine eigene Kamera vor dem Auge, bemerkt Bernhard Kuss jetzt begeistert: «Ist dir aufgefallen, Liebes, wie reizvoll sich das Grau der Agaven vom Rot der Lavaerde abhebt?»

«Ehrlich gesagt, mir wäre lieber, es würde sich endlich etwas Silbernes vom Blau des Himmels abheben.»

«Müde, Kleines?» Bernis rauher Joppenärmel legt sich in zärtlicher Besorgnis um Julias schmale Schultern.

«Ein wenig. Du nicht?»

«Nicht die Spur. Ich fühle mich ... nun, du wirst lachen, aber ich fühle mich plötzlich wie zwanzig.»

Es hat sich ganz abrupt eingestellt, dieses vehement starke Gefühl gesteigerten Daseinsbewußtseins, ähnlich der ersten Empfindung auf einem Berggipfel unter ultraviolettblauem Himmel.

Mit professoraler Akkuratesse untersucht Bernhard diesen so plötzlich aufgetretenen Zustand erhöhter Lebensfreude und konstatiert, daß es nur am Klima liegen konnte. Es handelte sich hier auf Madeira zweifellos um ein ausgesprochenes Reizklima.

Berni war in der Beziehung immer schon ziemlich naiv.

Das rotbestrumpfte Paar ist vom Restaurant auf eine der Bänke der Aussichtsterrasse übersiedelt. Dort erkundigt sich Frau Krendlmaier soeben mit mütterlicher Besorgnis: «Jetzt ist dir aber schon ein bißl besser, gell Vati?»

«Naa», sagt Vati.

«Na also, ich hab mir's ja denkt. An Hunger hast gehabt, sonst nix.» Frau Krendlmaier hört schon seit Jahrzehnten nur noch mit halbem Ohr auf das, was Vati sagt. Außerdem ist sie damit beschäftigt, in ihrer Handtasche nachzusehen, ob die Pässe noch da sind. Und das schmale Etui mit den Reiseschecks – zum fünften Mal seit der Landung. Denn dafür ist sie zuständig. Dafür und für alles andere auch. Außer fürs Mekkern. Das besorgt Vati Krendlmaier ganz allein.

«Naa, hab ich gesagt!» wiederholt er. «An Dreck geht's mir besser. Mir ist hundsmies. Die Panier war z'fett vom Hendl.»

Das hört sie jetzt doch, die Frau Krendlmaier und jammert: «Oje, oje! Was mach ma denn da? Du, ich hol dir glei an Schnaps!»

«Wo denn? In dem Saftladen da, bei dem ausländischen Gfraster? Ja bildest dir am End ein, daß du da an Schnaps kriegst, an halbwegsigen?»

Das Problem bleibt ungelöst, denn unter schauderhaftem Getöse setzt soeben die Maschine aus Frankfurt zur Landung an. Mit scheinbar unverminderter Geschwindigkeit rast die Boeing über die Landebahn, eine Bahn, die nicht viel länger ist als die eines Flugzeugträgers und an deren einem Ende das Meer lauert und am anderen eine Schlucht, fürchterlich wie ein Höllenschlund.

Zum ersten Mal auf dieser ihm von seiner besseren Hälfte aufgedrängten Reise heben sich Vati Krendlmaiers Mundwinkel zu einem Lächeln. Zufrieden brüllt er seiner schreckensstarren Frau ins Ohr:

«Die schaffen's nit! Die sind futsch, sag ich dir. Duck di, Frau, glei kracht's!»

Professor Kuss kneift kurzsichtig die Augen zusammen und erstarrt. Ungehalten murmelt er: «Also, das ist doch –! Ich muß sagen, an seine Art von Humor kann ich mich nicht gewöhnen.»

Er meint damit Simon, seinen Bruder.

«Was gibt's denn, Schatz?» Julia späht nach ihrem Schwager aus.

Anklagend nickt ihr Herr Gemahl zum vorderen Ausstieg der Maschine hin, die es entgegen Vati Krendlmaiers düsterer Prognose doch noch geschafft hat. Dort tauchen soeben die ersten Passagiere auf. «Ja siehst du sie denn nicht? *Sie*!»

«Ich verstehe wirklich nicht, was du meinst, Bernhard.»

Julia hat Simon entdeckt und winkt ihm zu. Er wedelt eifrig zurück. Das heißt, er hebt so lange die Hand von Friedas Schulter, wie seine bedauerliche körperliche Verfassung es zuläßt. Und jetzt endlich kapiert Julia, was ihr Mann vorhin gemeint hat. «Aber ich bitte dich, Liebling! Das dort ist doch nicht Martha!»

«Nein?» Berni nestelt das Brillenetui aus der Trachtenjoppe

und meint finster: «Nun, ich muß sagen, er hat sich verdammt schnell getröstet.»

«Schätzchen, diese Frau dort ist an die Sechzig. Ich glaube nicht, daß sie das ist, was du annimmst.»

«Aber er hält sie doch umarmt.»

«Ich glaube eher, meine lieber, ahnungsloser Schatz, wenn er die Hand von ihrer Schulter nimmt, fällt er um.»

«Unsinn. So schlimm kann der Flug doch gar nicht gewesen sein.»

«Das nehme ich auch nicht an. Es hat den Anschein, als hätte sich dein kleiner Bruder einen angezwitschert.»

Berni setzt sich die Brille auf die Nase. Was er da trotz Kurzsichtigkeit auf sich zukommen sieht, erfüllt ihn mit Abscheu. Ebenso, daß seine Frau plötzlich ohne jede Vorwarnung und gänzlich undamenhaft kreischt: «Nein, so was! Ich werde verrückt!»

«Julia, ich bitte dich! Was gibt es denn?» murmelt er geniert.

«Siehst du die zwei vor Simon? Die Blondine mit dem Pelz über dem Arm und er mit der Tweedjacke. Weißt du, wer das ist?»

«Wie sollte ich, ich habe sie noch nie im Leben gesehen.» Die Hochstimmung von vorhin ist Berni bei Simons Anblick gründlich vergangen. «Wer ist es?»

«Alex Korb mit seiner Dritten. Himmel, die Welt ist doch wirklich nur ein Kaff!» Zu weiteren Erklärungen ist momentan keine Zeit mehr, denn Julia zieht Berni die Treppe hinunter, zum Förderband, wo die Passagiere aus Frankfurt auf ihr Gepäck warten. «Ich erzähle dir die Story später.»

«Welche Story?» Berni ist vollauf damit beschäftigt, seinem Trunkenbold von Bruder im Geiste die Leviten zu lesen.

«Nun, die von Korb und seiner dritten Frau. Ah, da ist ja Simon!» Sie hat ihn erspäht, was nicht schwierig ist, denn selbst gekrümmt wie ein Fragezeichen ragt seine Mähne noch ein gutes Stück über die restlichen Köpfe hinaus. Breitbeinig, um sich ohne Frieda den nötigen Halt zu verleihen, steht er neben dem Förderband, auf dem gerade die ersten Gepäckstücke dahergezuckelt kommen.

«Hallo, Simon!» sagt Julia und stupst ihn leicht gegen die Brust.

Nichts sonst. Nichts als eine Kinderportion stinknormales Lächeln.

Simon läßt die erwartungsvoll ausgestreckten Arme sinken und versetzt dem Förderband einen ablenkenden Fußtritt.

Was ihn um ein Haar zu Fall bringt.

«Da wärst du ja», sagt sein Bruder. «Du hättest zum Friseur gehen können!»

4

«Ihr habt wohl euer Gepäck schon?» erkundigt sich Simon. Auch er ist jetzt sauer. Und wie! Er hört, wie Berni Julia zuraunt:

«Geh du mit ihm schon vor zum Bus. Ich erledige das hier.»

Simons Stabilität mag ein wenig gelitten haben, sein Gehör nicht.

«Das mache ich selber», sagt er bitterböse. «Dazu brauche ich dich nicht.»

«Wie sieht er aus?»

«Wer, zum Teufel?»

«Dein Koffer natürlich.»

«Hab keinen.»

«Sag nur, du bist mit dem verdammten Ding angeflogen?»

Simon nickt genüßlich. «Genau mit dem verdammten Ding.» Sie begleitet ihn getreulich auf allen seinen Fahrten. Eine an den Kanten abgewetzte, speckige Reisetasche, deren Reißverschluß sich nicht mehr schließen läßt und der durch zwei große Sicherheitsnadeln zusammengehalten wird.

Bernis linkes Augenlid fängt zu zucken an. «Sonst noch was?»

«Ein Karton.»

«Ein –! Himmel, hättest du nicht wie jeder normale Mensch einen Koffer nehmen können?»

Das Gespräch fängt an, Simon Spaß zu machen. Er sagt heiter: «Den hat Martha.»

Berni packt ihn am Arm, zieht seinen Sargnagel von Bruder weg vom Förderband, weg von den Leuten und zischt gereizt:

«Hast du denn nichts dagegen unternommen, du verdammter Narr? Du wirst es dir doch nicht bieten lassen, daß sie euren gesamten Haushalt davonschleppt?»

Simon zuckt gleichmütig die Achseln. «Gehörte alles ihr.» Er muß grinsen. «Sie hat mir das Kochbuch dagelassen und den Dosenöffner.»

Mit Genugtuung stellt er fest, daß Berni kurz vorm Platzen ist. Die Ader auf seiner Schläfe pocht wie ein kleines Hammerwerk. Jemand anderer faßt Simon am Arm. Julia.

«Komm mit zum Bus, Simon. Bernhard macht das hier schon.»

Julia schiebt ihn einfach vor sich her, hin zum Ausgang. Leider hört er noch, was sein feiner, gebildeter Bruder hinter ihm her murmelt, nämlich:

«Wenn du wüßtest, wie sehr du mir auf die Nerven gehst!»

Beim Hinausgehen kriegen alle Damen eine Orchidee überreicht, mit Stanniolpapier ums Stengelende.

Die kleine Brünette, das unauffällige Mäuschen, im bürgerlichen Leben das Fräulein Magister Doris Schmiedl aus Velden am Wörther See, versucht, die ihre ins Knopfloch zu stecken, findet aber kein passendes.

Daheim sind Orchideen meistens sehr klein und von einem faden Lila. Auf jeden Fall sehr klein. Die hier hat die Größe einer Untertasse, ist cremefarben außen herum und entzükkend rotgetupft ums Mäulchen. Sie kommt dem Fräulein Magister wie ein gutes Omen vor: Blumen, Berge, die wunderbare Natur, Musik, Bücher, daran wollte sie sich in Zukunft halten. Gottlob war sie nun reif genug, um sich voll und ganz ihren vielseitigen geistigen Interessen widmen zu können. Das Kapitel «Männer» war für sie ein für allemal abgeschlossen. Kein läppisches Abenteuer mehr für sie, danke schön. Davon hatte sie die Nase voll. Sie war nur zum Wandern, und wirklich nur dazu, nach Madeira gekommen.

Gott ja, wer es ganz genau wissen wollte – zum Wandern

und auch, um sich hier, fünf Flugstunden von ihrer letzten großen Enttäuschung entfernt, in aller Ruhe die seelischen Wunden zu lecken.

Draußen im Transferbus sagt Julia streng zu Simon: «Das war nun wirklich nicht notwendig, Simon! Ist dir klar, daß du dich wie ein kindischer Fratz aufgeführt hast? Du hast Bernhard schwer beleidigt. Außerdem bist zu stockbesoffen.»

Das kann und will Simon nicht ableugnen.

Er hat im Alkohol Vergessen gesucht. Na und? Wen sollte das wundern? Blindlings tastet er nach Julias Hand, die sie sofort wieder wegzieht, und sagt: «Komm, sei mal ehrlich, Simon, du willst mir doch nicht weismachen, Martha wäre einfach auf und davon gegangen, ohne einen sehr triftigen Grund gehabt zu haben?»

Simon nickt lebhaft. «Ist sie aber.»

«Blödsinn. Doch nicht Martha. Sie liebte dich.»

«Schöne Liebe.»

«Hast du etwas von ihr gehört?»

Mit einiger Mühe fischt Simon aus der hinteren Jeanstasche einen inzwischen schon reichlich speckigen Briefbogen und sagt bitter: «Lies das!»

Julia wirft einen Blick darauf. «Simon, ich bitte dich, ein Abschiedsbrief! Das ist etwas sehr Persönliches . . .»

«Persönlich!» heult er auf. Dieser Wisch hier sei so persönlich wie eine Anzeige in der *Frankfurter Allgemeinen.*

«Also gut, gib ihn her.» Julia steckt Marthas Abschiedsbrief in die Handtasche.

«Sie hat ihn hinter den Wasserhahn gesteckt.»

«Hinter den –! Simon, doch nicht hinter den –! O Gott. Den vom Spülbecken oder im Bad?»

«Vom Spülbecken», murmelt er.

Julia sieht das Drama plastisch vor sich: den Brief am Spülbecken und davor ein völlig perplexer Simon, der nichtsahnend zu Abendessen und Fernseher heimgekommen war.

Natürlich war es traurig. Natürlich. Aber es war auch sehr komisch.

Von Julias herzlosem Gelächter bis ins Innerste getroffen, sagt Simon: «Unheimlich witzig, nicht wahr!»

«Entschuldige, Schätzchen.» Sie murmelt: «In den Romanen legen sie so was meistens auf den Frisiertisch im Schlafzimmer.»

Simon erinnert seine Schwägerin daran, daß keiner mehr da war.

«Ach ja, richtig. Du hast so etwas angedeutet. Hat sie wirklich alles mitgenommen?»

Er nickt. Alles.

Auch Julia nickt. «Martha hatte immer schon eine praktische Ader. Die einzige Extravaganz, die sie sich je geleistet hat, warst du, mein Schatz.»

Simon sagt, so wäre es richtig. Immer nur feste drauflos auf einen, der ohnehin schon am Boden liegt.

Julia spielt mit seinen Fingern. «Sei mal ehrlich. Ist es dir wirklich nahegegangen? So richtig unter die Haut?»

Vor lauter Entrüstung wird Simon beinahe wieder nüchtern. Nahegegangen? Nach zehn Jahren mustergültiger Ehe? Ja, was glaubte *sie* denn?

«Was ich meinte, Simon – hast du einen Moment lang gedacht, du könntest nicht mehr weiterleben? Nur einen Moment lang?»

Simon greift sich an den Kopf. Was denn? Hätte er sich ihrer Meinung nach umbringen sollen? Sich vor einen heranrasenden Zug stürzen? Den Kopf in den Backofen legen und das Gas aufdrehen?

«Ach, Simon!» Julia seufzt. «Hast du Martha eigentlich jemals gefragt, ob sie mit dir glücklich ist?»

«Was soll das?» fragt er verstört.

«Hast du?» bohrt sie.

Himmel, nein, sagt er. Wenn Martha unglücklich gewesen wäre, hätte sie es ja sagen können, nicht wahr?

«Nun, das hat sie schließlich auch getan, mein Kleiner», entgegnete Julia mit jener penetranten Logik, die Simon reichlich unweiblich findet. «Mit einem Brief hinter dem Wasserhahn.»

In der Halle, neben dem rotierenden Förderband, wartet Klärchen immer noch auf ihre Tasche. Den Koffer hat sie schon. Die Tasche allerdings sieht sie im Geiste bereits die Erde umkreisen. Mit all ihren Pillen. Und ohne die konnte sie ebensogut mit dem nächsten Flugzeug wieder heimfliegen.

«Sie wird schon noch kommen», beruhigt sie Frieda.

Auf dem Band zuckelt momentan nur ein giftgrüner Koffer einsam um die Runden. Keiner will ihn. Es ist wie im Tierasyl: Er ist der häßliche Köter mit dem geknickten Schwanz, den keiner nimmt.

Neben Klara harrt Berni auf Simons Karton. Die Tasche steht schon rückwärts an der Wand, in gebührendem Abstand. Berni ist nicht gewillt, sich mit dieser Scheußlichkeit zu identifizieren.

Beim nächsten Schub kommt als erstes Klaras Tasche daher. Darauf war sie nicht vorbereitet. Sie sieht sie nur noch von hinten.

Einen spitzen Schrei ausstoßend, streckt sie die Arme nach der Tasche aus. Zu spät. Ihre bebenden Finger greifen ins Leere.

Aber Klara Kniebusch ist nicht gewillt, auf ihr Eigentum auch nur noch zwei Minuten länger zu warten. Heldenmütig stürzt sie der Tasche nach.

Mit einer derart vehementen Reaktion der alten Jungfer neben sich hat Professor Kuss nicht gerechnet. Er verliert das Gleichgewicht und landet direkt auf dem Förderband, Klärchen mit sich reißend.

Unberührt von menschlicher Tragik schiebt das Band die beiden weiter, an ein paar Dutzend erheitert staunenden Passagieren vorbei. Bevor einer endlich das verdammte Band abstellt, fällt der Blick des Professors auf Simons Karton mit etwas drumherum, das aussieht wie zusammengeknotete Schuhbänder.

5

Das Trüppchen Wanderer ist im Appartementhotel Boa-Vista untergebracht. Simon hat leider einen etwas peinlichen Zusammenbruch erlitten. Julia umschrieb ihn diskret als «Kreislaufstörung», als sie Simon, unterstützt von Frieda, gegen eine der Zimmerpalmen in der Halle lehnte, während sie seine Anmeldeformalitäten erledigte. Berni weigerte sich, etwas mit ihm zu tun zu haben. Er verkroch sich samt seinem ramponierten Image sofort in sein Appartement wie ein leidender Hund.

Das Boa-Vista steht auf einer Klippe über dem blauen Atlantik. Beinahe von allen Balkonen aus genießt man Meerblick.

Nur ein paar Appartements des Westflügels gehen auf den Hang hinaus. Auch der ist recht malerisch mit seinen silberstacheligen Feigenkakteen, den purpurnen Hibiskussträuchern, dem schmucken Bungalow eines nach Venezuela ausgewanderten und als reicher Mann heimgekehrten Madeirianers und der wellblechgedeckten Bretterhütte eines Daheimgebliebenen. Aber es ist eben nur ein Hang, so malerisch er auch sein mag, und nicht das Meer.

Während seine beiden Schutzengel Simon und seine Habe aufs Zimmer schleppen und ihn, nach Entfernung der Bergschuhe, aufatmend auf dem breiten Bett deponieren, betritt Irene, die dritte Gattin von Alex Korb (der mit dem Lederfleck am Ärmel) den Balkon ihres Appartements.

Sie wirft eineinhalb Blicke auf Kakteen, Hibiskus, Bungalow und Bretterhütte und wendet sich mit leidvollem Lächeln ihrem Mann zu. «Es kann sich nur um einen Irrtum handeln, nicht wahr, mein Lieber?»

Der blinzelt unbehaglich. Meist pflegten sich so Irenes Kriegserklärungen anzukündigen. «Ein Irrtum? Was für ein Irrtum, Mäuschen?»

Ein bedeutsamer Blick zum Balkon hin macht ihm klar, wo der Irrtum angesiedelt war: dort draußen.

«Schau es dir doch an», rät ihm Irene honigsüß.

Er schaut es sich an und sieht nichts Verwerfliches. Außer daß unten auf dem Parkplatz einer sein Auto wäscht.

«Nun, kannst *du* das Meer sehen?» fragt Irene.

Korb schaut noch einmal und muß zugeben: «Von hier aus nicht.»

«Eben. Wir haben jedoch zweifellos ein Appartement mit Meerblick gebucht, mein Lieber!»

Genau das hat er nicht. Seiner Meinung nach war der Anblick von Wasser keine zwanzig Mark Aufpreis täglich wert.

«Gott ja –» murmelt er.

«Was soll das heißen, Gott ja?»

«Ich finde es ganz gemütlich hier.» Lahm setzt er hinzu: «Mir gefällt es.»

«Dir gefällt es? Ach, wie schön! Und das ist ja wohl die Hauptsache, nehme ich an?» Das Mäuschen gleicht jetzt eher einer Ratte, die im Begriff ist, ihrem Opfer die Nase abzubeißen.

Alex Korb flüchtet feige ins Badezimmer, bevor Irene Zeit hat, ihren Fuß in die Tür zu klemmen. Da ihn erfahrungsgemäß keine noch so wüsten Drohungen aus dieser sicheren Burg hervorlocken können, ändert sie ihre Taktik. «Alex, mein Lieber», klagt sie gegen die verschlossene Tür, «willst du deinem Mäuschen wirklich zumuten, in dieser miesen Hinterhofbude den Urlaub zu verbringen?» Und in dieser Tonart geht es weiter, bis Alex Korb sich geschlagen gibt. Er macht sich auf zum Canossagang an die Rezeption.

Zu Fuß, was ihm eine Galgenfrist von sechs Stockwerken gibt.

Im vierten lehnt er sich über das Treppengeländer. Ein Gedanke hat in ihm gezündet. Jawohl, es müßte möglich sein. Ohne Hindernis fällt sein Blick bis hinunter auf den mattglänzenden Marmorboden der Hotelhalle. Die Breite des Spalts zwischen den Treppenwindungen schätzt er auf etwa über einen Meter. Breit genug, um einen fallenden Körper durchzulassen.

Sich konzentriert die Eventualitäten ausmalend, die einen derartigen... Unfall begleiten konnten, stapft Korb weiter abwärts. Dabei muß er sich eingestehen: Die Angelegenheit artete langsam zur fixen Idee bei ihm aus...

Aber hol's der Teufel, wie sollte er sonst den Fall in seinem neuesten Kriminalroman zum Höhepunkt bringen?

In Simons noch beduseltes Bewußtsein tröpfelt Musik. Etwas, das er kennt... Stimmt. *Don't cry for me, Argentina.* Sehr richtig. Weint lieber um Simon Adam Kuss, diesen armen Teufel, der bei seinen einsamen Mahlzeiten auf einer Werkzeugkiste sitzen muß.

Während er immer noch schlaftrunken herauszufinden versucht, woher die Musik kommt, hört Simon seinen Bruder sagen: «Bist du endlich wach?»

«Scher dich zum Teufel», murmelt er.

«Ich an deiner Stelle würde mein Zimmer abschließen, wenn ich schlafe.»

«Wozu sollte ich?» Simon grinst.

«Ich suche meine Brille. Sie ist nicht zufällig in dein Gepäck geraten?»

Das Wort «Gepäck» für diese Musterkollektion menschlicher Liederlichkeit kommt sichtlich widerwillig über Bernis Lippen.

Simon hat inzwischen die Musikquelle entdeckt: einen Lautsprecher hinter dem Hundebild über dem Bett.

«Ich fragte dich, ob du meine Brille gesehen hast», knurrt Berni.

Simon krabbelt aus dem Bett, fingert flüchtig durch seine Klamotten und stellt fest: «Nichts da.»

Auf die Idee zu fragen, was Bernis Brille in seinem Gepäck zu suchen hätte, kommt er gar nicht.

Berni sagt seufzend: «Ich sehe lieber selber nach.»

Während sein Bruder angewidert in dem Sammelsurium stochert, zerrt sich Simon Hemd und Hose vom Körper. Mehr ist nicht da zum Ausziehen. Seit Martha ihn so brutal ins Junggesellendasein zurückgestoßen hat, versucht er auf diese Art, die Besuche im Waschsalon auf ein Minimum zu beschränken.

Simon zottelt ins Bad, und Professor Kuss entfernt sich fluchtartig, ohne seine Brille gefunden zu haben. Wie stets nach näherem Kontakt mit seinem jüngeren Bruder wird er von den ersten Symptomen einer akuten Gastritis geplagt.

Mit einem Seufzer der Erleichterung ist Frieda aus der Hose gestiegen; sie drückt im Bund. In ihren baumwollenen Strumpfhosen quer über dem Bett liegend, schmökert sie im Programmheft des Alpinclubs. Sie ruft Klara zu: «Hört sich das nicht himmlisch an? ‹Mit fesselnden Tiefblicken und einer überragenden Aussicht bis hin zum Leuchtturm São Lourenço.› Ich bin verrückt auf Leuchttürme –»

«Oder Leuchtturmwärter», kontert Klärchen sauer. «Ich kann morgen nicht mitgehen, das weißt du doch.» Sie hat sich beim Sturz auf das Förderband den Knöchel verstaucht. Angebrochen, behauptet sie.

Sie ist immer noch am Einräumen. Den Lockenwicklersack in der Hand, humpelt sie unschlüssig hin und her und weiß nicht wohin damit.

«Tu ihn doch in die Nachttischschublade», schlägt Frieda vor.

Aber das geht nicht. Dort liegt schon der Plastiksack mit den acht Pillenschachteln, den drei Tropfenfläschchen, dem Magentee, dem Nerventee, dem Tablettenspender – mit all den Fetischen, ohne die sich Klara völlig hilflos jenen dunklen Mächten ausgeliefert sieht, über die sie sich gewissenhaft in einschlägigen Zeitschriften und vor allem in Ärztewartezimmern informiert.

«Im Schrank sind noch ein paar Fächer frei», meint Frieda.

Klara guckt hinein, stellt fest: «Die kommen mir alles andere als sauber vor.»

«Dann wisch sie eben aus! Obwohl, mir scheint das ein sehr sauberes Hotel zu sein.»

«Dir vielleicht.» Klara humpelt, die Wickler in der Hand, hinüber in den Wohnraum, auf der Suche nach etwas Staubtuchähnlichem.

Dabei kommt sie an der Balkontür vorbei, erstarrt und zieht mit energischem Ruck den Vorhang zu.

«So ein Saukerl!» flüstert Klara Kniebusch.

«Wer? Laß sehen!» sagt Frieda, kommt rüber, schiebt Klärchen und den Vorhang zur Seite, guckt und stellt fest: Was immer Martha veranlaßt haben konnte, Simon zu verlassen, mußte in seinem Charakter gelegen haben. Seine Anatomie jedenfalls konnte es nicht gewesen sein. Mit der ist alles in Ordnung.

«Wenn du nicht augenblicklich den Vorhang zuziehst, Frieda, zieh ich hier aus!» sagt Klara mit jener erstaunlichen Entschlossenheit, zu der sie in Katastrophensituationen durchaus fähig ist.

Das Fräulein Magister Doris Schmiedl hat ihr Appartement neben dem von Frieda und Klara. *Ihr* Auge fällt auf Simon, als sie eben dabei ist, die Orchidee liebevoll im Aschenbecher zu tränken.

Sie zieht den Vorhang nicht zu.

Schließlich ist sie nicht zweiunddreißig geworden, ohne einen nackten Mann gesehen zu haben. Mit professionellem Blick – sie unterrichtet neben Englisch Leibeserziehung –

konstatiert sie, daß der Nackte schräg gegenüber aussieht wie ein griechischer Gott nach einer milden Hungerkur. Und daß er nicht nur im Gesicht, sondern auch figürlich eine geradezu frappante Ähnlichkeit mit ihrer letzten Enttäuschung aufweist. Sie dankt dem Herrn, daß er sie – wenn auch mit Hilfe bitterer Erfahrungen – hat reif, erwachsen und klug werden lassen. Nie, niemals wieder, würde sie so hirnrissig blöd sein, sich in einen Typ wie den Exhibitionisten da drüben zu verlieben.

6

Simon hat seine erste Wanderung hinter sich gebracht. Jetzt leidet er. Ein fürchterlicher Schmerz zieht sich von den Waden aufwärts bis zu den Leisten und abwärts bis zu den Zehen. Er ist nicht in der Lage, irgendein Gelenk abzubiegen, und geht wie einer nach acht Wochen Gips. Die ihm bekannten Krankheiten durchgehend, stellt er die Diagnose: entweder Gicht oder Kinderlähmung in fortgeschrittenem Stadium.

Mühselig hat er sich hinunter zum Pool geschleppt und sich dort steif wie ein Stück Holz auf eine Liege fallen lassen.

Auf die jetzt boshafterweise der Schatten zugekrochen kommt.

Auf der Liege neben ihm liegt die mit dem Zopf. In einem gelben Bikini.

Simon hofft, daß sie sich irgendwann einmal auf den Bauch dreht. Denn er ist sicher, daß es ein Tanga ist, der hinten nichts hat als ein Schnürchen. Inzwischen eröffnet er die Konversation. Zwar ist er mehr fürs Handeln als fürs Reden, aber um irgendwie anzufangen, muß er wohl.

«Sind Sie auch so kaputt?» fragt er.

«Es geht», sagt sie.

«Ziemlich windig, was?»

«Ja, ziemlich.»

«Aber es ist trotzdem recht angenehm warm.»

«Ja.»

«Wir sind ja auch in der Nähe von Afrika.»

«Ja.»

Nicht sehr ergiebig, was? Jetzt steht sie auf und läßt suchend ihre Blauäuglein schweifen. Simon fährt ebenfalls auf. Suchst du mich, Kleine? Hier bin ich doch, gleich neben dir. Zu allem bereit. Nun ja, zu fast allem, sofern man dazu nicht die Beine bewegen muß.

Aber nein. Sie sucht nicht ihn, sondern den Boy. Der kommt dahergesaust wie ein Schnellzug.

«Hier wird es mir zu kühl. Ich werde mich dort vorne in die Sonne legen. Würden Sie mir bitte helfen?» gurrt sie. Und er wird, er wird! Er ist ganz hingerissen, der kleine kraushaarige Boy. Mit glückseligem Lächeln schleppt er die Schaumgummiauflage der Liege, ihre beiden Handtücher, ihre Illustrierten und ihren Bademantel. Sie trägt das Sonnenöl.

Stimmt. Es ist ein Tanga, der an strategischer Stelle nichts hat als ein Schnürchen.

Für Simon hat sie bloß ein Kopfnicken zurückgelassen. Eins ohne Lächeln.

«Abgeblitzt!» sagt drinnen in der Poolbar der Lois, an einem Bitterlemon schlürfend, schadenfroh zu João, dem Barkeeper. Er dreht sich dabei auf dem Hocker so, daß er Sissi nachschauen kann.

Bei jedem ihrer Schritte schwingt der blonde Zopf von einer wunderbar gebräunten Pobacke zur anderen. (Sissi gehört zu denen, die braun sind, bevor sie auf Urlaub fahren. Und zwar überall braun.)

Der Lois läßt den Strohhalm aus den Lippen gleiten. «Wenn mich nicht alles täuscht», sagt er und denkt dabei an die heutige Tour hinaus zum Ostkap und an gewisse Anzeichen, die darauf hindeuten, daß sein Freund am Flughafen womöglich recht gehabt hat mit seiner Prognose, «hat sie es auf seinen Bruder abgesehen.»

«Ach, tatsächlich. Ist er solo?»

«Der Bruder? No Sir, mit Frau. Die Blonde mit dem Pagenkopf.»

«Ah, Senhora Kuss!»

Wenn João lächelt wie jetzt – er lächelt selten –, sieht er so jung aus, wie er ist: fünfundzwanzig. «Und sie?» Er nickt zu der Bezopften hinaus. «Auch eine Deutsche?»

«Österreicherin. Aus Wien.»

«Wie heißt sie? Einen Moment, ich komme gleich.» Einer von den Gästen draußen am Pool hat soeben den Finger gehoben.

«Sissi heißt sie. Wie unsere letzte Kaiserin», sagt der Lois später, während João den Mixbecher schüttelt.

«Die Frau vom Kaiser Karl?» João läßt das Gemixte in ein Cocktailglas gleiten, schnipselt in eine Orangenscheibe einen Einschnitt und steckt sie auf den Gläserrand. Karl, der allerletzte österreichische Kaiser, liegt oben in der Kirche am Monte begraben. Er ist hier auf Madeira im Exil gestorben, ein bei der hiesigen Bevölkerung beliebt gewesener Mann mit einer bedauernswert schwachen Lunge.

Der Lois schüttelt den Kopf. «Die Sissi? Das war die Frau vom Kaiser Franz Josef. Der mit dem Bart.» Und er demonstriert an seinem eigenen, welche Art von Bart.

João spießt eine kandierte Kirsche auf einen Zahnstocher und steckt den in die Orangenscheibe. Er läßt sich Zeit dabei. Er denkt nach. Er hat, von sechs Jahren Volksschule abgesehen, seine erstaunliche Bildung durch Fragen, Zuhören und Nachdenken erworben. «Paß auf, Lois!» sagt er schließlich, mit einem aristokratisch langen Finger wedelnd. «Wenn Karl euer letzter Kaiser war und sie, die Sissi, eure letzte Kaiserin, dann muß sie seine Frau gewesen sein und nicht die vom Bärtigen.»

Der Lois kratzt sich nachdenklich mit dem Nagel seines kleinen Fingers im Haargestrüpp, das von der Farbe her an die trockenzeitdürre Serengeti erinnert. Schließlich gibt er zu: «Dann war sie wohl die vorletzte, die Sissi.»

João trägt den Drink hinaus zum Pool.

Er ist groß für einen Portugiesen, einssechsundachtzig, und

er besitzt den aufregenden Körper und den geschmeidigen Gang eines Massai und dazu die Würde und den Hochmut einer Rasse, die schon degeneriert war, als sie anderswo noch Pilgerväter skalpierten.

Alles Weibliche, das da um den Pool herum liegt, blickt den schmalen, beweglichen Hüften unter dem roten Jackett diskret nach. Madame Legru aus Lyon, die schon seit Jahren den Januar und den Februar auf Madeira verbringt, spricht mit echt französischer Offenheit aus, was die anderen kaum zu denken wagen. «Obwohl unser Alter unbestritten seine Vorzüge hat», sagt sie zu ihrer Freundin und Canastapartnerin Madame Biron, «wünsche ich mir doch hie und da, dreißig Jahre jünger zu sein.»

«Nun, es wäre zweifellos eine Abwechslung vom Canastaspielen, *n'est-ce pas?*» meint Madame Biron lächelnd.

Simon hat sein schmerzendes Gestell hinüber auf die linke Poolseite geschleppt. Dort ist es tief genug zum Springen. Dramatisch wirft er die Arme vor, völlig vergessend, daß er momentan ein halber Krüppel ist. Beim Abstoßen gleitet er aus und landet im Wasser mit der Grazie einer trächtigen Kuh.

Am liebsten wäre er still ersoffen.

Kurz danach hängt er dann doch neben dem kleinen brünetten Fräulein Magister Doris Schmiedl am Beckenrand. Er ist fest entschlossen, die zwei Urlaubswochen positiv zu nützen, auch wenn es mit Julia nichts werden sollte. Und hier, in diesem Fall, kann es doch wirklich nicht so schwer sein! Keine Konkurrenz weit und breit und kein einziger Mann, der nicht in festen Händen wäre. Es sei denn, man bezeichnet den bebrillten, plattfüßigen, mondgesichtigen Wanderbruder, der sich auf der heutigen Tour an sie heranmachen wollte, als Mann.

«Was machst du heute abend, Doris?» fragt Simon also.

Heiland, was wird sie schon tun? Warum fährt ein bescheidenes Mäuschen wie sie wohl auf Urlaub? Wozu wohl? Vielleicht um im stillen Kämmerlein Patience zu legen? Die ist auf einen Mann aus, das ist doch klar. Und er ist doch bei weitem der Beste, was sich ihr hier bietet, denkt Simon bei sich.

Sie hebt den Blick unter den nassen Wimpern auf zu seinem aufregenden Profil und fragt: «Warum?»

Das Warum bezieht sich auf die Frage nach dem Abend. Na ja, ein bißchen was muß er ihr schon bieten – vorher. Zumindest einen Drink an der Bar. Wenn es seinetwegen auch ohne diese lästigen Präambeln ginge. Aber schließlich ist er ein Kulturmensch. Und als solcher zerrt man nun einmal nicht kurzerhand die Weibchen an den Haaren in den Bau.

Simon bietet ihr also einen Drink an der Bar an.

«Danke», sagt sie sichtlich erfreut. «Das ist sehr nett von dir.» (Als Wanderbrüder sind sie alle per du.) «Aber ich bin heute wirklich ziemlich müde.»

Das Übliche, sagt sich Simon, nur das Übliche. Vergiß nicht, sie ist nicht eins von diesen frechen jungen Dingern, die anzüglich werden, ohne daß sie auch nur deinen Vornamen kennen. Die hält sich noch an die alten Bräuche, läßt den Mann ein bißchen zappeln. Aber keine Sorge, sie ist dir sicher. Es ist fast schon ein wenig langweilig, was?

Simon schaut ihr zu, begutachtet ihre strammen, durchtrainierten Schenkel. Inzwischen schwimmt sie nämlich. Schau ihr nicht zu intensiv nach, sagt sich Simon. In diesem Fetzelchen von Badehose könnte das gefährlich werden. Mach lieber, daß du ihr nachkommst. Und jammere nicht ständig vor dich hin. Hier im Wasser spürst du deine Schmerzen doch kaum.

«Du gehst bei jedem Tempo zu tief ins Wasser», sagt Doris, am anderen Ende des Pools auf ihn wartend. «Das kostet Zeit und Kraft.»

«Es sieht so aus, als würde ich ein paar Schwimmstunden brauchen», sagt Simon zu ihr, und zu sich selbst: Gut so. Du bist auf dem richtigen Weg. Laß sie merken, daß sie gebraucht wird. Sie ist der mütterliche Typ. Und du genau der Mann, den die gern verhätscheln.

«Ich bin sicher, es wird dir nicht an Lehrerinnen mangeln», sagt sie.

«Wie wäre es mit dir?»

«O nein. Nicht ich. Ich habe Ferien.»

Klar, ein bißchen Bitte-Bitte erwartet sie schon. Lehrerin, denkt Simon. Wie Martha. Heiland, gab es denn nichts als Lehrerinnen auf der Welt? «Nun?» sagt er und rückt ihr sachte ein wenig näher.

«Nun was?»

«Sehen wir uns heute abend?»

«Ich glaube, ich werde doch lieber schlafen gehen. Ich bin jetzt schon schrecklich müde. Die Luftveränderung vermutlich –»

Na gut, man wird also etwas mehr investieren müssen als einen Drink an der Bar. Was ist das Nächste? Menschenskind, tanzen natürlich. Simon, hast du das tatsächlich schon vergessen?

Doch. Er wird müssen. Zum Teufel mit den Wehwehchen. Zumindest anbieten mußte er es. Sie könnten dann immer noch in einer hübschen dunklen Ecke schmusen.

«Tanzen?» sagt sie.

Keine Sorge. Sie wird sich noch ein bißchen zieren. Aber sie ist verrückt aufs Tanzen, sagt sich Simon. Alle Frauen sind es.

«Bitte!» bettelt er. – Gut so. Prima. Mit diesem Blick würde er auch das Unmögliche schaffen. Und das hier ist nichts Unmögliches. Sie ist nur ein wenig verklemmt.

Eine Weile schaut sie ihren Zehen zu, mit denen sie im Wasser wackelt. Gleich sagt sie ja, denkt Simon.

«Nein», sagt sie. «Heute wirklich nicht. Trotzdem, vielen Dank.»

«Dann vielleicht morgen?»

«Vielleicht. Wir werden sehen.»

Sie steigt aus dem Pool, nimmt das Handtuch von der Liege, wischt sich flüchtig über Arme und Beine und geht ins Hotel.

Simon schaut ihr nach und hofft, daß sie sich noch einmal umdreht. Das tut sie aber nicht.

Am liebsten würde Simon heulen. Er kommt sich vor, als hätte er die Räude.

Was ist hier schiefgelaufen? fragt er sich. Vielleicht ist sie eine von *Denen*. Obwohl sie wirklich nicht so aussieht. Ein anderer Mann kann es nicht sein. Ist ja, wie gesagt, nichts da, was der Rede wert wäre.

Mit einer Flasche Madeirawein unter dem Arm klopft Simon eine halbe Stunde später an die Tür des Appartements 408. Der dünne, pechschwarze Zigarillo zwischen Julias Fingern ist ein sicheres Zeichen für Bernis Abwesenheit. Trotzdem erkundigt er sich vorsichtshalber: «Wo ist er denn?» Für einen Tag hat er genug Tiefschläge eingesteckt.

«Absolviert sein Programm. Auskundschaften der nächsten Umgebung. Tennisstunden buchen. Erstes Bad im Meer. Du kennst ihn ja, immer auf Achse. Komm herein.»

Während Julia vorgeht, durch das Wohnzimmer hinaus auf den Balkon, sagt sie über die Schulter zurück:

«Simon, mein Schatz, falls du in der Hoffnung hier aufgekreuzt bist, ich würde mich angesäuselt», sie nickt hin zu der Flasche in seiner Hand, «herumkriegen lassen, muß ich dich enttäuschen. Du bist doch nicht etwa in dieser Absicht hergekommen?»

«Julia!»

Sie stupst ihm mit dem Zeigefinger gegen die Nase. «Dieser treuherzige Hundeblick zieht bei mir kein bißchen. Ich kenne ihn zu gut ... Du wolltest es probieren, gib es bloß zu!»

Also gut. Simon gibt es zu. Er kann an nichts anderes mehr denken, sagt er. Und sie? Hat sie denn so gar nichts für ihn übrig?

«Aber ja, natürlich Kleiner, natürlich habe ich das.» Wo er

doch, meint sie, ein so ungemein attraktiver Kerl wäre und sie im Grunde eine mitleidige Seele, die nur ungern zusehe, wie ein Mensch leidet. Sie seufzt. «Aber es geht nun einmal nicht. Nicht bei Berni. Er ist treu wie Gold. Ich brächte es nicht übers Herz. Also bitte, beherrsche dich. Ich will kein Haschmich-spiel ums Bett.»

Sie steht auf und holt Gläser.

«Was ist los mit dir, Kleiner?»

«Was sollte los sein?»

«Du siehst so angeschlagen aus.»

Ins Glas seufzend, bemerkt Simon, angeschlagen, jawohl, das wäre das richtige Wort. Anscheinend hätte er den Dreh nicht mehr raus. Diese zehn Jahre Ehe, etwas mußte da mit ihm passiert sein –

«Welche von den beiden hat dich abblitzen lassen, Sissi oder Doris? Oder hast du etwa nach beiden gegrapscht?»

Von grapschen, sagt Simon, könnte keine Rede gewesen sein. Er hätte lediglich versucht, auf kameradschaftliche Weise mit ihnen ins Gespräch zu kommen.

«Ach nein? Wie schade, daß ich nicht dabei war. Wann? Heute während der Wanderung?»

«Vorhin am Swimmingpool», murmelt er.

«Erst? Was hat dich so lange zurückgehalten, Schätzchen?»

Was, fragt Simon, wollte sie damit sagen?

Sie hält ihm das Glas zum Nachfüllen hin. «Mein Lieber, du wirkst so offenkundig ausgehungert wie ein viriler Forscher nach sechs Monaten in der Antarktis . . . Und?»

Simon zuckt die Achseln. «Es läuft nichts.» Er murmelt, er wisse nicht, was plötzlich mit ihm los sei. Früher, vor seiner Ehe, hätte er keinerlei Schwierigkeiten gehabt. Nicht, daß er ja sonderlich hinter ihnen hergewesen wäre. Damals wäre alles wie von selber gegangen. Das könne sie ihm ruhig glauben.

«Tu ich auch, mein Schatz. Und weißt du, warum?»

Simon weiß es nicht. Er hatte es für eine Gottesgabe gehalten. Die Frauen haben es ihm nie allzu schwergemacht. Und gerade jetzt, jetzt, wo er wirklich jemanden brauchen würde, so allein, ohne Martha, ohne eine Seele –

Julia grinst. «Ich nehme nicht an, daß es die Seelen sind, auf die du scharf bist. Paß auf, Kleiner, was ich dir jetzt sage: Du hast momentan die vollkommen falsche Taktik. Ich bitte dich, schau dich an! Du hechelst mit heraushängender Zunge hinter ihnen her. Falsch. Das darfst du nicht. Du brauchst nichts anderes zu tun, als mit den Händen in den Hosentaschen zu warten. Du solltest nichts anderes tun. Das Fesselnde an dir ist dein sonniger Egoismus, Schätzchen. Dem können wir Frauen nur schwer widerstehen. Er ist so aufregend wie im Mittelalter die Belagerung einer verschanzten Burg. Wenn einer noch dazu aussieht wie du, hat unser armer weiblicher Verstand kaum mehr eine Chance, glaub mir das.»

Das schmeichelt ihm zwar, aber Simon erinnert sie daran, daß ihm keine hundert Jahre zur Verfügung stünden, sondern nur lausige zwei Wochen.

«Nun, ich bin sicher, auf unseren entsetzlichen Marathonmärschen wird es genügend Möglichkeiten zu diskreter Annäherung geben.»

«Soviel ich heute gesehen habe, werde ich genug damit zu tun haben aufzupassen, daß ich nicht über eine der verdammten Klippen falle», sagt Simon bitter. «Falls ich mich überhaupt noch bewegen kann.»

«Oh, das gibt sich, Schatz, glaube mir. Übrigens, ich habe ihn gelesen.» Marthas Abschiedsbrief liegt auf dem Tisch unter dem Aschenbecher, damit der Wind ihn nicht davonträgt. «Ich finde ihn irgendwie rührend, weißt du.»

Simon brüllt: «Rührend! Diese Ausgeburt weiblicher Gefühllosigkeit findest du also rührend!» Und mit hoher Stimme Martha nachahmend, ungefähr im Tonfall von Miss Piggy, fährt er fort: «Es tut mir leid, daß ich auch das Bett mitnehmen mußte. Aber ich brauche mein Geld für die Anzahlung der neuen Wohnung.» Mit normaler Stimme brüllt er weiter: «Das also findest du rührend? Daß sie heimlich mit dem Bett abhaut? Oder das da?» Wieder Miss Piggy: «Dein grauer Anzug ist in der Reinigung.» Normal, brüllend: «Weißt du, was sie getan hat? Sie hat den verdammten Abholschein am Brief festgemacht. Mit einer Stecknadel.»

«Ach? Ich fragte mich schon, woher die Löcher kommen.»

«Also jetzt weißt du es. Hast du auch das gelesen? – ‹Wenn dein Zahnfleisch wieder blutet, reibe es mit Zitrone ein.› – Haut ab nach zehn Jahren, haut ganz einfach ab ohne den geringsten Grund und macht sich keine anderen Sorgen als um mein Zahnfleisch und die Reinigung!»

«Möglicherweise ist das alles, was Martha von dir geblieben ist, Simon? Die Sorge um deine Hosen und dein Zahnfleisch?»

Außer Rand und Band brüllt Simon: «Und auch das ist wahrscheinlich meine verdammte Schuld?»

Auf dem Balkon darüber wird ein Ehepaar aus der Schweiz aus seiner Siesta aufgeschreckt. Frau Rüderli beugt sich gefährlich weit übers Balkongeländer, während ihr Mann sie an der Taille festhält, besser gesagt an jener Stelle, an der sie eine Taille hätte, wenn sie eine hätte.

«Ach, Kleiner, warum kann es kein echtes Verständnis geben zwischen Mann und Frau? Keines, das übers Bett hinausgeht?» seufzt Julia.

Aber Simon bringt kein Interesse auf für globales Unglück. Er hat an seinem eigenen, höchstpersönlichen zu kauen.

«Sie hat dich, trotz allem, immer noch gern, schreibt sie», setzt Julia hinzu.

«Ach nee, wie rührend. Ich werde daran denken, wenn ich auf der Werkzeugkiste sitze. Verschwindet still und heimlich –»

«Wäre es dir lieber gewesen, sie wäre mit einer Bierflasche auf dich losgegangen?»

«Dazu gab es nicht die geringste Ursache.»

«Männer wie du sehen die Ursachen nie, und wenn sie ihnen ins Gesicht springen!» Julia kann sich Ehrlichkeit in seinem Fall erlauben. Mit ihm ist sie nicht verheiratet. Sein beleidigtes Gesicht muß sie nicht mit in den Schlaf nehmen.

Aber Simon ist nicht beleidigt. Er ist vielmehr plötzlich sehr heiter. Er hat nämlich etwas entdeckt, das seine Laune schlagartig verbessert. «Schau einmal, wer da unten geht!» bemerkt er mit wonniger Zufriedenheit über die Schulter zurück.

Julia steht auf. Sie blinzelt gegen die tiefstehende Sonne zum Hotelvorplatz hinunter und zuckt gleichmütig die Achseln.

«O nein, mein Kleiner, nicht Bernhard! Obwohl ich zugeben muß, daß das Weibchen verflixt appetitlich ist. Aber Untreue liegt ihm einfach nicht. Du kennst ihn doch. Er haßt Unvorhergesehenes. Und andere Frauen sind in seinem Programm nun einmal nicht vorgesehen.»

Auf dem Balkon oben fragt sich Frau Rüderli, ob die zwei da unter ihr von den beiden reden, die eben nebeneinander zum Meer hinuntersteigen: Er ein attraktiver Dunkelhaariger, was Besseres, das sieht man, obwohl er nichts anhat als kurze Hosen und ein Polohemd. Sie in knielangen Schlapperhosen, oben herum und um die Knöchel bonbonrosa geringelt.

Frau Rüderlis Blick wandert flink die Ringelsocken, braunen Beine, Schlapperhosen, Ringelpulli, Zopf hinauf und hinunter und konstatiert: raffiniertes kleines Luder.

Was ihren Päuli betraf, so würde sie ihn nur mit Handschellen an so ein Ding heranlassen, geknebelt und mit einer Binde vor den Augen. Und selbst dann noch würde sie für nichts garantieren.

7

Bernhard steigt forsch die Leiter zum Meer hinunter. Sie führt senkrecht ins Wasser. Die Sprossen sind von glitschiggrünem Tang bedeckt. Von oben ruft Sissi:

«Es schaut aber wirklich ein bisserl gefährlich aus!»

Sie haben sich vorhin zufällig getroffen – o doch, tatsächlich zufällig.

«Gefährlich! Aber wo, keine Spur!» ruft er hinauf. Das Meer leckt mit eisiger Zunge an seinen Zehen. Als es ihm bis dorthin geht, wo Kälte erfahrungsgemäß am meisten beißt, läßt er, heimlich schaudernd, die Leiter los. Der Atlantik hebt ihn auf wie ein sanft wogender Busen.

Jetzt im Februar ist es jedoch der Busen einer Eisjungfrau.

«Ist es nicht zu kalt?» ruft es von oben herunter.

«Aber nein! Nicht wenn man ein wenig abgehärtet ist!»

Tapfer zieht Berni einen Halbkreis um die Leiter und klappert mit den Zähnen nur ganz diskret. Dann wagt er ein halsbrecherisches Landemanöver. Halsbrecherisch deshalb, weil jedesmal wenn er nach einer Sprosse greift, das Meer einen Schnaufer macht und ihn zwei Meter höher hebt.

Schade, daß Simon das nicht sehen kann. Er würde sich krummlachen.

Auch der Herr Professor kommt sich dabei ein wenig lächerlich vor. Und die Schramme an der Hüfte, dort, wo er sich gestern am Förderband aufgeschunden hat, brennt wie Feuer. Sissi quietscht erschrocken, als sie das Malheur an seiner Hüfte sieht, und möchte wissen, ob das gerade jetzt –

«Nein, nein, es passierte gestern», murmelt Berni und hofft, daß sie nicht dabeigewesen ist. Durch energisches Abrubbeln taut er sich wieder halbwegs auf.

«Darf ich?» sagt Sissi, nimmt ihm das Handtuch ab und trocknet ihn dort ab, wo er selbst nicht hinkommt – rückwärts zwischen den Schulterblättern.

Ein Schauer – beunruhigend, aber nicht unangenehm – rieselt dem Herrn Professor übers Rückgrat.

Inzwischen schlürfen Julia und Simon oben auf dem Balkon Madeirawein, qualmen Zigarillos und genießen die Aussicht. Die ist nicht übel: links rotes Meer, rechts tropisches Bananengrün, in der Mitte eine Sonne wie ein mit Orangensaft gefülltes Goldfischglas und eine Handbreit daneben himmelhochaufragend das berühmte Kap Girão.

Sogar Simon muß zugeben, daß die Gegend einiges hergibt.

Weil sie beide bequeme Biester sind, zu faul, um einen Reiseführer aufzuschlagen, und weil es ihnen noch keiner gesagt hat, haben sie natürlich keine Ahnung, daß sie hier etwas ganz Berühmtes vor der Nase haben. Für sie ist die zweithöchste Steilküste der Welt – eine noch höhere gibt es nur auf Formosa – nichts anderes als eine wahnsinnig hohe Felswand, von der sie nicht herunterfallen möchten und auf die sie – «Simon, Schätzchen, dieses Monstrum steht doch nicht etwa auf dem Programm?» – erst gar nicht steigen möchten.

Das Meer ist kupferfarben streifig. Es sieht dadurch ein wenig aus wie ein Wattenmeer und gar nicht wie der Atlantik, der hier vor Madeira so tief ist, daß man den berühmten schwarzhäutigen Schwertfisch aus tausend Meter Tiefe heraufholt.

Dort, wo am Ufer drei weiße Betonkuppeln aus dem Bananengrün wachsen, Riesenbovisten gleich, breitet sich am Meer ein verdächtiger, gelbbrauner Fleck aus. In Gedanken baut Simon schon eine Kläranlage und sagt mit einem Kopfnicken zu dieser Schweinerei hin: «Das schaue ich mir morgen aus der Nähe an.» Er setzt hinzu, so ganz nebenbei: «Kommst du mit?»

Vielleicht ist ein Restaurant in der Nähe, so was mit Musik und lauschigen Nischen und Kerzen auf dem Tisch? Denn so ganz und gar hat er Julia doch noch nicht abgeschrieben.

«Vielleicht. Ich werde sehen, was Bernhard vorhat.»

«Ach ja? Na, möglicherweise hat er morgen was anderes vor», sagt Simon, deutet mit einem Kopfnicken an, was er meint, und wiegt besorgt sein Lockenhaupt. Salbungsvoll meint der falsche Hund: «Wenn du mich fragst, die beiden waren verdammt lang da unten.»

Julia späht durchs Geländer, ein heiteres, leichtes, unbeschwertes Wölkchen gegen den Himmel paffend. Sie lächelt: «Das würde dir in den Kram passen, nicht wahr? Aber mach dir in dieser Hinsicht bloß keine Hoffnungen, mein Schatz. Wie ich dir schon sagte – nicht Bernhard.»

«Warum nicht?» beharrt Simon stur. «Er ist auch nur ein Mann.»

«Bernhard ist ein Gentleman», sagt Julia. Das hört sich an, als wollte sie andeuten: im Unterschied zu dir.

Aber das ist Simon piepegal.

Er war nie scharf darauf, ein Gentleman zu sein. Nicht mit diesem Bruder als abschreckendes Beispiel vor der Nase.

Während sich Simon angesichts Bernis drohender Rückkehr in sein eigenes Appartement geflüchtet hat und jetzt, auf dem Bett liegend, den düsteren Überlegungen nachgeht, ob diese fürchterlichen, anhaltenden Schmerzen in den Beinen nicht doch Kinderlähmung sein könnten, hilft unter dem Hotel jener Herr, den Simon Lederfleck getauft hat, im rapid dahinschwindenden Tageslicht seiner Frau galant über zerbröckelnde Steinmäuerchen hinweg, die daran erinnern, daß dieses Gelände vor der Zeit des Massentourismus ein Weingarten gewesen ist.

Die beiden folgen einem Trampelpfad, der hinunter zum

Meer führt, über besagte Mäuerchen hinweg und durch strohiges Gras, Feigenkakteen, knorrig verwilderte Weinstöcke, verrottetes Holzzeug und anderes Gerümpel, das noch vom Bau des Boa-Vista vor acht Jahren stammt. Mit dem Fuß angewidert einen abgebrochenen Kaktusarm zur Seite stoßend, plaudert Irene: «Die Holzmanns sind wieder mit dem Club nach Bora Bora geflogen. Es soll dort himmlisch sein. Man wohnt in Farés. Alex, ich spreche mit dir!»

«Entschuldige, Mäuschen, was sagtest du?»

Irene sagt es ihm also noch einmal. Das von den Holzmanns und Bora Bora und den Farés.

«In was, Mäuschen?»

«Hütten! Eingeborenenhütten! Sie sind so reizend primitiv, ganz der Natur angepaßt. Innen haben sie natürlich jeden Komfort.»

«Natürlich, natürlich», murmelt Alex Korb.

Irene seufzt. Ein feinfühliger Mensch hätte aus diesem Seufzer Irenes ganzes Elend herausgehört. Die Holzmanns auf Bora Bora, und sie? Hier in diesem Kaff unter lauter langweiligen Spießern, ach ja –

«Man trifft dort die reizendsten Leute. Natürlich alles gehobene Klasse. Man läuft den ganzen Tag einfach im Sarong herum.»

«In was, Mäuschen?»

«Im Sarong!» Irene erinnert sich gerade noch rechtzeitig daran, daß sie eine Dame ist. Am liebsten hätte sie ihrem Mann ins Kreuz getreten.

«Nicht im Hularöckchen?» erkundigt sich Korb, ehrlich interessiert. Es war durchaus nicht sarkastisch gemeint. Wie die meisten rechtschaffenen Germanen verbindet er nun einmal den Begriff «Südsee» mit barbusigen Mädchen und Hularöckchen.

Irene jedoch versteht es anders. Sie wird böse: «Nein, nicht im Hularöckchen, du Trottel!» und stampft mit dem Fuß auf.

Was ihr gar nicht gut bekommt. Sie hat einen spitzen Lavabrocken erwischt, der Schmerz fährt ihr durch Mark und Bein. Das armselige Kleidergeld, das Alex, dieser Geizkragen, ihr zugestand, zwang sie, minderwertiges Zeug zu kaufen, bei dem ein halbwegs schickes Aussehen auf Kosten der Qualität ging...

Sie schreit auf, und ihr entfahren ein paar unwiederholbare Schimpfwörter. Mit diesem Ausbruch meint Irene nicht nur den Lavabrocken und ihren schmerzenden Fuß, sondern alles zusammen – das Boa-Vista, das Leben, ihren Mann. In erster Linie ihren Mann.

Manchmal träumt sie, er wäre tot.

Nicht ganz so direkt, das nicht. Aber sie träumt, sie wäre seine Witwe. Und das eine war ohne das andere ja wohl nicht gut möglich, nicht wahr?

8

Ein außerordentlich flaues Gefühl im Magen – Gastritis? Magengeschwüre? Oder Schlimmeres? – zwingt Simon am nächsten Tag so gegen vier Uhr nachmittags zum Aufstehen.

Es könnte allerdings auch Hunger sein.

Unter beträchtlicher geistiger Plackerei kauft Simon im kleinen Hotelsupermarkt Margarine, Haferflocken, drei Zwiebeln, Brot, Kokosöl gegen zukünftige Sonnenbrände, zwei anämische Tomaten, ein Paket Würstchen und als Basis kommender kulinarischer Großprojekte eine Flasche billigen Fusel. Und eine Avocado.

Wieder im Appartement, stellt er fest, daß das Kokosöl reichlich seltsam aussieht. Es steht nämlich in der Flasche, auch wenn man sie auf den Kopf stellt.

Simon tut Margarine in die Pfanne, schneidet eine Zwiebel in fingerdicke Klötze und wirft sie ins zischende Fett. Dann fällt ihm ein, was er vergessen hat: die Eier. Er humpelt also ein Stockwerk höher zu Julia. Die ist nicht da. Klar. Verwandte sind nie zu Hause, wenn man sie braucht. Simon humpelt wieder hinunter und in den Seitentrakt zu Frieda.

Frieda hat Eier und gibt ihm drei. Drinnen hört Simon Klärchen zetern: «Aber wir brauchen selber noch welche!»

«Sind ja noch genug da! Was kochst du denn Gutes?» möchte Frieda wissen und grinst. Offenbar erwartet keine Frau von einem Mann, der so aussieht wie Simon, daß er kochen kann. Das wäre wohl gegen die Naturgesetze.

Simon gibt zu, daß er noch nicht weiß, was daraus werden soll. Als Nachspeise jedenfalls gibt es eine Avocado.

«Ich habe noch nie eine gegessen», sagt Frieda sehnsüchtig.

Simon auch nicht. «Schau in einer halben Stunde bei mir vorbei. Ich laß dich probieren», sagt er großzügig. In dem Moment fällt ihm ein, daß er die Zwiebeln auf dem Herd hat.

Verdammter Mist.

Sie duften bereits vehement durch die Tür und landen im Abfall.

Während die zweite Ladung lustig brutzelt, macht Simon sich ans Schlachten der Avocado. Sehr zufrieden mit sich selbst stellt er fest: Kochen ist ganz einfach. Da war doch überhaupt nichts dabei.

Bloß, mit der Avocado klappt was nicht. Das Messer geht nicht durch.

Das Hindernis ist etwas Rundes, Hartes von der Größe eines Golfballs. Simon starrt das Ding gehässig an. Er kann einfach nicht glauben, daß so etwas Exquisites wie eine Avocado nichts anderes sein soll als zwei Zentimeter Eßbares und der Rest Kern.

Inzwischen riecht auch die zweite Ladung Zwiebeln schon verdammt brenzlig.

«Hier stinkt's nach verbrannten Zwiebeln!» kommt Julias Stimme von der Tür her.

Simon erklärt: «Ich koche.»

«Ach ja? Die Zwiebeln sind verbrannt.»

Simon schüttet demonstrativ eine Faustvoll Haferflocken darüber und sagt: «Ich mag sie so.»

«Die sind nicht ‹so›, Kleiner. Die sind schwarz.»

«Ich mag sie knusprig.»

«Verbranntes Fett ist krebserregend. Achtung, die Haferflocken brennen an!»

Simon haut Friedas drei Eier über die verbrannten Zwiebeln und angekohlten Haferflocken und beklagt sich: «Wo warst du? Ich wollte Eier ausleihen.»

«Oh, das tut mir leid. Aber du hast welche aufgetrieben, wie ich sehe.»

«Allerdings. Von Frieda.» Sein Ton läßt keinen Zweifel daran, was er von Verwandten hält, die ihn derart im Stich lassen. Er rundet die kulinarische Extravaganz mit einem tüchtigen Schuß Fusel ab. Jetzt kleben die Zwiebeln nicht mehr. Jetzt schwimmen sie. Im Raum stehen blaue Schwaden wie Morgennebel über einem See. Simon flüchtet zum Luftschnappen auf den Balkon und schaut, rein zufällig, zum Pool hinunter. Was er dort unten sieht, raubt ihm beinahe den Appetit.

Stumm leidend schaufelt er danach seine göttliche Kreation in sich hinein. Julia sitzt neben ihm. «Iß doch auf dem Balkon, an der frischen Luft», bettelt sie nach einer Weile. «Hier stinkt es erbärmlich.»

«Niemand zwingt dich hierzubleiben.»

«Welche Laus ist dir denn über die Leber gelaufen? – Na schön. Falls ich dir einen Dienst erweisen kann, vielleicht den Arzt mit der Magenpumpe holen, ich bin auf dem Balkon.»

Auch sie sieht die beiden auf den ersten Blick: Doris – und auf der Liege neben ihr – der Wanderbruder. Jener bebrillte, scheue Mensch, von dem selbst Julia noch nicht weiß, wie er heißt.

Er sagt etwas zu Doris. Und sie sagt etwas zu ihm. Er lacht und schaut sie dabei an wie der kleine Moritz eine Yamaha RD500 mit zwei Motoren.

Nun, denkt sich Julia, gerade schön ist er nicht. Aber vermutlich recht nett. Und wahrscheinlich sehr verläßlich. Und hundertprozentig verliebt in Doris.

Das also ist die Laus, die Simon über die Leber gelaufen ist.

Frieda streckt den Kopf durch den Türspalt und stellt vollkommen überflüssig fest: «Kinder, hier herrscht ein scheußlicher Mief.»

«Unser Kleiner liebt die Zwiebeln knusprig!» sagt Julia, vom Balkon hereinkommend.

«Ich krieg was ab von der Avocado», sagt Frieda erwartungsfroh.

«Blöde Avocado!» sagt Simon. Er hat sie schon probiert. Das Zeug schmeckt nach überhaupt nichts.

Julia rät: «Streu Salz und Pfeffer drauf.» Er tut es. Danach schmeckt das Ding nach Garnichts mit Salz. Verdrossen sagt Simon: «Und darauf habe ich Trottel mich nun fünfunddreißig Jahre lang gefreut!»

«Ja, ja, Schätzchen, so ist das Leben!» Julia tätschelt seine hohle Wange. «Nichts ist so schlimm, wie man befürchtet hat, und fast nichts so schön, wie man gehofft hat... Also, ich brauch jetzt was zum Rauchen. Ich bin gleich wieder da.»

«Mir schmeckt sie», sagt Frieda tapfer.

Zur Strafe muß sie auch noch die zweite Hälfte essen.

Julia kommt mit den Zigarillos zurück. Sie entdeckt den Rest des Madeiras und kramt drei Wassergläser aus dem Schrank.

«Fühl dich nur wie zu Hause», sagt Simon bissig.

«Oh, das tu ich, mein Schatz. Pösterchen, Kinder!»

Frieda hebt ihr Glas. «Auf einen schönen Urlaub!»

Simon nimmt die Flasche mit dem Rotweinfusel und haut sich damit aufs Bett. Er hört Frieda raunen: «Was hat er denn?»

«Er ist sauer», antwortet Julia.

«Wieso das?»

«Ich glaube, er fühlt sich momentan ziemlich haltlos. Wie ein Efeu ohne Mauer –» Julia nickt vielsagend hin zur Balkontür.

Frieda geht nachschauen und meint nach einem Blick hinunter zum Pool: «Ich verstehe... Hat er Kinder mit Martha?»

Maßlos verbittert darüber, daß man sich über ihn unterhält, als wäre er nicht da oder taubstumm oder ein Trottel, brüllt Simon vom Bett her: «Redet ihr zufällig von mir?»

«Natürlich, von wem sonst... Nein, hat er nicht. Hättest du gern Kinder gehabt, Simon?» Die beiden lassen sich, samt Madeira, auf seinem Bettrand nieder.

«Weiß ich nicht», murmelt Simon.

«Unsinn. So etwas weiß man doch. Warum habt ihr eigentlich keine gekriegt?»

«Deine Diskretion ist bewundernswert», knurrt Simon.

«Habt ihr keine gewollt?»

«Wir haben eben keine gekriegt.»

«Hat es an Martha gelegen?»

Simon dreht ihr den Rücken zu.

«Also an dir. Mach dir nichts draus, das erspart dir eine Menge Scherereien. Ich glaube auch nicht, daß du ein guter Vater geworden wärst, mein süßer kleiner Egoist.»

Jetzt hat Simon endgültig genug. Er springt vom Bett auf und stürmt hinaus auf den Balkon.

Er muß ganz einfach hinunterschielen zu den zweien.

«Will sie ihn nicht?» erkundigt sich drinnen auf dem Bett – seinem Bett! – Frieda bei Julia.

«Doris? Wollen vielleicht schon. Aber sie fürchtet sich vermutlich vor einer Enttäuschung. Wenn man einmal über dreißig ist, leidet man nicht mehr sehr gern.» Julia reicht die Flasche an Frieda weiter.

«Ja, ja, die Liebe ist für uns Frauen stets mit Leiden verbunden», sinniert Frieda. An die Liebe kann sie sich zwar nicht mehr so recht erinnern. An die Leiden aber noch recht gut. Die haben auch viel länger angehalten.

Trotzdem, für einen Mann wie Simon, diesen haltlosen Efeu, meint sie, würde sie gern noch einmal Mauer sein. Wenn sie jünger wäre. Leider steht sie schon unter Denkmalschutz. Frieda grinst sich eins, weil sie nichts mehr so recht ernst nehmen kann, am wenigsten sich selber. «Frühgotik, würde ich sagen. Fassade stark restaurationsbedürftig.»

«Weißt du was, ich mag dich, Frieda.»

«Ich dich auch, Kleines», sagt Frieda gerührt.

Inzwischen hat Simon draußen auf dem Balkon festgestellt: *Er* hat eine Glatze. Von hier oben sieht man sie ganz deutlich.

Das stimmt ihn gleich viel fröhlicher.

9

Vor der weißgetünchten Kirche von Estreito do Câmara de Lobos lädt der Lois am nächsten Morgen gegen acht seine Herde aus. Weiter hinauf schafft es der Kleinbus nicht. Zur kapriziösen Irene hinschielend und sich insgeheim eins grinsend im Gedanken an das Kommende, befiehlt er:

«Ziagts wos Wormes drüber. Oben ist's saukolt, und der Schofför loßt beim Fohrn gern die Fenster offen.» Letzteres soll ein Witz sein, den jedoch in Anbetracht der Umstände und dem Kärntner Dialekt vom Lois keiner versteht.

Wenn er will, spricht der Lois perfekt Englisch, auch Portugiesisch und etwas Spanisch und Französisch. Sogar Hochdeutsch kann er, wenn er will. Aber hier oben in den Bergen will er nicht. Außer es geht um Kopf und Kragen.

Irene wendet sich an den sprachkundigen Berni und erkundigt sich gereizt: «Was sagte er?»

Der übersetzt das Kärntnerische ins Deutsche. Auch das mit dem offenen Fenster.

«Nun, dann wird er es eben heute schließen!» sagt Irene und sieht sich nach dem Fahrzeug um. Sie sieht jedoch nichts als eine jener schäbigen Klapperkisten, mit denen die Einheimischen ihre armseligen Geschäfte abwickeln.

Hinten auf die Ladefläche werden soeben ein paar Bänke gehoben.

Der Lois ruft, sich den Rucksack über die Schulter schwingend, mit professioneller Munterkeit: «Let's go on, Leutln. Dallidalli! Steigts aufe da aufs Kübele!»

Frieda steht mit glasigen Augen da. Sie guckt sich das komische Vehikel an und möchte am liebsten singen vor Glück. Sie kommt sich wieder vor wie zwölf. Aber eigentlich, alt kommt sie sich sowieso nie vor. Außer sie sieht im Spiegel ihre Falten. Simon streckt ihr von oben hilfreich die Hand entgegen. Der Lois schiebt von unten nach und schaut sich nach dem nächsten Passagier um.

«Damit fahre ich nicht!» sagt Irene sehr bestimmt.

«Dann renn z'fuaß, fade Nock'n», murmelt der Lois in seinen Bart und wechselt dann zu Hochdeutsch über. Er erklärt der Dame höflich, daß man eben nur mit einem solchen Fahrzeug weiter in die Berge hinaufkäme.

«Wie das Vieh! Alex, du wirst mir doch nicht im Ernst zumuten, auf diesen... diesen Viehtransporter verladen zu werden!»

«Es ist ja nur ein Stückchen, Mäuschen. Ich fürchte, es geht leider nicht anders...»

«O doch, es geht anders! Wer sitzt neben dem Fahrer?»

«Ich», sagt der Lois. «Da sitze immer ich.»

«Ach, so ist das also! Nun gut, heute sitze ich eben dort.»

«Aber Mäuschen», murmelt Korb geniert. «Alle anderen sitzen doch auch relativ zufrieden rückwärts –»

«Wenn sie zufrieden sind, dann ist das ihre Sache! Ich jedenfalls bin es nicht. Ich lasse mich nicht behandeln wie ein Schaf, das man zur Schlachtbank führt.»

Die Schlachtopfer oben auf den Holzbänken grinsen.

Irene stakst entschlossen zum Führerhaus.

Der Lois zuckt resigniert die Achseln. Eigentlich wollte er ihr erklären, *warum* er immer dort sitzt. Weil es nämlich der mieseste Platz von allen ist. Weil dort einer, der sich nicht mit Händen und Füßen festkrallt, bei jedem Loch in der Straße mit dem Schädel gegen das Dach drischt.

Aber jetzt hat er zum Erklären keine Lust mehr. Soll es halt vorne sitzen, das Nockerl.

Er springt hinten auf und verriegelt die Bordwand.

Der Karrenweg hinauf Richtung Pico Grande ist steil wie eine Himmelsleiter und gerade so breit wie die Autospur. Manchmal noch schmäler. So kommt es einem zumindest vor. Praktisch ist das ja unmöglich. Denn dann lägen alle längst unten in der Schlucht.

Es grenzt ohnehin an ein Wunder, daß das noch nicht passiert ist.

Simon verflucht den Tag, an dem er sich von Julia hat zu diesem Schwachsinn überreden lassen. Er ist krank. Er hat Schluckbeschwerden, Schüttelfrost und Bauchweh. Mit einem Wort, er hat Schiß. Aber er kann sich trösten, den anderen geht es nicht viel besser. Keiner von ihnen wird diese Fahrt je vergessen.

Vom Führerhaus her kommen in kurzen Abständen Irenes spitze Schmerzensschreie nach hinten geflattert. Alle gönnen es ihr aus übervollem Herzen.

Klara Kniebusch bewegt die bleichen Lippen in lautloser Fürbitte an die himmlischen Mächte.

Der scheue Deutsche hält schützend seinen Arm zwischen die zarten Wangen von Fräulein Magister Schmiedl und die kratzigen Ginsterzweige, die von der Bergseite her gegen Köpfe und Arme klatschen. Sein Handrücken ist bereits voller Striemen. Er merkt nichts davon. Er spürt nichts als die ungeheuer köstliche Wärme ihres Schenkels neben dem seinen.

Scheppernd, kreischend, keuchend, asthmatisch hustend arbeitet sich das brave Blechtier auf dem zweimetrigen Zwirnfaden von Straße über Stock und Stein bergauf.

Irenes Schreie werden zusehends matter.

Der Lois läßt sich über die Bordwand hängen, streckt den Kopf ins Führerhaus und brüllt eine Frage.

Der Fahrer grinst bedauernd. Tut mir sehr leid, schreit er nach hinten zum Lois. Aber was kann man machen? Sie wollte es ja so, die Senhora, nicht wahr?

Schließlich rumpelt das Gefährt durch Jardim da Serra: Ein Häufchen armseliger Hütten zwischen ebenso armseligen

Gärtchen, in denen aufgeschossener Kohl zwischen gelben und orangen Ringelblumen steht. Keiner versteht, wie man da noch existieren kann. Nicht, daß Simon sich darüber den Kopf zerbrochen hätte. Der hat andere Sorgen.

Auch der Lois hat andere Sorgen. «Hoffentlich sieht er uns nicht!» denkt er beklommen.

Aber er hofft vergeblich. Er steht nämlich schon da, neben dem Weg, wedelt erfreut mit dem Schwanz und hat einen warmen Willkommensgruß im vifen Auge.

Von jetzt an läuft er hinterher. Manchmal schaut er auf zum Lois und bellt: Keine Angst, mein Freund, ich bin noch da!

«Wenn er noch lange mitläuft, findet er womöglich nicht mehr heim», meint Frieda besorgt nach einer Weile.

«Das ist sein Bier», brummt der Lois.

«Er gehört doch sicher jemandem», sagt Sissi.

«Der? Das ist nur ein Streuner.»

«Irgendwer muß ihn aber doch füttern. Er hat ein gehöriges Wamperl.»

Berni lächelt entzückt. Er liebt an Österreich, von Marillenknödeln und den Philharmonikern abgesehen, ganz besonders den einheimischen Dialekt. Reizend, wie sie das sagt, die Kleine: «Wamperl» statt Wanst oder Bauch.

«Das ist mir auch schon aufgefallen», sagt er eifrig. «Die Katzen und Hunde sehen hier außerordentlich gut ernährt aus. Trotz der sichtlichen Armut der Bevölkerung.»

«Hier auf Madeira verhungert kein Vieh», brummt der Lois, der sich gerade überlegt, wie er es denen im Hotel beibringen soll. Denn er weiß ganz klar: Diesmal ist er geliefert. Diesmal kommt er ihm nicht mehr davon.

«*What did he say?*» erkundigt sich einer der Engländer aus der inzwischen international zusammengewürfelten Gruppe bei Professor Kuss, dem Mehrsprachigen, und meint mit unheimlicher Zufriedenheit auf dessen Übersetzung hin: «Ich habe es gleich gespürt. Die Leute hier haben ein gutes Herz.»

Alle pflichten ihm bei.

Keiner, von Simon abgesehen, merkt jetzt noch, daß es rechter Hand senkrecht hinauf und linker Hand senkrecht hinuntergeht. Alle starren sie fasziniert auf die hinter dem Auto herjapsende Promenadenmischung mit dem komischen schwarzen Fleck über dem rechten Auge.

«Mein Gott, schaut's doch, wie ihm das Zungerl aus dem Goscherl hängt, dem armen Lumpi!» erbarmt sich Sissi, ins schönste Wienerisch verfallend, und sie gurrt: «Komm schon, Lumperle, komm schon!»

Aber Lumpi hatte ohnehin keine andere Absicht. Er verdreht vor Anstrengung die Augen, bis man nur noch das Weiße sieht. Einmal bleibt er zurück, zur Verzweiflung aller – nun ja, beinahe aller. Aber bei der nächsten Steigung kommt er wieder nach.

Da kapituliert der Lois endgültig.

Das Boa-Vista füttert an die zwanzig herrenlose Katzen durch, die alle so fett sind wie gutgefüllte Fleischnudeln. Da wird es auf einen kleinen Köter auch nicht mehr ankommen. Er läßt sich wieder über die Bordwand hängen, klopft dem Fahrer auf die Schulter und brüllt ihm was auf portugiesisch zu.

Der geht vom Gas weg, zieht die Handbremse an und macht die Tür auf.

Lumpi hätte auch kapiert, wenn der Lois Altgriechisch geredet hätte. Mit einem Satz ist er im Führerhaus.

Irenes schriller Protestschrei hallt von den Felswänden wider.

Dort, wo auf der Karte ein Ort namens Casa do Vigia eingezeichnet ist und wo es in Wirklichkeit gar keinen Ort gibt, hört der Witz von Straße endgültig auf.

Hier wird abgestiegen. Weiter hinauf geht es mit dem Auto nicht mehr.

Simon schaut sich um. Das, was er da in Nebel verpackt vor sich sieht, verspricht beileibe nichts Gutes. Überhaupt, was soll das alles? In seinem Zustand sollte er zu Hause im Bett liegen, gelabt von einer leichten Krankenkost aus Bier und Pfeffersteak. Am liebsten würde er sich zwischen das stachelige Grünzeug werfen und wie ein Hund verenden. Warum ist er eigentlich hier, er, Simon Adam Kuss, der, wenn es nach ihm ginge, aus jedem verdammten Stadtpark einen ordentlichen Parkplatz machen würde? Natur erschreckt ihn. Besonders solche Mengen davon und wenn alles so riesig ist. Der Berg zum Beispiel, der da vorne auftaucht und dem ein kleiner Fels schief obendrauf sitzt wie eine Zipfelmütze, also der ist doch absolut zum Fürchten.

Ein entsetzlicher Verdacht steigt in Simon auf. Sind sie am Ende dabei, dieses Monstrum zu besteigen?

Nach einer Weile hört der Nebel auf zu wallen, und jetzt erst sieht er, daß er die ganze Zeit über nichtsahnend am Rande des Todes dahingegangen ist: Dort, wo bisher Nebel war, klafft jetzt ein Riesenloch, ein Krater oder so was. Auf alle Fälle etwas zum Hinunterfallen und Mausetotsein.

Von nun an schleicht Simon eng an die Bergseite gedrückt dahin.

Der Lois schreitet der kleinen Schar voran, heiteren und unbekümmerten Herzens. In seinen Augen ist der Weg die reinste Promenade. Der Nebel hat sich erwartungsgemäß gelichtet. Die Sonne leckt bereits über die vorderen Kanten der schattenseitigen Felsrippen. Die Sicht ist klar, sowohl hinunter auf Curral das Freiras, aufgefädelt am silbernen Flüßchen unten am Kraterboden, als auch vorne zum Pico Grande. Einen Augenblick lang streift Lois die Überlegung, ob er ihn mit ein paar Trittsicheren besteigen soll, während die anderen rasten, aber der Augenblick geht schnell vorbei. Wozu sich ein unnötiges Risiko aufhalsen? Es zahlt ihm doch keiner was dafür. Alles, was er verlangt, ist ein ruhiger Tag ohne Aufregung.

Und so wie es aussieht, sollte es auch ein solcher werden.

Verloren zottelt Simon hinter den anderen her. Kein Mensch kümmert sich um ihn. Julia geht weit vorne, zwischen ihrem Mann und der Bezopften und Doris mit der glatzköpfigen Brillenschlange. Als Frieda jetzt stehenbleibt und auf Simon wartet, hat sie dafür auch bloß egoistische Gründe.

«Geh schon vor!» drängt sie.

«Darf ich nicht.»

«Also geh schon!»

«Ich bin der Schlußmann», macht Simon sich wichtig.

«So ein Quatsch! Wer sagt das?»

«Er.» Simon nickt nach vorne zu der roten Pudelmütze vom Lois. «Er hat gesagt, ich darf keinen zurücklassen. Was willst du denn?»

Frieda seufzt über seine Begriffsstutzigkeit. «Ich muß mal.»

Sie ist noch hinter dem Baum, als sie den Schrei hört.

Im Rennen stopft sie sich flüchtig die Bluse in die Hose und keucht, nachdem sie Simon eingeholt hat: «Hast du das gehört?»

Nein, Simon hat nichts gehört.

«Da hat doch wer geschrien!»

«Das wird ein Vogel gewesen sein», sagt er.

Frieda schreit über die Schulter zurück: «Von wegen Vogel! Das war 'ne Frau!»

«He, warte doch!» Simon wetzt hinter ihr her. Mit einem Schlag hat er vergessen, daß er müde ist und krank und am liebsten sterben möchte. Er weiß nur eines: Er will hier in dieser fürchterlichen Wildnis nicht allein zurückbleiben. Als es gleich darauf wieder schreit, hört auch er es. Nein, das ist wirklich kein Vogel.

Es ist Irene.

Irene, die mit bebendem Arm in die Tiefe weist und dabei schreit wie am Spieß.

Dicht neben ihr sitzt Lumpi. Sein Schwanz kehrt aufgeregt das Borstengras. Beide Ohren, eins weiß, eins schwarz, sind aufmerksam aufgestellt. Mit liebevoll-besorgter Anteilnahme äugt er hinunter auf einen sich über den Abgrund biegenden Ginsterbusch, über dem bäuchlings Alex Korb hängt.

Daß beide, Ginster und Korb, überhaupt noch da waren, zumindest im Moment noch, verdankten sie dem Geäst einer mannshohen Baumheide (erica arborea). Irgendwie war es der gelungen, auf einem fußbreiten Felsvorsprung zu keimen und zu wachsen. Ein Blitzschlag hatte ihr das Grüne ratzeputz weggebrannt, samt den dünneren Ästen, und nur ihr hoher Kieselsäuregehalt hatte sie vor der vollständigen Vernichtung bewahrt. Ihr nacktes Gerippe armdicker Stangen stützte den Ginster und jetzt – wie gesagt, im Moment noch – auch Alex Korb.

Vom Wegrand bis zum Ginster sind es an die acht Meter – glattgeschwemmtes, senkrecht abfallendes Lavagestein, vom Ginster bis hinunter zum Kraterboden schätzungsweise fünfhundert. Die Stelle, die sich Korb zum Hinlegen ausgesucht hat, ist demnach denkbar ungünstig. Zwar entbehrt das Gebiet nicht einer gewissen geographischen Bedeutsamkeit, handelt es sich bei dem Riesenloch doch um den Entstehungskrater der Insel Madeira. Aber selbst der ärgste Snob wird zugeben müssen, daß es vorzuziehen ist, auf einem unbedeutenden Fleck zu leben, als auf einem bedeutsamen zu sterben.

Und es sah, ehrlich gesagt, ganz so aus, als hätte ein liebloses Schicksal Alex Korb zum Sterben verurteilt, nachdem er erst drei Tage seines im voraus bezahlten Urlaubs konsumiert hatte.

10

Das Schicksal befragte, nach einem Blick auf das Malheur, die himmlischen Computertabellen und stellte fest, daß es für Korb noch nicht an der Zeit war. Also läßt es ihn vom Lois retten, mit Hilfe eines Seils und der Zugkraft aller knieschlotternden Wanderbrüder.

Korb ist nicht einmal ernstlich verletzt. Nur an der Fassade leicht angekratzt.

Als das vorbei ist, hält der Lois an Ort und Stelle zweisprachig eine gesalzene Predigt über korrektes Benehmen in den Bergen, vor allem bei der dämlichen Fotografiererei – dabei ist es nämlich passiert.

Er ist herrlich anzusehen in seiner Wut, strahlt dem Häufchen kläglicher Dilettanten gegenüber Verachtung, Eiseskälte, Autorität und einen aufregenden Anflug von Gewalttätigkeit aus. Himmel, was für ein Mann! Stark und finster wie die Berge, die seine Heimat sind, und unberechenbar wie die Gewalten der Natur.

Die Damen erschauern in wonnigem Grauen. Klärchen, ohnehin geschwächt bei dem Gedanken durch das entsetzliche Ereignis, fällt beinahe in Ohnmacht bei dem Gedanken daran, wie es wäre, wenn dieser unzivilisierte Urmensch in seinen fürchterlichen, männlichen Gelüsten über sie herfallen würde...

In Zukunft macht Klara Kniebusch einen weiten Bogen um den Lois – nur so zur Sicherheit.

Am selben Abend ruft Professor Kuss seiner Gattin vom Ehebett aus zu: «Streiche bitte auf dem Speisezettel für mich in Zukunft die Nachspeise!» Er hat gerade mit Mißvergnügen festgestellt, daß die Einladungen seiner Professorenkollegen und die damit verbundenen Marillenknödel und Salzburger Nockerln ihre unliebsamen Spuren hinterlassen haben.

Julia, die Nägel feilend, ruft zurück: «Unsinn, mein Schatz! Du hast immer noch eine Figur wie ein Zwanzigjähriger!»

«Nein, eben nicht mehr.» Julia kommt herüber, um nachzusehen, und meint liebevoll: «Gott ja, du hast dir einen kleinen Schwimmgürtel zugelegt. Aber was willst du? Wir werden eben nicht jünger.»

«Es ist dies absolut keine Entschuldigung dafür, sich gehenzulassen!» entgegnet ihr Gemahl mit einer Schärfe, die er sich sonst höchstens an nervenzehrenden Prüfungstagen erlaubt. Und Julia verzieht sich schleunigst wieder hinüber in die Eßecke, zurück zur Restaurierung ihrer Fingernägel.

Auf dem Rücken liegend, den Oberkörper leicht angehoben, die Arme in Schulterhöhe vorgestreckt, malt Professor Kuss mit durchgestreckten Beinen eine makellose Eins in die Luft. Er hat sich vorgenommen, diese hervorragende Übung gegen den drohenden Emboinpoint von nun an jeden Abend zu absolvieren. Dabei kann er es sich nicht verkneifen, über die Ungerechtigkeit der Natur zu sinnieren, die einem faulen Stinktier wie Simon, der nie auch nur einen einzigen Muskel zu seiner Ertüchtigung regt, eine solche Figur erhält. Es kann sich nur um eine Fehlsteuerung der Drüsenfunktion handeln. Denn normal, also normal kann so etwas nicht sein. Zwischen der Drei und der Vier ruft er seiner Gattin zu: «Übrigens, ich habe Fräulein Vogel vorgeschlagen, das Frühstück an unserem Tisch einzunehmen. Es erscheint mir unhöflich, sie allein sitzen zu lassen. Du hast doch hoffentlich nichts dagegen?»

«Aber nein, natürlich nicht –» Julia, offensichtlich mit ihren Gedanken woanders, schmunzelt vor sich hin. «Ich muß es Elsa schreiben. Sie wird entzückt sein von Irenes neuerlichem

Pech. Dabei würde sie eine so reizende Witwe abgeben. Schwarz und diskret gerötete Augen ständen ihr sicher hervorragend.»

«Würdest du dich bitte etwas klarer ausdrücken?»

«Richtig, ich habe dir die Story noch nicht erzählt! Elsa war mit Alex Korb verheiratet, bis Irene ihn sich geschnappt hat in der Meinung, sie hätte sich damit einen Goldfisch an Land gezogen.»

Der Professor runzelt die Stirn. Er schätzt eine solche Ausdrucksweise gar nicht.

«Die Ärmste! Sie hatte so gar kein Glück mit ihren Männern. Ihr erster ging in Konkurs. Irene blieb nichts als ein Breitschwanzmantel. Und den mußte sie zu einem Paletot umarbeiten lassen, als kurz nicht mehr modern war. Danach angelte sie sich einen Amerikaner, Hotelgeschirr, stinkreich. Endlich winkte der armen Irene in ihrem bereits etwas abgetragenen Breitschwanzpaletot das große Glück. Und was passierte? Drei Wochen vor der Hochzeit kenterte seine Jacht vor Puerto Rico, als er gerade dabei war, ein Teechen für Irenes angegriffenes Mägelchen zu brauen –»

«Du scheinst sie nicht zu mögen?»

«Natürlich nicht, Liebling. Eine Frau wie Irene kann man nicht mögen. Das tut höchstens ein leicht bescheuerter Mann und der nur, solange er minnesingt.»

«Was passierte mit dem Hotelgeschirrmann?» erkundigt sich Kuss, um die Geschichte zu einem Abschluß zu bringen. Er möchte mit seinen Übungen fortfahren.

«Er ertrank. Irene rettete sich und seinen Rauhhaardackel. Seither hat sie eine krankhafte Aversion gegen Hunde... Und danach schnappte sie sich Alex Korb auf einer Mittelmeerkreuzfahrt, die er bei einem Preisausschreiben gewonnen hatte. Ich glaube, es war Waschpulver.»

«Wenn ich richtig verstanden habe, so war er doch zu diesem Zeitpunkt verheiratet?»

«Nun, das soll für einige Frauen kein Hindernis sein», kann

sich Julia nicht verkneifen zu sagen. «Er mußte natürlich bei seiner Scheidung ganz schön was hinlegen. Elsa gab damals eine tolle Party. Sie nannte das Auferstehungsfeier. Sie gönnt Irene ihren Alex aus ganzem Herzen.»

«Ach nein? Mir scheint er recht nett zu sein.»

«Ist er auch. Abgesehen von seinem Geiz.»

«Nun ja, wer muß heutzutage nicht sparen?»

«Alex Korb. Der ganz sicher nicht. Er ist Mitaktionär irgend so eines Fischkonzerns, Heringe oder Lachs, stimmt – Lachs. Elsas Hund fraß damals auf der Party einen Teller Lachsbrötchen – mitten auf dem Buchara.» Sie kichert. «Elsa sagt, Alex steigt auf die leeren Zahnpastatuben, um den Rest herauszudrücken. Und nur aus dem Grund schreibt er seine Krimis, sagt sie, nur wegen dem Honorar.»

«Wegen des Honorars», berichtigt der Herr Professor. «Genitiv.»

«Nun, Elsa zumindest behauptet es.»

Ihr Herr Gemahl hebt gequält die Brauen. Julias mangelhafte Schulbildung macht sich zuzeiten doch sehr unliebsam bemerkbar. «Er schreibt Romane, sagst du?»

«Kriminalgeschichten. Für Zeitschriften. Übrigens, wer ist Fräulein Vogel, Schatz?»

Professor Kuss hat eben die Beine zum Fünfer erhoben. Jetzt läßt er sie wieder sinken. «Ich bitte dich! Sissi Vogel. Das Mädchen mit dem Zopf.»

«Ah ja. Das war sehr aufmerksam von dir, Liebling... Wann?»

«Wann was?»

«Wann hast du es ihr angeboten?»

«Ich traf sie heute zufällig beim Fotografieren.»

«Aha... wo?»

«Am Pico da Cruz. Ich sagte dir doch, daß ich dort oben Aufnahmen machte für meinen Dia-Vortrag.»

Bei den Einheimischen heißt er Kaktushügel. Weil er oben herum, wo keine Bananen mehr angebaut werden, voller Feigenkakteen ist. Berni hatte gerade einen silberstacheligen Kaktus vor dem Objektiv gehabt, als ihm Sissi in die Quere gelaufen kam. Sissi und der Hund. Die beiden hatten ihn dann begleitet. Er hatte noch ein paar Aufnahmen von Funchal im Abendlicht gemacht. Wunderschön. Eine Stadt wie auf einem alten Druck, goldener Schein auf roten Dächern und sanftfarbenen Mauern.

Professor Kuss hat dieses «Aha» seiner Gattin absolut nicht behagt. Mit deutlicher Zurechtweisung in der Stimme entgegnet er: «Wie ich sagte – rein zufällig.»

«Aber ich bitte dich, Liebling! Ich verlange doch keine Rechenschaft von dir.»

«Nun, so war es auch nicht gemeint. Ich wüßte nicht, wofür ich Rechenschaft ablegen müßte.»

Daß er Sissi beim Abstieg durch die Kaktusfelder bei der Hand genommen hatte, war ein reiner Kavaliersakt gewesen. Der Weg war steil und von Lavaasche bedeckt, auf der der Fuß wegrollte wie auf einem Kugellager.

Kuss läßt die Beine zur abschließenden Zehn kreisen. Danach macht er ein paar entspannende Atemübungen. Und danach greift er zum portugiesischen Sprachführer. Spielend behielt er nach zweimaligem Wiederholen Phrasen wie «Ich möchte mir ein Opernglas leihen» und «Ich finde die Garderobenmarke nicht». Dabei störte es ihn keineswegs, daß er für beides hier auf Madeira kaum Verwendung finden würde, ganz abgesehen davon, daß es noch nie vorgekommen war, daß er seine Garderobenmarke nicht gefunden hätte. Er lernte um des Lernens willen. Nach kurzem, intensivem Studium ersucht er seine Gattin: «Gib mir doch bitte einen Satz zum Übersetzen.»

Julia bläst sich über die Nägel. War dieses Rot nicht doch eine Spur zu auffallend? «Sie ist nicht so naiv, wie sie aussieht», sagt sie.

«Ich bitte dich, von wem sprichst du?»

«Das war der Satz, mein Schatz.»

«Unsinn. Etwas Alltägliches, bitte.»

Julia murmelt: «Es ist etwas Alltägliches», sagt aber laut: «Also dann etwas anderes... Wie spät ist es?»

«Que horas sao?» übersetzt ihr Herr Gemahl, und das wiederum ist ihm zu leicht. Lektion zwei.

«Glaubst du, du kannst das jemals brauchen?» Julia hat sich auf die Bettkante gesetzt.

«Nun, ich bin sicher, es sprechen nicht alle Englisch hier.»

«Natürlich, da kannst du recht haben, von Deutsch ganz zu schweigen. Ich würde meine Hoffnung auf die Besteigung des Picodingsda setzen –»

«Pico Ruivo.»

«Schatz, dein Gedächtnis ist phänomenal! Möglicherweise stoßen wir dort oben in der Bergeinsamkeit auf einen urigen Eremiten... Nur fürchte ich, dürfte der keine Uhr besitzen. Schau für alle Fälle nach, was ‹nach dem Stand der Sonne› heißt.»

«Spott ist die Waffe der Ignoranten», entgegnet Professor Kuss kühl. Er muß an seiner Frau in letzter Zeit eine frivole Kaltschnäuzigkeit konstatieren, die ihm ausgesprochenes Unbehagen bereitet. Ein häßlicher Gedanke kommt gleich einem widerwärtigen Wurm in sein Bewußtsein gekrochen:

Glich Julia nicht mit zunehmendem Alter mehr und mehr ihrer Mutter?

11

Simon wacht mit miesen Gefühlen auf. Erstens ist er am Ersticken, und zweitens hört er das Klappern einer Schreibmaschine, eine Geräusch, das er mit «Arbeit» assoziiert. Verdammt, wo ist er? Ist er im Büro eingeschlafen? Zu dem Zweck hatte er sich sonst doch diskreterweise stets in die Ablage zurückgezogen. Nein, kein Grund zur Aufregung. Es ist alles okay, zumindest was das Schreibmaschinengeklapper betrifft. Das ist nur Korb-Lederfleck, der schräg unten auf seinem Balkon auf eine museumsreife Olympia einhämmert, mit zwei Fingern, beide zerschunden und von einer Kruste Wundpuder bedeckt. Er hat eins der Hotelhandtücher unter die Maschine gelegt und bildet sich aufgrund dessen ein, den Lärm höre nur er.

Von drinnen klagt Irene: «Ich muß sagen, du bist entschieden rücksichtslos!» Und, als sich am Geklapper nichts ändert, ein paar Phon lauter: «Alex, du gehst auf meinen Nerven spazieren! Hör augenblicklich auf!» Sie könnte platzen vor Wut. Gerade ist ihr wieder bewußt geworden, daß sie mit ein bißchen mehr Glück jetzt schon wohlbetuchte Witwe sein könnte.

Sie hat die Nacht über auf Lockenwicklern gelegen. Auch das hebt nicht gerade ihre Stimmung. Im Nachthemd stürzt sie zur Balkontür und faucht: «Willst du das gesamte Hotel wecken, verdammt noch mal?»

Ihr Mann blickt auf, legt einen am Ellbogen leicht abgewetzten Frotteeärmel über das Geschriebene und meint gelassen: «Laß mich in Frieden.»

Irene sieht aus, als hätte man sie unvermutet in den Magen

geboxt. Sie kann es nicht fassen. «Wie bitte? Was sagtest du eben?»

«Ich sagte, laß mich in Frieden. Ich arbeite.»

«Das ist nicht zu überhören!» Sie holt tief Luft. «Ich möchte dich ersuchen, mir gegenüber einen anderen Ton anzuschlagen.»

«Hast du die Hose geflickt?»

«Ob ich –?»

«Meine Hose, jawohl.»

«Laß mich in Frieden mit dieser blöden Hose!» zischt Irene.

Korb zuckt die Achseln. «Na schön. Dann werde ich eben morgen mit der zerrissenen gehen müssen.»

«Früher ...» flüstert Irene, sich am Türrahmen festhaltend, denn sie ist einem Kreislaufkollaps nahe, «früher warst du zumindest noch ein Gentleman. Heute bist du auch das nicht mehr. Damit du es weißt, ich hasse dich. Ich hasse dich! Ich hasse dich!»

«Das ist mir völlig klar, meine Teure», entgegnet Korb gleichmütig, steht auf und schiebt ihr vor der Nase die Balkontür zu.

Welche Bäume hatten unten am Fuß der Kraterwände gestanden, überlegt Alex Korb. Kiefern? Lorbeer? Kastanien? Es war ein dichter, grüner Pelz gewesen, über den sein Hut gesegelt war. Ein prima Lodenhut. Wasserdicht. Er hatte ihn vor drei Jahren in Garmisch hundert Märker gekostet. Verdammt. Es tut weh, einen Hunderter im Wald vermodern zu sehen. – Korb entscheidet sich für Kiefern.

Nach dieser Gedankenpause tippt er wieder flott dahin. Diesmal braucht er sich nicht sonderlich anzustrengen. Er konnte sich an die Fakten halten, mehr oder weniger. Nicht jeden Tag wird einem eine Story wie die sozusagen auf dem Tablett serviert. Auch den Titel hat er schon: Aug' um Auge, Zahn um Zahn.

Er wird die Story «Frau und Heim» anbieten.

Hausfrauenmagazine waren seine besten Abnehmer. Ein

paar zünftige Leichen brachten etwas Abwechslung in das triste Einerlei von Fensterputzen, Kochen und Ein- und Ausräumen des Geschirrspülers. Diesmal allerdings würde es nur eine geben. Eine Leiche. Und die erst im letzten Kapitel. Eine Person weiblichen Geschlechts. Gegen fünfzig. Eine Nervensäge. Affektiert. Dumm. Geldgierig. Eine Plage für jedermann, insbesondere für ihren Mann.

Ihren Tod würde niemand bedauern.

Inzwischen ist Simon klargeworden, warum er am Ersticken ist. Es ist seine Nase. Etwas Grundlegendes ist mit ihr nicht in Ordnung. Er betastet sie sorgenvoll. Richtig, das ist keine Nase mehr, das ist ein Klumpen Beton.

Simon quält sich aus dem Bett, schlurft ins Bad, schaut sich lang und tief in die rot entzündeten Karnickelaugen. Dann reißt er den Mund auf, macht «Ahhh!» und betrachtet schaudernd den grauen Pelz auf seiner Zunge. Er erinnert ihn an den Schimmel auf Mutters Marmeladegläsern. Er steht immer noch, völlig parterre, vor dem Spiegel, als Julia plötzlich hinter ihm auftaucht. Fieberhaft sucht er nach etwas, mit dem er seine Männlichkeit verdecken könnte, und findet in der Verwirrung nichts als seine Hand.

Er bräuchte sich nicht zu sorgen. In seinem Zustand genügt die auch. Er hat momentan wahrhaftig nicht viel zu verdecken.

Julia wirft ihm ein Handtuch zu und meint: «Komm doch runter zum Pool. Das Wetter ist ein Traum.»

Typisch. Sie merkt nichts. Sie sieht nicht, daß er mit einem Fuß im Grab steht. Und als er ihr seine Situation klarmacht, meint sie herzlos: «Das ist doch bloß Heuschnupfen. Daran stirbst du nicht. Den hast du doch jedes Jahr, soviel ich weiß.»

Simon muß es zugeben. Zu Hause, ja. Aber hier? Hat sie auf der vermaledeiten Insel einen blühenden Grashalm gesehen? Hat sie? Na also. Unmöglich kann er in seinem Zustand aus dem Bett. Und morgen die Tour, daran war gar nicht zu denken.

«Unsinn. Natürlich gehst du mit. Hör auf, dich zu bejammern. Martha muß das Zeug zu einer Märtyrerin gehabt haben... Ich halte dir eine Liege frei. Aber komm bald.»

Und damit geht sie. Läßt ihn einfach stehen in seinem Elend. Simon begreift nicht mehr, wie er sich jemals hat einbilden können, sie zu lieben. Das ist keine Frau. Das ist ein Stein. Gut. Berni hat an ihr, was er verdient.

Simon fischt ein Kleenex-Tuch aus der Schachtel und schneuzt sich.

Etwas später quält er sich dann doch zum Pool hinunter. Zwar hat er keine Lust zum Baden, aber alles ist besser, als allein in einem Hotelzimmer dahinzusiechen.

Julia winkt ihm zu und deutet auf die freie Liege neben sich.

«Da kommt unser Adonis», bemerkt Madame Legru mit einem Kopfnicken in Simons Richtung, die Canastakarten austeilend und gleichzeitig ihr Auge genießerisch über seine Anatomie gleiten lassend.

Nach einem ebenso gründlichen Blick entgegnet ihre Freundin Madame Biron: «Findest du nicht auch, daß er wie ein Dichter aussieht?» Ein Dichter! Das werden wohl sein Bart und seine tiefliegenden Augen machen, in die phantasievolle – oder verliebte – Frauen alles mögliche hineinzulegen versuchten, meint Madame Legru. Das und seine müde Haltung.

«Ich kannte einmal einen Dichter», erinnert sie sich, «der sah aus wie ein Spanferkel.»

«O là là! Davon hast du mir nie erzählt.»

«Es war nichts Besonderes. Und eigentlich war er auch kein richtiger Dichter. Er schrieb bloß Schundromane. Ein fürchterlicher Schmus.»

Madame Biron beugt sich über den Kartentisch. «Wie war er sonst, *Chérie?* Du weißt schon, was ich meine...»

«Eine totale Niete. Er investierte wohl alles, was er auf dem Gebiet besaß, in seine literarische Produktion.»

Madame Biron bemerkt seufzend, daß das Leben wirklich selten hielt, was die Romane versprachen. Sie greift nach dem Orangensaft und schnuppert genießerisch daran. Ah, dieser köstliche Geruch nach Wacholder! Orangensaft war ein so praktisches, so überaus diskretes Getränk, in dem man faktisch alles verstecken konnte. «Also, ich hätte geschworen, daß sich zwischen dem hübschen Knaben und der kleinen Lehrerin was anspinnt, aber sie scheint sich für dieses unscheinbare Doktorchen entschieden zu haben. Ich verstehe wirklich nicht, wie sie diese halbblinde Fledermaus ihm vorziehen kann.»

«Nun, ich weiß nicht ... Schöne Männer können oft recht schwierig sein. Was mich betrifft, ich habe mich immer lieber an die häßlichen gehalten. Die mußten andere Tugenden entwickeln, um uns Frauen zu imponieren. Glaube mir, was ein Mann schöner ist als ein Affe, ist die reinste Verschwendung.»

«O Louise, du bist schrecklich! Also nein, schau dir die mit dem Zopf an! Kniebeugen in einem solchen Badeanzug! Das grenzt an unsittliche Entblößung. Würdest du es wagen, dich derart zu produzieren?»

«Wenn ich ihre Figur hätte, ohne weiteres», entgegnet Madame Legru sehr bestimmt.

Julia leidet stumm. Jetzt dieses elende Biest am Zopf hin zum Pool schleifen und dort so lange unter Wasser halten zu können, bis es blau wurde, was wäre das für ein Hochgenuß!

Verflixt, was sollte sie tun? Kampflos zusehen, wie diese Sissi drauf und dran war, ihren Mann zu verführen? Sie schielt zu dessen Liege hin. Bernhard schaut unheimlich angestrengt *nicht* dorthin, wo dieses schamlose Weibsbild so freizügig seine Anatomie zur Schau stellt.

War das vielleicht normal? – Natürlich war das nicht normal. Normalerweise würde sich kein Mann eine solche Show entgehen lassen. Sein Verhalten bewies eines nur allzu deutlich:

Er hatte schon angebissen.

12

Während Lois darüber wacht, daß jeder seine Lunchbox und die Feldflasche mit dem Tee einpackt, sausen seine Gedanken im Schnellzugtempo die heutige Tour ab, um das Loch zu finden, in das einer von den Krüppeln möglicherweise fallen konnte.

Nein, der Lois verspürt an dem Morgen keinen Funken Liebe zu seinem Beruf. «Die bringen es fertig und ersaufen in einer Levada», sagt er bitter zu João an der Bar. Zwar war es praktisch unmöglich, in einem dieser seichten Wassergräben zu ertrinken, aber in seiner derzeitigen Stimmung hält er alles für möglich.

«Ist heute nicht der Ruivo dran?» fragt João.

«Den mach ich diesmal später.»

João nickt nur, er ist morgens nie sehr gesprächig. Er läßt sich einen Kaffee aus der Maschine, trinkt ihn schwarz, ohne Zucker. Die Tasse in der Hand, deutet er jetzt mit einem Zwinkern auf etwas, das sich hinter dem Lois befindet. Der dreht sich um, sieht den Herrn Krendlmaier vor sich stehen und hat plötzlich einen Druck im Magen wie nach einem zu ausgiebigen Frühstück mit Speck und Eiern.

Vati Krendlmaier wedelt drohend mit dem Programmheft. «Hörst, was soll'n das?»

Lois stellt sich dumm. «Was gibt's denn?»

Vati, mit klobigem Zeigefinger bedächtig von einem Wort zum nächsten kriechend, liest vor: «‹Dritte Tour. In fesselnder, überwältigender Bergwelt steigen wir auf zum Pico Ruivo.› Und, steig ma auf'n Pico Ruivo? Naa. Steig ma nit.»

Lois weist auf das Kleingedruckte. «Und da steht: ‹Änderungen sind dem Bergführer vorbehalten.›»

«Aha. So schau ma aus. Wie bei da Regierung. Diktatur in Reinkultur. Erst winseln's um unsre Stimmen und nachher haun's uns auf'n Kopf.»

«Aber Vati!» Frau Krendlmaier zupft ihre aufgebrachte bessere Hälfte sachte am Ärmel. Wenn er sich erst einmal an der Regierung festgebissen hat, bringt ihn das furchtbar in Rage, und das schlägt sich dann unweigerlich auf die Galle.

«Du bist staad! – Das letzte Mal nur die halbe Tour, weil so a saublöder Mensch nit schaut, wo er hinsteigt, und heut wieder das da. Ich werd mich schriftlich beschwer'n, daß du's waßt.»

«Seid ihr fertig?» fragt Lois seine Herde.

«Da kannst Gift drauf nehmen», sagt Vati.

Lois schweigt.

«Aha. Man redet wohl nicht mit jedem, was?»

Lois schweigt wie das Grab. Jedes Wort wäre Wasser auf die Mühle.

Seines Gesprächspartners beraubt, stapft Vati schließlich notgedrungen zurück zu seinem Rucksack. Er steckt seine lange Nase in die Lunchbox und hat wieder etwas gefunden, über das er wettern kann.

Frau Krendlmaier sagt kreuzunglücklich zum Lois: «Er hat's mit der Galle, der Vati. Das macht ihn manchmal ein bißchen grantig. Aber sonst ist er eine Seele von einem Menschen.»

«Gib mir einen Magenbitter», sagt der Lois zu João. Er spürt es deutlich: Auch er hat es mit der Galle.

Nie, auch in den schwärzesten Minuten seines Lebens nicht, hätte Simon gedacht, daß er je etwas derartig Idiotisches tun würde: Stunde um Stunde auf einer Mauer dahinbalancieren, mit zwei Möglichkeiten, von denen eine reizender war als die andere: Man konnte entweder rechts in einen Wassergraben fallen oder links den Berghang hinunter. Und es sah so aus, als sollte es den ganzen Tag so weitergehen.

Was es dann auch tatsächlich tut. Aber es wird sich trotzdem lohnen, zumindest für Simon. Er wird ein Schauspiel erleben, für das er bis in den Himalaya gepilgert wäre.

Eigentlich sollte der Lois seiner internationalen Herde erklären, was eine Levada ist. Aber er ist schrecklich maulfaul. Er sagt nur, mit einem Nicken zur Seite hin: «Do hom mas. *There it is. Some sort of* Wasserleitung. *Only no* Rohrs. *All open, you see?* So richtig schön zum Einefallen. *To fall in. Very nice.*»

Auch Frieda findet es nett. Aber bei der ist das kein Kunststück. Die findet alles nett. Nur nicht Obst in Plastik verpackt und Weihnachtslieder in den Geschäften. «Schau dir das Moos an!» strahlt sie nach hinten zu Klärchen. «Hast du so was schon gesehen? So was Grünes? So was Zartes?» Aber wie könnte die? Klara Kniebusch hat noch kein Auge nach links oder rechts geworfen. Ist sie vielleicht lebensmüde? Zum Schauen müßte sie stehenbleiben, und das geht nicht. Weil ein Mensch keine Bremslichter hat und so die Gefahr besteht, daß der Hintermann aufläuft. Außerdem hat sie ohnehin nicht ihren besten Tag. Und das Hundevieh macht sie nervös. Weiß der Himmel, warum Lumpi sich ausgerechnet an Klaras Fersen heftet. Es verweist jedenfalls die Hypothese, ein Hund könne fühlen, ob ein Mensch ihm gut gesinnt sei, ins Reich der Fabel. Hätte Lumpi gefühlt, was Klara von ihm dachte, er hätte jaulend mit eingezogenem Schwanz das Weite suchen müssen.

Berni geht hinter Julia und vor Sissi. Als er sich einmal kurz umdreht – nicht nach Sissi, nur nach der Gegend im allgemeinen –, zwinkert die ihm ungeniert zu.

Er tut, als hätte er nichts bemerkt. Nur seine Ohren laufen rot an.

Simon vertreibt sich die Zeit, indem er hie und da erfolglos in ein Tempotaschentuch trompetet. Seine Nase ist vollkommen zu. Er kann weder durch sie atmen, noch schmeckt er etwas, wenn er ißt.

«Ja, ja, grad so hat's angefangen bei mein' Alten», bemerkt Vati Krendlmaier nach einem von Simons vergeblichen Versuchen über die Schulter zurück.

«Angefangen? Was hat angefangen?» erkundigt Simon sich.

«Na ja, der Krebs in der Nas'n. Hart war sie, ich sag dir, hart wie Beton.»

«Es ist nur Heuschnupfen», stammelt Simon.

Vati nickt. «Grad das hat sich mei Alter aa denkt. Und dann hat er nimmer essen können und nimmer schnaufen und nix hat's gedauert und wir haben ihn eineg'legt in die Truhen.»

«Vati», meint Frau Krendlmaier zaghaft, «du kannst den Regenmantel schon wieder ausziehen. Es hat schon aufgehört.»

Vati, der genau das vorgehabt hat und nur von seiner segensreichen Aufklärungsarbeit unterbrochen worden war, brummt: «Für was denn? Es regnet eh glei wieder in dem Sauloch», und behält ihn an. Jetzt justament. Das wäre ja noch schöner, daß er sich von seiner Alten kommandieren ließ!

Simons Finger tasten sich zaghaft hinauf zum zubetonierten Riecher. «Er sagt, bei seinem Vater hätte es genau so angefangen.» Simon gibt diese Information an seinen Hintermann weiter.

«Was hat angefangen?» erkundigt sich Doris, die zufällig hinter ihm geht.

«Krebs.» Schon das Wort allein läßt sein Herz flattern wie ein verängstigtes Vögelchen.

«Hat *er* das gesagt?» fragt Doris empört.

Simon nickt und jammert: «Glaubst du, daß das möglich ist?»

«Blödsinn! Du solltest es mit Kamillendampf versuchen.»

«Kamillen?» Blümchen, was? Irgendwas Weißes, Kleines? – Hat er aber keine mit, sagt Simon.

Doris seufzt ein wenig. Natürlich nicht. Wer hat schon?

Männer waren ja so rührend hilflos. Besonders die großen. Als hätte jeder Zentimeter, den sie an Höhe zugesetzt haben, ihnen ein wenig vom praktischen Hausverstand genommen.

Und jetzt, auf den nächsten ein, zwei Kilometern, passiert es: Doris' künstlich vereistes Herz schmilzt dahin wie eine Kugel Vanilleeis im heißen Mokka. Was Simon im normalen Zustand bei dieser gescheiten kleinen Person nie gelungen wäre – und wenn er auf den Knien vor ihr gerutscht wäre, den Arm voller Orchideen – jetzt, als krankes, verängstigtes Menschlein bringt er es zuwege, ohne daß er auch nur einen Finger rührt. Doris kann nicht anders. Sie ist Österreicherin, also hoffnungslos romantisch und außerdem ein mütterlicher Typ. Und er sieht so unheimlich trostbedürftig aus von hinten. So wahnsinnig rührend, mit dem aus der Anoraktasche hängenden Zipfel rosa Kleenex, das er zum Schneuzen verwendet.

Er sieht so ganz und gar nicht nach gefährlichem Mannsbild aus.

Sie wird ihm Kamillen mitbringen, verspricht sie, sie muß ohnehin in die Stadt.

«Ich könnte ja mitgehen», sagt Simon. «Falls es dir recht ist.»

«Aber ja. Warum nicht.» Ihre Antwort kommt wie aus der Pistole geschossen. Sie ärgert sich auch gleich darüber. Das war zu eifrig. Viel zu eifrig. Mensch, hat sie schon wieder vergessen, daß sie sich meistens verkrümeln, wenn sie einen dort haben, wo sie einen haben wollen? Ist sie dafür nach Madeira geflogen, sie romantische Närrin? Um sich wieder eine neue Enttäuschung einzuhandeln?

Laß ihn zappeln. *Play it cool, girl.*

Aber es ist verdammt hart, es cool zu playen, wenn einer so offensichtlich ihrer Hilfe bedurfte.

Simon ist selig. Zeitweise vergißt er sogar, sich um seine Nase zu sorgen. Und um sein armes, verlassenes Auto in der

Parkgarage am Flugplatz in Frankfurt. Und wenn, dann hat er jetzt wieder jemanden, der seine Sorgen mit ihm teilt. Doris ist keine Egoistin, sie denkt nicht nur an sich.

«Wenn wir die Kamillen kaufen gehen», sagt sie soeben, «dann könnten wir auch gleich auf dem Markt einkaufen.»

In Gedanken kocht sie schon. Espada, den schwarzhäutigen, delikaten Schwertfisch, in Butter gedünstet, mit etwas Zitronensaft beträufelt, dazu Salat oder zarte Erbsen –

«Ja, das machen wir», entgegnet Simon voller Eifer. Er ist in einem Zustand, in dem er überallhin mitgegangen wäre. In die Sahara oder nach Grönland. Na schön, dorthin vielleicht nicht unbedingt. Er stellt sich die Liebe unter einem Berg transtinkender Eisbärfelle eher unbequem vor.

Weil er mit seinen sündigen Gedanken unter einem Eisbärfell ist und nicht hier auf der Mauer, tritt er daneben und fällt der Länge nach in die Levada.

Tief ist sie zwar nicht. Aber unheimlich naß.

«Kannst mein Reservehemd haben», seufzt der Lois und fragt sich, welches Kamel wo als nächstes landen würde. So was hat er in seiner gesamten bergführerischen Laufbahn noch nicht erlebt.

Frieda leiht Simon ihr zweites Paar Socken. Und Julia meint in Hinblick auf seine pitschnassen Jeans: «Ich glaube, Bernhard hat seine Trainingshose mit. Er soll sie dir geben.» Sie sieht sich nach ihrem Mann um.

Kein Berni weit und breit.

«Schau doch bitte nach, wo er bleibt», sagt sie zu Simon. «Ich fürchte, beim Fotografieren vergißt er die Zeit.»

Also zottelt Simon zurück, in Schuhen, die bei jedem Schritt ein höchst seltsames Geräusch von sich geben.

Nur der letzte Rest von Verstand hält Doris davon ab, ihm nachzulaufen.

Inzwischen eilt Bruder Berni die Levada entlang, so schnell es der schmale Pfad erlaubt. Ist es möglich, daß er so weit zurückgeblieben ist? – Wie ungut. Leider verlor er beim Fotografieren nur allzu leicht jegliches Zeitgefühl.

Zwei Kurven weiter zieht sich Sissi seit einer halben Ewigkeit den Anorak aus. Irgendwann einmal mußte er ja kommen!

Er kommt. Forschen Schrittes, sich völlig auf rasche Fortbewegung konzentrierend. Sissi ruft, in den Blauaugen nichts als blankes Erstaunen: «Du? Also bin ich doch nicht die letzte?»

Berni antwortet ein wenig außer Atem: «Sind die anderen weit voraus?»

«Nur ein Stückchen.»

Berni wartet höflich, bis sie sich den Anorak auf den Rucksack geschnallt hat. Danach hilft er ihr in die Schlaufen. Und danach möchte er weiter. Verständlicherweise.

Sie jedoch hat noch alles mögliche zu fragen. Wie die Bäume heißen und wie das bei der Besiedlung zugegangen ist und bei dem großen Brand, damals, als man die Wälder rodete und es sieben Jahre lang brannte.

Und anscheinend kann sie nicht gehen, wenn sie redet.

Ein wissensdurstiges Menschenkind abzuweisen, das nun bringt Berni nicht übers Herz. Er nestelt den Reiseführer aus der Rucksackaußentasche und doziert:

«Obwohl die Insel ungefähr ein Jahrhundert lang schon bekannt war, hatte niemand versucht, sie zu besiedeln, denn da man vom Meer her eine ungeheuer dichte Dampfwolke sah, vor der die Seefahrer mit vollen Segeln flohen –»

Sie rückt sachte näher. «Du, das ist wahnsinnig interessant!»

Er steckt die Nase noch tiefer ins Buch. «Die Insel war von einem riesigen Wald jahrhundertealter Bäume und einem üppigen Pflanzenwuchs bedeckt. Daraus erhob sich eine wilde und hohe Mauer von Bergen und Felsen –»

«Ich könnte dir stundenlang zuhören, Berni», gurrt Sissi. Inzwischen ist sie schon hautnah aufgerückt.

Selbst der in die Vergangenheit versunkene Berni muß langsam bemerken, was sich da in der Gegenwart vor seiner Nase abspielt. Eine Entdeckung, die ihm das Herz in der Halsschlagader hämmern läßt und ihm den Schweiß auf die Stirn treibt. Er sagt tapfer: «Ich fürchte, jetzt müssen wir aber wirklich weiter!»

Seltsamerweise machen seine Beine keinerlei Anstalten, sich zu entfernen. Im Gegenteil, sie scheinen auf jenem Punkt Wurzeln geschlagen zu haben, der ihrem Besitzer so gefährlich vorkommt wie ein Minenfeld. Nicht zu Unrecht, wie der Kuß beweist, den das verflixte Mädchen ihm – überfallartig – auf den Mund drückt, ein Kuß, der die tennisgestählten Professorenschenkel erbeben läßt.

Berni fährt zurück, wild erschrocken.

«Was ist denn, Berni?» maunzt Sissi und rückt ihm wieder näher.

Berni stöhnt bloß.

«Magst du mich denn gar nicht, Berni?»

Neuerliches Aufstöhnen. «Ich dich nicht mögen? Ach Sissi, Mädchen, wenn du wüßtest! Aber es ist Irrsinn, absoluter Irrsinn. Ach, du! Ich war verliebt in dich vom ersten Moment an –»

«Herrlich, ich auch in dich!» ruft das blonde Biest erfreut.

Sie küßt ihn wieder. Und dann küßt er sie, er kann nicht anders. Ihr sanftes, jedoch ungemein entschlossenes Händchen verirrt sich zwischen Gürtel und Unterhemd.

Zu Bernis Verteidigung muß man sagen, daß er jetzt doch ehrlich alarmiert ist. Er versucht vergeblich, sie an ihrer Fummlerei zu hindern, und stammelt: «Bitte, Liebes, du solltest das nicht! Wenn uns jemand sieht!»

Sich mit seinem Gürtel befassend, der nicht aufgeht, meint sie: «Aber wer denn, Schatzi?»

«Nun, die anderen.»

«Die sind doch längst schon über alle Berge.»

Berni zieht nun seinerseits fieberhaft am Gürtel. «Und wenn nun aber doch jemand –?» Endlich kriegt er ihn auf.

«Aber geh, da sieht doch keiner durch, durch den Urwald.»

Sie küssen sich wieder. Ihr Händchen streichelt im Innern seiner Wanderhose die vielversprechende Schwellung.

Er legt seine fieberheiße Hand auf die ihre, um sie von weiteren Aktivitäten abzuhalten, und stöhnt heiser: «Sissi, bitte nicht! Ich fürchte ... ich fürchte, ich könnte mich sonst nicht mehr länger beherrschen.»

«Na, dann laß sie halt, die blöde Beherrscherei», sagt die kleine Hexe, dabei an seinem Ohrläppchen knabbernd.

Er versucht es mit einem letzten, halbherzigen Abwehren. «Es geht nicht. Wir dürfen nicht den Kopf verlieren.»

«Aber hör mal, was macht's schon. Es kann doch nix passieren. Ich nehm sie eh jeden Tag.»

«Wen?» Er kann nicht mehr denken. Er kann kaum mehr atmen. Sein Herz arbeitet wie ein Schiffsmotor unter Volldampf.

Sie flüstert in sein wildpochendes Halsgrübchen: «Die Pille natürlich. Ich bitt dich, stell dich doch nicht an wie eine schüchterne Jungfrau. Du bist doch ein Mann. Ich spür doch, was für ein Mann du bist!»

«Ach du mein lieber Gott!»

Mit diesem bebend hingehauchten Seufzer vertraut sich Berni der verständnisvollen Nachsicht seines Schöpfers an sowie der Dichte des nach siebenjährigem Brand noch verbliebenen Urwaldes.

13

«*Was ist los?* Wo bleibt er denn?»

«Keine Sorge, er kommt schon nach.» Simon nimmt Julia sacht am Ellbogen und führt sie behutsam weiter.

«Aber was macht er denn um Himmels willen so lange?»

Ja, was macht er denn, der Berni, abgesehen von dem, was er wirklich macht? – Verdammt, Simon muß sich schleunigst was einfallen lassen. Aber schnelle Entscheidungen sind nun einmal nicht seine Stärke. Kläranlagen sind unheimlich geduldig. Auf eine Eingebung hoffend, läßt Simon suchend seinen Blick durch die Gegend stolpern, bis er an einem Moospölsterchen hängenbleibt. Er atmet auf. «Er fotografiert seine Dingsa, du weißt schon ... die Serie von Moosen und Farnen und so 'nem Zeug, für seinen Vortrag.»

Prima, Simon, wirklich, du hättest Diplomat werden können!

«Ich versteh ihn einfach nicht! Es sieht Bernhard so gar nicht ähnlich ... Sag mal, hast du Sissi gesehen?»

Simon schüttelt energisch den Kopf. Wieso, säuselt er dann falsch, ist sie denn nicht hier? (Jesus, dieser Anblick! Dieser Anblick! Die zwei, da hinten in den Büschen –! Also davon wird er sein Leben lang zehren.)

«Du solltest endlich aus dem nassen Zeug raus», meint Julia nun.

Auch Doris ist dieser Meinung. Jawohl, er müßte unbedingt schleunigst in eine trockene Hose. Ja, warum hat er sie denn nicht schon längst an?

«Hat er sie denn nicht mit, die Trainingshose?» will Julia wissen.

Simon beruhigt sie. Keine Angst, er kriegt sie schon noch, die Hose. Ha ha. Dieser scheinheilige Hund, der Berni. Immer so würdig. Immer die Nase in der Luft. Und treibt es bei der erstbesten Gelegenheit mit einem jungen Ding. Hat es so eilig, daß er es nicht einmal erwarten kann, bis er im Bett mit ihr ist. Geht statt dessen einfach in den Wald mit ihr. Und so was ist Professor. Und so was hat man ihm als Vorbild vor die Nase gehalten, solange er sich zurückerinnern kann.

In dem Moment hat Simon seinen Bruder zum ersten Mal beinahe gern.

Um halb vier läßt der Lois den Bus vor einer Tür mit grünen Holzläden halten. Sie gehört zu einem jener Kramläden, wie sie in den Dörfern auf dem Land üblich sind: gleichzeitig Lebensmittelladen und Ausschank. Das Auftanken am Ende einer Tour in einer solchen einheimischen Kneipe gehört mit zum Programm. Zur Verbesserung der zwischenmenschlichen Beziehungen. Erstens. Zweitens will der Lois damit den Wanderbrüdern etwas Echteres, Volkstümlicheres bieten als die sterile Atmosphäre einer Viersternhotelbar. Und drittens betreibt er damit wirkungsvolle Entwicklungshilfe: Die Escudos, die seine Herde für Schnaps und *vinho de casa* hierläßt, fließen nicht in die dicken Brieftaschen ausländischer Hoteliers, sondern in die mageren der einheimischen Bevölkerung. In diesem Fall in die als Kasse dienende Zigarrenschachtel Eduardo Pareiras.

Irene betritt das düstere Halbdunkel mit ausgesprochenem Widerwillen. Mit einem Blick erfaßt sie die armselige Ausstattung – nur die Fliegenfänger entgehen ihr infolge der Düsterheit –: Packungen von Kindernährmitteln, Waschpulver, Reis, Zündhölzer und Nägel auf Regalen, die offensichtlich seit Beginn der Besiedlung nicht abgestaubt worden sind, eine höchst beachtliche Kollektion von Schnaps-, Wein- und Likörflaschen, auf einer Limokiste eine Schachtel mit getrocknetem Stockfisch, der aussieht wie vergilbtes Pergament und über dem die Fliegen brummen, am Boden neben der Tür aufgerollte Jutesäcke mit getrockneten Erbsen und Bohnen und fetten gelben Maiskörnern und einem fetten schlafenden Kater obendrauf. Unter der Decke baumeln, auf Schnüren aufgehängt, aus grober Wolle gestrickte Westen und diese lächerlichen Hauben mit Ohrenschützern, wie die Männer auf dem Land sie idiotischerweise trotz der Hitze tragen.

Irene holt tief Luft. «Du willst doch hier nicht etwa was trinken?»

«Warum nicht?»

«Dich ekelt es wohl vor nichts, mein Lieber?»

«Alkohol desinfisziert», sagt Korb, sich breitbeinig an der schmierigen Theke aufstellend.

«Que deseja?» erkundigt sich Eduardo mit sonnigem, zahnlosem Lächeln.

Aber an Irene ist jedes Lächeln, sonnig oder sonstwie, verschwendet. «Es riecht hier nach Mäusen!»

«Das wird der Stockfisch sein. Oder der Mais.»

«Oder die Mäuse.»

«Oder die Mäuse, richtig... Für mich ein Glas Weißwein bitte. Vom offenen.»

«Eh?»

«Vinho de casa», übersetzt der Lois. «Zwei?»

«Eins», sagt Korb heiter. «Ihr ist es hier zu dreckig.»

Dieses nackte «ihr» gibt Irene den Rest. Mit einem jener vernichtenden Blicke, die ihr Mann vor seinem Sturz, damals, als er noch ein Gentleman war, gefürchtet hat wie die Pest und die ihn jetzt kälter als kalt lassen, rauscht sie aus dem Laden.

Die Männer trinken *aguardente* aus dickwandigen Wassergläsern, die Eduardo nach jeder Benützung gewissenhaft zwei Sekunden lang unters fließende kalte Wasser hält. Der Schnaps ist so gradlinig und unverdorben wie alles, was hier auf der paradiesischen Insel produziert wird. Die Vorsichtigeren halten sich an den herben *vinho de casa*. Simon trinkt süßen Madeirawein wie die Damen. Nach dem ersten Glas sagt er großspurig zum Alten hinter der Theke: «Einen Schnaps für die ganze Runde!» und macht eine entsprechende Geste mit der Linken. Die Rechte ruht auf der Schulter seiner funkelnagelneuen Liebe. Er ist selig und muß unbedingt alle seine lieben neuen Freunde an seinem Glück teilhaben lassen. Deshalb der Schnaps.

Doris ist auch selig. Aber sie zeigt es nicht so offen. Selig ist sie mehr innerlich. So selig eben, wie es eine Frau über Dreißig sein kann mit einer neuen Liebe und der alten Angst, auch diese Liebe könnte womöglich nicht viel länger halten als seine erste Begeisterung im Bett.

Und deshalb sagt jetzt diese sehr vorsichtige Doris auf Simons Frage hin, was sie am Abend unternehmen könnten, so ganz obenhin: «Wäre es nicht das beste, du würdest dich hinlegen?»

«Warum?» erschrickt Simon. «Wegen dem bißchen Heuschnupfen?» Eine wahrhaft gräßliche Vision tut sich vor ihm auf: Er im Bett, mit einer Schachtel Kleenex zum Schneuzen, mutterseelenallein.

Nein, nein, da hat er eine viel bessere Idee. Sie könnten in dieses berühmte Fischerdorf fahren, sagt er eifrig, von dem jeder behauptet, daß man es einfach gesehen haben muß.

«Meinst du Câmara de Lobos?» fragt Doris, erfreut über sein Interesse an Land und Leuten.

Simon nickt und überlegt dabei, ob man den berühmten, angeblich alle Hemmungen beseitigenden Zuckerrohrschnaps dort überall kriegt oder nur in einer bestimmten Kneipe. Das mit dem Schnaps war ein heißer Tip vom Lois.

«Fein, aber wie kommen wir hin?» gibt Doris zu bedenken.

Ja, wie kommt man da hin?

Die Liebe hat im dürftigen Krautgärtchen von Simons Phantasie zwar Rosen und Lilien sprießen lassen, aber mit dieser Frage wird er nicht fertig. Er weiß nur, daß er zur Zeit bloß ein halber Mensch ist, weil man ihm das Fahrgestell am Flugplatz amputiert hat. Nichts fällt ihm ein. Das häusliche Denken hatte für beide immer Martha besorgt.

«Wir könnten ein Taxi nehmen», schlägt Doris vor.

«Ich könnte mich beteiligen», meint Frieda, die plötzlich der Hafer sticht, «dann käme es billiger.» Sie freut sich diebisch über Simons entsetztes Gesicht.

«Natürlich, wenn du auch gern hin möchtest –» sagt Doris höflich.

Frieda winkt ab. «Unsinn. Fahrt nur allein, ihr zwei. Ich muß mich ohnehin um Klara kümmern. Die ist schon wieder sauer.»

Im Moment sitzt Klara draußen vor der Tür auf einem Stuhl, den ihr Eduardo hingestellt hat. Frieda, in der Hand ihr Glas und auf den Schultern zehn Pfund schlechtes Gewissen, geht hinaus zu ihr und hält ihr einladend das Glas unter die Nase.

«Komm, probier doch mal ein Schlückchen!»

Klara schnüffelt mißtrauisch am Glas. «Nein danke. Du weißt, ich trinke nicht. Und dieses Zeug schon gar nicht.»

«Du, das ist die reinste Medizin.»

«Für diese Art von Medizin bedanke ich mich.»

«Ach, Klara!» Frieda seufzt. Es ist schon ein rechter Jammer mit Menschen wie Klara Kniebusch, diesen unglückseligen Geschöpfen, die sich selber in einem Gefängnis aus eingebildeten Ungerechtigkeiten einmauern und dann darin vor Sehnsucht nach ein bißchen Liebe fast umkommen. Frieda probiert es noch einmal. «Na komm, sei doch ein bißchen lustig mit uns!»

«Ihr habt leicht lustig sein.»

«Hab ich dich beleidigt?»

Klärchen schweigt vielsagend.

«Also was war's? Sag es mir doch.»

«Du hast dich den ganzen Tag nicht um mich gekümmert!»

«Gott, weißt du, wenn man so hintereinander gehen muß, auf dieser Mauer, da kann man schwer miteinander reden –»

«Mit den anderen hast du es auch gekonnt.»

Die haben auch nicht pausenlos schlechte Laune gehabt, denkt sich Frieda. «Weißt du was? Wenn wir heute nach Funchal fahren, dann gehen wir zwei ins berühmte Golden Gate und trinken dort einen Supertee.»

«Bis wir zurückkommen, sind die Geschäfte zu», sagt Klara bitter.

Womit sie nicht ganz unrecht hat. Es ist jetzt schon halb fünf, und keiner denkt ans Aufbrechen.

Lumpi war nachschauen, ob es in der näheren Umgebung liebesbedürftige Damen zu betreuen gab. Er fand aber nichts, abgesehen von einer bissigen Vettel, der er sich selbst in allergrößten Nöten nicht hätte zu nähern gewagt. Jetzt kehrt er zum Bus zurück, in dem ein einziger Mensch sitzt: Irene. Irene mit der Miene der Prinzessin auf der Erbse in dem Moment, in dem sie unter den sieben Matratzen die Erbse entdeckt hat.

Lumpi, der ein geselliges Wesen ist, setzt sich zu ihren Füßen nieder. Als die Dame aufschreiend mit dem Bergschuh nach ihm tritt, kommt ihm der leise Verdacht, hier womöglich nicht ganz erwünscht zu sein. Also steigt er wieder aus und zottelt zum Stuhl vor der Kneipentür. Dort legt er sich nieder, bettet den Kopf auf Klaras Schuh und schließt mit einem zufriedenen Schnaufer die Augen.

Sein von dem Nieselregen in den Bergen immer noch ein wenig feuchtes Fell riecht eindeutig nach Hund und sein Atem nach der Knoblauchwurst aus dem Lunchpaket.

Klara, das linke Bein am Boden festgenagelt von einem dösenden, muffelnden Hundevieh, überkommt ein Schauer. Sie sieht förmlich im gesprenkelten Fell die Flöhe hüpfen.

Nur einen Augenblick lang bleibt Sissi neben Professor Kuss stehen. Als sie weitergeht, liegt ein zweimal gefalteter Zettel neben seinem Glas.

Er stiert ihn eine Weile an, bis er endlich begreift und ihn mit bebender Hand von der Theke nimmt und einsteckt.

Nicht, daß Julia ihren Mann bespitzelt hätte. Aber wie es der

Teufel will, schaut sie gerade dorthin, wo erst der Zettel liegt, dann Bernhards Hand und dann nichts mehr.

«Um mais», verlangt Frieda. Das heißt: noch einen. Auch sie kann schon Portugiesisch.

Eduardo schenkt nach, bis der goldene Madeira oben übers Glas steigt. Als Frieda nach der Brieftasche kramt, sagt der scheue bebrillte Doktor neben ihr: «Darf ich dich einladen?»

Er sieht so lieb aus mit seinem schüchternen Lächeln, daß Frieda sich verwundert fragt, warum sie bis jetzt an ihm nichts anderes bemerkt hat, als daß seine Augen hinter den dicken Brillengläsern sie an Goldfische im Glas erinnern.

«Nur wenn du nachher noch einen mit mir trinkst ... Was für ein Doktor bist du denn eigentlich?»

«Hals, Nasen, Ohren.»

«Du meine Güte!» sagt Frieda voller Ehrfurcht. Sie selbst vermied zwar jeglichen Kontakt zu Ärzten so gut es ging, aber privat – Gott ja, privat waren einige sicher ganz nett. «Bist du verheiratet?»

«Bis jetzt noch nicht.»

«Willst du nicht, oder hast du noch keine Richtige gefunden?»

«Eher das zweite. Ich bin wohl nicht ganz der Typ, auf den die Frauen fliegen. Wenn mir eine gefällt, dann ist sicher schon ein anderer da. Wie *er.*» Er nickt hin zu Simon. «Und mit dem kann ich leider nicht konkurrieren.»

«Äußerlich wohl nicht», muß Frieda zugeben. Sogar in den geliehenen Klamotten sieht dieses Biest von Mann noch so gut aus wie Robert Redford in «Jenseits von Afrika», bei dessen Filmtod Frieda so richtig schön geheult hat. «Aber innerlich sicher. Wie heißt du denn eigentlich?»

«Burkhard.» Er grinst ein bißchen schief. «Auch das noch!»

«Weißt du, Burkhard», meint Frieda, «Simon, das ist so eine Art von Mann, bei dem man sich als Frau automatisch wünscht, man hätte eine Zahnspange getragen, als es noch Zeit dazu war.»

«Glücklich wird sie mit ihm sicher nicht.»

«Doch», nickt Frieda. «Doch, das glaube ich schon. Zumindest für kurze Zeit –» Sie weiß, von was sie redet. Ihr Mann ist auch so ein Typ gewesen. Einer von denen, bei denen man sich einbildet, das Leben hätte keinen Sinn mehr, wenn man ihn nicht kriegt, und wenn man ihn kriegt, fragt man sich ziemlich bald, warum man ihn unbedingt gewollt hat.

Simon hat inzwischen Doris aus der Bude gelockt, um die Ecke, in einen stillen Seitenweg und dort zu einem Zaun, über den sich ein Strauch voll weißer Blüten biegt. Dort küßt er sie. Mit großer Begeisterung, wenn auch mit einigen technischen Schwierigkeiten, denn er kriegt durch die Nase immer noch keine Luft. Aber was macht's! Er ist jetzt in einem Zustand, den man den siebenten Himmel nennt.

In der Literatur.

In der Praxis ist es jener, wo er als Wesen mit normaler Anzahl männlicher Hormone an nichts anderes mehr denken kann als daran, wann er sie endlich ins Bett kriegen wird.

Frieda und Burkhard haben, um das Du der Wanderbrüder zu bekräftigen, Brüderschaft getrunken. Zwei verwandte Seelen haben sich gefunden: vernünftig, mit selbstkritischem trockenem Humor, hinter dem sie ihren Hang zum Sentimentalen verstecken. «Was glaubst du, Frieda», sagt Burkhard und hat einen so hoffnungsvollen Schimmer im kurzsichtigen Auge, daß die sich eher die Zunge abbeißen würde, als über das zu lachen, was jetzt kommt, «glaubst du, ich sollte mir auch einen Bart wachsen lassen?»

Burkhard mit Bart! Aber Frieda bleibt ganz ernst. «Würde ich nicht an deiner Stelle. In der kurzen Zeit wird doch nichts mehr Gescheites draus. Aber warte ab, es kann sich noch allerhand ergeben in den eineinhalb Wochen. Du, ich halte dir jedenfalls die Daumen. Wir werden das Kind schon schaukeln.» – «Wir» hat sie gesagt. Denn inzwischen hat sie den Fall Burkhard contra Simon übernommen. Nicht etwa, daß sie Simon nicht mehr mag. Sie hält ihn nach wie vor für das attraktivste Mannsbild weit und breit. Aber sie ist sicher, daß mit dem Hals-Nasen-Ohren-Doktor ein liebes, anständiges Mädchen wie Doris den besten Ehemann der Welt kriegen würde.

Burkhard blinzelt gerührt ins Glas. «Ach Frieda, du bist eine ganz Nette! Aber ich fürchte, es ist ziemlich hoffnungslos. Gegen ihn habe ich keine Chance.»

«Himmel, wenn du sie willst, dann leg dich ins Zeug. Mit dem Jammern ist nichts getan. Sei ein Mann!» sagt Frieda streng.

Allerdings – insgeheim muß sie ihm recht geben. Viel Aussicht besteht da wirklich nicht. Sie kennt ja die Frauen, diese dummen Luder.

Mit einem Schlag fällt Simon ein, was er vergessen hat. Widerwillig reißt er sich von seinem Mädchen los und schlendert an den Tresen zu Berni. Mit dem Kopf nickt er Richtung Tür und befiehlt in einem ganz neuen Ton: «Komm mit!»

«Zum Teufel, was soll das?» fragt Berni verärgert.

Simon grinst. «Laß den Teufel aus dem Spiel. Komm schon.»

Draußen, unter dem Kamelienstrauch, sagt Simon: «Falls sie dich fragt, Julia meine ich, also ich habe ihr gesagt, du hättest fotografiert, Moose, Farne und so'n Zeug. Oder ist die Bombe schon geplatzt?»

«Wenn ich wüßte, wovon du sprichst, würde es mir leichter fallen, dir zu antworten.»

«Denk nach.»

«Himmel, was soll das?»

«Du und Sissi», hilft Simon seinem Bruder auf die Sprünge, «als ihr zurückgeblieben seid –»

«Zurückge ...? Ach ja. Ich erinnere mich. Sie bat mich, ihr die Vegetation zu erklären. Ich glaube, das war, als sie stehenblieb, um sich den Anorak auszuziehen.»

«Sie hat mehr ausgezogen als nur den Anorak!»

Berni sieht plötzlich so aus, wie er vermutlich in zehn Jahren aussehen wird, ohne Frischzellenkur. «Du hast –?»

Simon nickt mit Hochgenuß. «Ich habe!»

Berni wechselt von teigiger Blässe zu tomatigem Rot und flüstert: «Ich weiß nicht, was über mich gekommen ist –»

«Jesus, ich kann es mir fast denken», sagt Simon grinsend. «Schau zu, daß du ein paar entsprechende Fotos machst, Farne, Moose und so was.» Belehrend wackelt er mit dem Zeigefinger. «Als Alibi, verstehst du?»

«Ja, ja . . . Kann ich mich auf deine Diskretion –?» murmelt Berni gequält.

«Du kannst, Berni, du kannst», sagt Simon großmütig und geht. Kommt aber noch einmal zurück und bricht ein Blümchen vom Strauch.

Nur ein Mensch, der sich im Traum aus einem überfüllten Zug steigen sieht und feststellen muß, daß er vollkommen nackt ist, kann nachfühlen, was Professor Kuss in den nächsten Minuten mitmacht. Nie wieder würde er Simon unter die Augen treten können, ohne daran zu denken. Die Schmach zehrt ihm alle Lebenskraft aus den Beinen. Er muß sich gegen den Zaun lehnen. Jetzt fällt ihm auch noch der verdammte Zettel ein. Seine schweißnassen Finger knüllen ihn in der Hosentasche zu einem Klümpchen. Einen Moment lang ist er stark versucht, das Corpus delicti einfach wegzuwerfen, zum anderen Mist hier am Wegrand. Aber seine gute Kinderstube und sein waches Umweltbewußtsein verbieten es ihm.

Natürlich muß er Sissi unmißverständlich zu verstehen geben, daß eine Wiederholung der heutigen Episode auf gar keinen Fall passieren durfte.

Ach, Sissi!

Warum gerade er?

Warum nicht, zum Beispiel, der gutaussehende junge Barkeeper oder – nun ja, warum nicht – Simon? Was hatte er, das die nicht hatten? Daß sie ihn seiner Intelligenz wegen bevorzugen könnte, wäre zwar schmeichelhaft, aber doch wohl kaum anzunehmen. Nicht nach dem, was heute passiert ist. Schließlich steckt die Intelligenz nicht zwischen den Beinen.

Professor Kuss erschauert bis ins Mark. Was dachte er da bloß?

Nicht nur die Art seiner Gedanken erschreckt ihn, sondern vor allem die Leichtigkeit, mit der sie durch sein Gehirn spazieren. Was, um Himmels willen, trennte ihn angesichts einer derart primitiven Denkweise noch vom Pöbel? Daß er seine Suppe nicht schlürfte und saubere Fingernägel hatte? Hatte damals das kleine Luder Daniela Greggio dieses Manko mit weiblichem Instinkt erfaßt und ihn deshalb zu provozieren versucht?

Beinahe war es ihm gelungen, die Sache im Lauf des letzten Jahres aus seinem Bewußtsein zu verdrängen. Nun kam die Erinnerung wieder an die Oberfläche gestiegen, dem Bodenschlamm eines aufgewühlten Teiches gleich –

Es war einige Wochen vor Semesterschluß gewesen, er unterrichtete damals noch in Frankfurt. Für jenen Tag, an dem es passierte, hatte er eine Klassenarbeit angesagt, eine Nacherzählung von Giraudoux' kleiner, vergnüglicher Gaunergeschichte *Guiguitte et Poulet,* die er vorzulesen begann. Ein Großteil der Schülerinnen war dabei, auf dubiosen Papierchen herumzukritzeln. Britta Kindermann lackierte sich seelenruhig die Fingernägel. Keine hatte Giraudoux auch nur aufgeschlagen. In bewundernswerter Ruhe hatte er die Klasse ersucht:

«Darf ich die Damen im eigenen Interesse bitten mitzulesen oder zumindest zuzuhören? Und darf ich fragen, was es mit diesen Zetteln auf sich hat?»

«Sie dürfen. Die Frage ist nur, ob wir es Ihnen verraten.» Das war Anna-Maria Pothe. Ein Aas, wie es im Buche steht.

«Nun, ich bin ehrlich daran interessiert.»

«Sag's ihm doch! Sonst platzt er noch.» Das war Britta Kindermann, die Fingernägellackiererin.

«Ich warte –» Berni wartete. Er hatte die Finger zu einem

kleinen Dach geschlossen und guckte hinein, als stünde die Antwort da drinnen geschrieben.

Die Pothe sagte: «Es sind Bestellungen für die Pille, wenn Sie's unbedingt wissen wollen.»

«Wofür bitte?»

«Ach herrje, das hab ich doch gesagt! Die Pille.»

«Welche Pille?» Natürlich ist Berni kein Idiot. Er weiß, was die Pille ist. Diese unvermutete Konfrontation jedoch machte ihn konfus.

«Vergessen Sie's!» riet Britta Kindermann. «Wir machen's ohnehin nur ausnahmsweise heute bei Ihnen. Weil diesmal die Dan am Montag nicht da war.»

Dan, das war Daniela Greggio. Papachen hatte die Generalvertretung einer italienischen Pharmagruppe hier in Deutschland. Eine Schönheit. Und mit siebzehn bereits durch und durch verdorben.

Berni wandte sich an die Italienerin. «Wenn ich richtig verstanden habe, dann nehmen Sie die Bestellungen dafür entgegen, Fräulein Greggio?»

Die sagte, das inzwischen auf ihrem Tisch gelandete Zettelhäufchen mit einer Büroklammer zusammensteckend, lächelnd: *«Scusi, professore, non ho capito.»*

«Sie haben mich sehr wohl verstanden!» Berni schraubte seine Stimme auf normale Stärke zurück. «Also?»

«Sie kriegt das Zeug aus der Fabrik von ihrem Vater», klärte Britta Kindermann, die Fingernägellackiererin, ihn auf. «Den Abfall, versteht sich. Das Zeug, von dem was abgesprungen ist und so. Das, was sie für die normalen Packungen nicht nehmen können. Ich persönlich halte ja nichts davon –» Sie zog sich die rechte Sandale aus. «Man weiß doch nie, wie sich so was in unserem Alter auswirkt. Besonders die östrogenhaltigen. Ich bin hundertprozentig für die Spirale.» Sie stellte das bloßfüßige Bein auf den Drehsessel und begann den Lack auf dem großen Zeh aufzutragen.

«Ich glaube, der Lack dürfte im Freien schneller trocknen»,

sagte Berni. «Wenn Sie also die Liebenswürdigkeit hätten, sich hinauszubegeben. Und zwar ohne Zigaretten.» Und zur Greggio sagte er: «Ich werde Ihren Vater von der Angelegenheit in Kenntnis setzen.»

«Das wird Ihnen fallen schwer, professore», sagte die Greggio. Sie hatte eine Stimme wie die Milva, wenn sie «Adios pampa mia» singt.

«Ach, und warum?»

«Papachen segelt im momento mit seine neue Bettgefährtin herum in der Karibik.»

«Mit seiner neuen Bettgefährtin», verbesserte Berni, der eingefleischte Lehrer, rein automatisch. «Die Präposition ‹mit› verlangt ausnahmslos den Dativ.»

Er war beim Vorlesen an der Stelle angelangt, wo Jacques, den sie Poulet, das Hähnchen, nannten, den Regenschirm mitgehen ließ, als Berni die Augen hob. Vermutlich, weil er ihren Blick auf sich spürte.

Die Greggio saß zurückgelehnt in ihrem Drehsessel, lächelnd, entspannt, ganz *on holiday,* und knöpfte sich gelassen die Bluse auf, eine seidige mit vielen kleinen Kugelknöpfchen aus demselben Material.

Langsam und mit Hochgenuß öffnete sie einen Knopf nach dem anderen, zog die Bluse aus dem Bund ihrer Jeans und schlüpfte mit der Grazie einer professionellen Stripperin aus den Ärmeln.

Die anderen Biester taten, als würden sie lesen. Das da war entschieden eine Angelegenheit zwischen ihnen beiden.

Der Büstenhalter war eines jener Modelle, die vorne zu öffnen sind. Die Greggio hakte ihn auf und sah Bernie dabei lächelnd mit ihren spöttischen Katzenaugen an.

Spätestens in dem Moment hätte er natürlich aufstehen und hinausgehen müssen. Daß er es nicht tat, sondern sitzen blieb wie ein geblendetes Kaninchen, erklärten seine Kollegen und natürlich auch Julia als verständliche Schockreaktion.

Die Brüste, braun wie ihre Schultern, weckten in ihm die

vage Erinnerung an Zuckermelonen auf einem Markt in der Toskana. Sie kamen ihm, der an Julias kleine Bällchen gewöhnt war, riesig vor.

Seine Beine schmerzten ihn, als hätte er die Grippe, als er jetzt endlich aufstand und aus dem Klassenzimmer stürmte, mit hochrotem Kopf...

Eine saublöde Geschichte, sicher. Aber sonst war da nichts mit dem italienischen Biest. Nichts vorher, nichts nachher. Seine Reputation hat der Berni erst hier zwischen den Lorbeersträuchern Madeiras verloren...

14

«Ich fahr heute abend in dieses berühmte Fischerdorf. Mit *ihr!»* verkündet Simon Julia. Er hat sie in ihrem Appartement besucht, weil er es jemandem erzählen muß. Wenn er sein Glück nicht augenblicklich mit einem anderen Menschen teilen konnte, würde er platzen.

Bei Julia bellt er jedoch offensichtlich unterm falschen Baum. Sie sagt bloß: «Ah ja?» in einem Ton, aus dem man deutlich heraushört, daß ihr das piepegal ist. Eine ganze Weile sieht sie Simon derart seltsam an, daß ihm schwummrig zumute wird. «Was ist los?» murmelt er.

«Sag mal, wie findest du Bernhard in letzter Zeit?»

«Den Berni, wie ich ihn finde? Och, so wie immer. Wieso?»

«Dir ist nichts aufgefallen?»

«Ist er krank?» fragt Simon schlau. Er mag seine kleinen Fehler haben, aber er ist keiner, der ein Versprechen nicht hält.

Julia tippt sich gegen die Stirn und grinst sauer. «Krank? Hier oben vermutlich ... Du hast also nichts bemerkt?» Auf Simons unschuldsvollen Schafsblick hin seufzt sie bloß und sagt sich: Simon doch nicht. Der würde nie was bemerken. Den würde doch Berni erst in dem Moment zu interessieren anfangen, wenn er unter einer Motorhaube steckte, mit vier Kolben und einem Auspuff versehen.

Listig lenkt Simon das Gespräch von dem gefährlichen Thema ab, indem er sich erkundigt: «Was kochst du denn da Schönes?» und auf die Steaks zeigt.

«Du kannst meines haben. Wenn du solange warten willst.»

Das wäre das wenigste, meint Simon. Zeit hätte er.

Morgen muß ich unbedingt auf den Markt, denkt Julia. Dabei möchte sie am liebsten losheulen. Das war auch so eine Sache. Bis jetzt hatte es Bernhard immer Spaß gemacht, mit ihr gemeinsam fremde Märkte zu durchstöbern. Damit war es jetzt wohl auch vorbei.

Sie flitzt zwischen der Kocherei hinaus auf den Balkon, hinaus zum Zigarillo, der dort draußen im Aschenbecher verqualmt, wo sein Geruch nicht ihres Gatten empfindliches Riechorgan beleidigt, wenn er nachher zu Frau und Abendessen heraufkommt. Momentan schwimmt er. Genauer gesagt, er absolviert die sich zum Ziel gesetzten dreißig Längen.

Julia stäubt Pfeffer über das Fleisch und sagt dabei zur Wand vor sich: «Sie hat ihm einen Zettel zugesteckt.»

Simon blinzelt erschrocken. Jetzt wurde die Sache brenzlig. «Wer wem?» erkundigt er sich vorsichtig.

«Sissi dem Bernhard.»

Das konnte nur in der Kneipe gewesen sein. Rindviecher, blöde. Warum waren sie nicht vorsichtiger. Er hat eine Eingebung.

«Das war sicher nur eine Adresse, um die er sie gefragt hat.»

«Die von ihrem Hausarzt oder ihrem Fußpfleger, Schätzchen?»

«Du, das ist kein Grund, deine Wut an mir auszulassen!»

«Ja, ja, ich weiß. Aber das liegt mir eben auf der Leber.»

«Warum das?»

«Diese verflixte Wienerin ist hinter Bernhard her.»

Auch Simon ist nur ein Mensch. Ein bißchen bohrt der Stachel der verschmähten Liebe doch noch in ihm. So kann er sich nicht verkneifen zu sagen: «Na und? Fremde Frauen sind in seinem Programm doch nicht enthalten, soweit ich mich erinnern –»

«Sind sie auch nicht, normalerweise!» faucht Julia. «Aber wenn so ein raffiniertes Biest ... wenn sie es so offensichtlich auf ihn abgesehen hat... O Gott, jetzt fang ich auch noch an zu heulen!»

«Ich würde Berni keine Träne nachweinen, wenn ich du wäre», meint Simon trostreich und malt sich dabei aus, was passiert wäre, wenn Julia mit ihm zurückgegangen wäre. Junge, Junge, dieses Bild wird er bis an sein Lebensende nicht vergessen – die beiden mitten im Grünzeug. Und von den Bäumen tropfte es noch herunter...

«Lachst du etwa, du Scheusal?»

«Aber nein. Komm her –»

«Ach was, laß mich in Frieden. Ich hab die Nase voll von euch Männern.» Wieder saust Julia hinaus auf den Balkon, zieht gierig am Zigarillo und blickt dabei hinunter auf ihren sportlichen Mann. Ihr Magen zieht sich zusammen: Unten geht soeben Sissi auf den Pool zu, schlüpft aus dem Bademantel, steigt aus den Pantöffelchen und steht da in ihrem winzigen weißen Bikini auf dem gebräunten Körper, einem Körper, der so makellos ist, daß es Julia buchstäblich schlecht wird.

Mit allem Männlichen im Pool geht eine schlagartige Veränderung vor sich. Plötzlich ist da unten eine Olympiamannschaft, die für die nächsten Spiele trainiert. Julia lächelt gehässig: nun ja, eine Altherrenriege.

Bernhard ist vom Brustschwimmen zu einem forschen Kraulstil übergewechselt.

Julia ermordet, ersatzhalber, den Zigarillo im Aschenbecher, dann geht sie hinein zum Herd, wo sie die zwei blutigen Fleischlappen ins rauchende Fett haut, daß es weitum spritzt.

Câmara de Lobos.

Schade, daß Simon keinen Blick für landschaftliche Schönheiten hat. Das da vor ihm hat Dichter zum Dichten bewegt und Staatsmänner zum Malen: dieser Felsen vor dem blauen Meer, auf dem die Häuser kleben wie Vogelnester und die Bougainvillea lila und purpurn wuchert, gnädig den Mist unter sich versteckend, den die Bewohner des Felsens von oben herunterwerfen.

Unten, am Fuß des berühmten Felsens, den auch Churchill gemalt hat, liegen die Kneipen dicht nebeneinander.

Außer Doris und ein, zwei anderen Touristinnen sieht man hier unten keine Frau. Nur Männer. Die meisten von ihnen Fischer, mager, abgearbeitet, mit wild wuchernden schwarzen Bärten und den traurigen Augen eines gekreuzigten Christus unter schweren Lidern. Selbst in ihrem feierabendlichen Rausch sind sie noch von großer Würde.

Eigentlich würde sich Doris gern die Häuser oben am Felsen ansehen und vielleicht auf die Art ein bißchen Familienleben der Dorfbewohner mitkriegen. Aber sie mag Simon nicht dazu drängen. Und ihm selber fiele so etwas im Schlaf nicht ein. Er sucht angestrengt nach einer Kneipe. Eine, die nicht ganz so aussieht, als bräuchte man in ihr ein Antiseptikum. Zweimal gehen die beiden die Straße auf und ab, und schließlich meint er erschöpft vor der nächstbesten Kneipe: «Gehen wir in die?»

Doris nickt. Ihr ist jede recht. Sie würde dem Mann, den sie liebt, in jede Räuberhöhle folgen.

An der Theke drängt sich ein Haufen wildbärtiger Männer. Simon versucht feige den Rückzug anzutreten.

Aber das geht nicht mehr. Man hat den beiden schon liebevoll Platz gemacht. Die Fischer grinsen Doris so ungeniert an, daß es Simon den Magen umdreht. Aber er sorgt sich umsonst, er kennt eben diese Menschen nicht. Das sind Südländer *und* Portugiesen und somit Gentlemen. Aber ihre Freude über die Nähe einer hübschen jungen Frau müssen sie einfach zeigen. Alles andere wäre unnatürlich.

Simon legt seinen Arm um Doris, um die Situation klarzustellen. Aber jetzt, als er bestellen soll, hat er vergessen, wie er heißt, der berühmte Schnaps, von dem er sich so viel versprochen hat.

«Faça o favor de me dar duas pauchas», sagt Doris schließlich an

seiner Stelle. Sie wird ein wenig rot dabei. Es fällt ihr nämlich ein, was Simon einmal über Martha gesagt hat: eine, die immer alles besser wußte, eine typische Lehrerin eben.

Der schwarzbärtige Seeräubertyp hinter der Theke mit seiner fleckigen Fleischerschürze vor dem Bauch läßt aus einem schmierigen Topf goldenen Honig in die üblichen dickwandigen Gläser fließen. Dann schnipselt er Zitronenstückchen hinein, zerstampft sie mit einem Holzquirl und füllt mit weißem Zuckerrohrrum auf, zuerst bis zum Rand und dann darüber, weil auch er Doris zulächelt, anstatt auf die Gläser zu achten.

Es schmeckt wie Mutters Halswehlimonade, nur sehr viel hochprozentiger.

Im Hinblick auf das weitere Programm des Abends bestellt Simon gleich noch zwei. Und als sie die ausgetrunken haben, möchte er gehen. Er kommt sich mit Doris an seiner Seite unter diesen wilden Kerlen vor wie ein Mann mit einem Topf Honig in einem Bärenzwinger.

Und er möchte, verdammt noch mal, endlich sein Mädchen küssen. Deshalb lenkt er jetzt seine Schritte dorthin, wo es stiller ist. Auf die Hafenmauer zu.

Im Boa-Vista steht Frieda auf dem Balkon. Entzückt schaut sie hinunter auf die kleine Insel vor der Küste, «ihre» Insel, ein winziger Felszipfel, der tapfer dem anrollenden Ozean trotzt. Sie sieht, findet Frieda, so kitschig-schön aus, als wäre sie vom Fremdenverkehrsamt hingestellt worden. Mit halbem Auge sieht sie Klara drinnen am Spülbecken herumwirtschaften und ruft: «Himmel, laß das doch! Dazu ist das Personal da.»

«Bis morgen ist es angetrocknet.»

«Und wennschon! Komm doch heraus. Machen wir es uns gemütlich. Es ist ein so schöner Abend.»

Woraufhin Klara faucht: «Also jetzt, wo sonst niemand da ist, wäre ich dir gut genug!»

Es hat sich zu vieles in ihr aufgestaut. In ihrem Herzen und im Gemüt. Das macht sie unleidlich. In der Apotheke waren sie auch nicht. Dazu war keine Zeit. Wohl aber zum Saufen in der Kneipe. Unglücklich läßt sie das Geschirr stehen, kramt aus einer der Schubladen einen Plastiksack und daraus zwei züchtige Unterhosen und die Bluse, die sie auf dem Flug getragen hat. Aus einem anderen, kleineren Plastiksack holt sie einen noch kleineren mit etwas Waschpulver.

Und dann steht sie vor dem Waschbecken und starrt verzagt auf Wurmfarn samt Wurzeln und Moos, Efeu und jungen Lorbeer, die sie da eingewässert hat und womit sie jetzt nicht weiß wohin.

«Menschenskind, leg es halt ins Bidet, das Grünzeug!» sagt Frieda mit einem Seufzer von der Tür her.

Gegen halb acht verfärben sich Himmel und Klippen zu einem Bild, wie Turner es gemalt hätte. «Klara!» ruft Frieda hinein in die dunkle Höhle des Appartements, in dem Klärchen immer noch herumkramt. «Komm heraus und schau dir das an!»

Sie kommt wirklich, aber nur, weil sie was zum Wäscheaufhängen sucht.

«Nicht einmal eine Leine gibt es hier! Ein feines Luxushotel hast du da ausgesucht!» zetert sie, nachdem sie sich vergeblich nach einer solchen umgesehen hat.

«Ich finde schon was, warte.» Aber alles, was Frieda findet, ist Stopfwolle. Vielleicht daß die ... zusammengedreht ...?

Klärchen stößt ein verächtliches Schnauben aus. «Du bildest dir doch nicht ein, daß das hält!»

Nein, eigentlich bildet sich auch Frieda das nicht ein.

Als sie die provisorische Wäscheleine am Geländer festgeknüpft hat, sind Himmel und Erde nicht mehr zu unterscheiden. Das ferne Funchal sieht aus wie ein schwarzsamtenes Nadelkissen, bespickt mit goldenen Stecknadelköpfchen. Oben auf der Estrada Monumental zaubern orangerote Straßenlichter aus den Platanen japanische Tuschzeichnungen.

Klara hängt, aufs Schlimmste gefaßt, die Wäsche auf die Leine aus Stopfwolle. Sie hat die drei Stück gerade hängen, als sie reißt.

«Nichts passiert!» sagt Frieda mit falscher Fröhlichkeit. «Morgen kaufen wir in Funchal eine Leine ...»

Stumm leidend geht Klara noch einmal waschen.

Simon sieht sehr beeindruckend aus auf der Hafenmauer im letzten Schein der Abendsonne, sein männlich-schönes Profil hebt sich scharf von einem brandroten Himmel ab, direkt neben dem berühmten Felsen. Einfach Klasse.

Aber die ganze Ansichtskartenpracht ist an ihn verschwendet, denn er hat Wesentlicheres im Kopf. Vorsorglich stützt er seinen Arm hinter Doris' Rücken auf, damit sie nicht womöglich von der Mauer kippt, wenn er sie jetzt küßt ...

Doris mag Simons Lippen. Sie mag das Kitzeln seines weichen Schnurrbarts. Sie mag es, wie seine Haut riecht und wie sich sein Haar über dem Ohr kringelt. Und sie fürchtet sich auch nicht vor seinen Schnupfenbazillen.

Natürlich ist ihr klar, wo das hinführen wird, diese Schmuserei auf einer Hafenmauer, und daß es dabei nicht bleiben wird. Das heißt, wenn sie es nicht einmal im Leben fertigbrachte, weiter zu denken als an die nächsten Stunden. Und das würde sie diesmal, jawohl! Diesmal würde sie sich nicht einfach hineinplumpsen lassen in eine Zärtlichkeit, die nur aus Gegenwart bestand. Deshalb schiebt sie Simon jetzt, als sich seine Zunge zwischen ihre Lippen drängt, sanft ein wenig weg von sich und sagt seufzend: «Ach, Simon!»

Das Herz klopft ihr wild. Der Puls jagt wie nach einem Hundertmetersprint. Sie würde ja so gern – so schrecklich gern. Aber diesmal nicht! Diesmal würde sie vernünftig bleiben und erst einmal sicher sein wollen, daß sie von einem Mann mehr hatte als zwei Tage Glück und mindestens drei Wochen Herzweh.

«Muß hier denn ständig der Wind wehen!» sagt Julia böse, während sie vorsichtig auf zehn Zentimeter hohen Absätzen über das bucklige Kopfsteinpflaster stöckelt. Normalerweise würde sie sich bei ihrem Mann einhängen.

Normalerweise.

Normalerweise würde er ihr galant seinen Arm bieten.

Normalerweise.

«Nun, es ist dies wohl kaum anders zu erwarten auf einer derart exponierten Insel, Liebling.» Das «Liebling» klingt in Julias Ohren, als sagte es ihr Metzger. «Wo möchtest du hin?»

Sie zuckt die Achseln.

«Nun?» erkundigt sich der Mann, der bis gestern ihr Mann war und jetzt ein Beinahe-Fremder ist, mit dem Rendezvouszettel eines Flittchens in einer seiner Taschen. Sie hat in seiner Wanderhose nachgesehen, aber da war nichts drin.

Gefragt hat sie ihn nicht danach. Sie wollte es, aber die Worte waren ihr im Hals steckengeblieben.

«Ist mir doch ganz egal, wohin wir gehen», sagt sie verstockt.

Diese ungeheure verbale Ohrfeige läßt Berni, dem sensiblen Mann, das Blut ins Gesicht schießen. Alarmiert wirft er einen heimlichen Blick auf seine Frau. Ob sie vielleicht doch –? Nein, woher sollte sie davon wissen? Zwar war Simon so gut wie fast jede Trottelei zuzutrauen, aber das, nein, das nicht.

Was ihn betraf, so war die Sache mit der kleinen Wienerin abgeschlossen. Ein bedauerlicher Ausrutscher, den man am besten schnellstens vergaß.

Oben auf der Estrada Monumental geht die vorsichtige Stöckelei weiter, denn dort haben sie auf dem Gehweg ein Kabel verlegt und den Graben mit Kiesel aufgefüllt.

«Möchtest du in die Stadt fahren?» fragt Berni seine Frau mit kalter Höflichkeit.

«Wozu?»

«Nun, ich glaube nicht, daß es hier draußen ein ordentliches Lokal gibt.»

«Wir könnten ja ins Brauhaus gehen», meint Julia maliziös. Dort hängt eine Speisekarte aus, auf der steht: «Bockwurst» und: «Strammer Max» und: «Hier spricht man Deutsch».

Für diese Zumutung hat Berni nur ein strafendes Schweigen übrig. Er spricht erst wieder, als er seine Frau ausrufen hört: «Au, verdammt!» Da sagt er verärgert: «Warum ziehst du dir keine vernünftigeren Schuhe an?» Er hat vergessen, warum sie es nicht tat, weil er nämlich Julia damenhaft-elegant liebt. Oder liebte.

Daraufhin geht sie voraus. Und jedesmal, wenn sie wegen der Autos, die auf dem Gehweg parken, auf die Straße ausweichen muß und einer von diesen verrückten Kamakazifahrern haarscharf an ihr vorbeizischt, denkt sie trotzig: Ha, recht geschähe ihm, wenn mich einer totführe!

Sie gehen bis zum Neubau, der teils noch aussieht wie ein aufgerissenes Wespennest mit lauter hohlen Waben und teils schon bezogen ist. Der bezogene Teil enthält eine Bank, einen Supermarkt und eines jener scheußlichen, sterilen Restaurants, die Kuss frösteln lassen. Aber er hat die Hüpferei zwischen den geparkten Autos, die Abgase und den bösen Rücken seiner Frau satt.

Innen ist alles genauso schlimm, wie es von außen aussieht, mit einem kuhartig vor sich hin kauenden Mädchen an der Kasse neben dem Eingang. Sie setzen sich. «Was möchtest du?»

«Mir egal.»

Berni sieht sich diskret nach einem Kellner um. Nach einer Weile fängt er an, einen ungeduldigen Marsch auf die Tischplatte zu trommeln. Und immer noch kommt keiner. Nach weiteren Minuten ergebnisloser Warterei gibt Julia mit einer Schadenfreude, die nicht zu überhören ist, bekannt: «Das hier, Liebling, ist ein Selbstbedienungsrestaurant.»

«Ach? Und das hättest du mir nicht früher sagen können?»

«Ich dachte, das wäre nicht zu übersehen, Liebling.»

«Ich bitte dich, nenne mich nicht Liebling auf diese ... diese impertinente Art!»

«Ach nein, stört dich das auf einmal?»

«Auf diese Weise, ja.»

«Tatsächlich? Das tut mir aber leid.»

Julia öffnete ihre Handtasche, holt seelenruhig die Zigarillos und das Feuerzeug heraus, zündet sich einen an und bläst den Rauch mit kühler Gelassenheit ihrem Gatten mitten ins Gesicht.

Der ist unter seiner funkelnagelneuen Bräune blaß geworden. Dann steht er auf, schließt den mittleren Knopf seines Sakkos – und geht.

Er geht zurück ins Hotel, läßt sich den Schlüssel geben, geht zum Lift und drückt auf den Knopf. Er verfolgt den abwärts wandernden Pfeil und wartet ungeduldig, bis die Tür aufgeht.

Es dauert ein paar Momente, bis sie sich lautlos auseinanderschiebt. – Drinnen, im mitternachtsblau gepolsterten Kabäuschen mit dem feinen Duft nach Parfüm, guten Zigaretten und gutgewaschenen Menschen steht Sissi, ganz in Weiß, mit etwas Gold am samtbraunen Ausschnitt und um die Mitte.

In der matt beleuchteten Halle döst der Nachtportier vor sich hin, als Doris und Simon zurückkommen, ziemlich selig nach zwei weiteren Gläsern Halswehlimonade.

Vor ihrem Appartement reicht Doris Simon keusch die Wange zum Kuß.

Aber ihm ist nicht nach Keuschheit zumute. Ganz und gar nicht. Nicht nach mehrwöchiger Abstinenz und mit vier Gläsern Rum im Blut. Er ist vielmehr drauf und dran, Doris an Ort und Stelle und hier vor der Tür zu vernaschen.

Doris hat ihre liebe Not, ihn davon abzuhalten. Und ihn davon zu überzeugen, daß sie nicht will. Nicht heute.

«Aber warum nicht!» Simon fällt aus allen Wolken. Warum zum Teufel wollte sie nicht? Wo es doch das Natürlichste der Welt war, wenn zwei sich liebten. Wo er doch bis zum Verrücktwerden verrückt nach ihr war. Oder mochte sie ihn nicht? Gab's da etwas an ihm, das sie abstieß? War es das? Es konnte ja nur das sein –

«Ach, Simon, Liebling, natürlich nicht, nur –» Doris seufzt. Himmel, es wäre ja so einfach, wenn es bloß so einfach wäre. Das ist es aber nicht. Diesmal will sie nicht wieder nach drei Tagen mit einem Sprung im Herzen dastehen. Sie möchte endlich einmal etwas Dauerhaftes. Und Dauerhaftes, das hat sie inzwischen begriffen, braucht Zeit zum Wachsen.

Simon steht mit hängenden Armen da, mit einem Blick wie ein auf der Autobahn ausgesetzter Dackel. Diesen Jammer kann Doris nicht mit ansehen. Menschenskind, war das Leben vielleicht kompliziert. «Also gut, komm noch auf ein paar Minuten herein», murmelt sie schließlich. «Aber versprich mir –»

Simon verspricht hoch und heilig. Er hätte in dem Moment alles versprochen: Doris die Ehe, seine Seele dem Teufel, sogar seinen MG der Caritas. Alles. Wenn sie ihn nur nicht wegschickte.

Also schließt Doris die Tür auf. Sie weiß natürlich, daß Simons Versprechen so wenig wert ist wie das der Politiker vor den Wahlen. Und auch, wie ihr Verstand richtig sagt, daß sie sich wieder einmal hat drankriegen lassen.

Aber ihr Verstand hat nicht mehr viel zu sagen. Der liegt schon in den letzten Zügen, macht nur noch ein paar schwache Zuckungen und gibt vollständig den Geist auf, als Simon jetzt mit bebenden Fingern die Knöpfe ihrer Bluse aus den Löchern zerrt.

Zur selben Zeit schiebt sich nebenan Klärchen vorsichtig aus dem Bett, tastet, ohne Licht zu machen, hinaus zum Geschirr, dem ungewaschenen. Im matten Schein der Straßenlaternen, der von der Estrada Monumental herunterleuchtet, kämpft sie beharrlich mit der Jalousie vor der Kochnische. Vorsichtig läßt sie – daß nur ja, um Himmels willen, Frieda nicht wach wird! – in dünnem Strahl heißes Wasser ins Becken rinnen.

Endlich.

Endlich wird sie beruhigt schlafen können.

15

Jeden Morgen, gleich nachdem sie halbwegs munter geworden ist, fürchtet sich Klara Kniebusch erst einmal gründlich vor dem Frühstück. Wegen der Gebäckzange. Hätte sie Kinder gehabt, würde ein Neunmalschlauer sofort eine psychologische Erklärung dafür finden: Gebäckzange... Geburtszange... verdrängtes Trauma. Alles Quatsch. Klara fürchtet sich einfach davor, daß ihr eines Tages das elende Brötchen aus der Zange hüpfen könnte und auf den Boden rollen, unter die Tische.

Sie versteinert vor dem Frühstücksbüfett.

«Himmel!» murmelt Frieda hinter ihr mit hungriger Ungeduld, «nun mach doch schon! Nimm doch die Finger!»

Aber Klara preßt bloß stur die Lippen aufeinander. Sie zerquetscht das Brötchen in der Zange und bugsiert es irgendwie auf den Teller. Während sie, in der einen schweißnassen Hand den Teller mit dem Brötchen, der Butter und dem Marmeladennäpfchen, in der anderen ein Glas Orangensaft und ihre Handtasche, zum Tisch am Fenster geht, spürt sie die Blicke der ihr auflauernden Meute so eindringlich im Rücken, daß sie in hilfloser Abwehr rot anläuft.

Endlich darf sie sich hinter dem Tisch verkriechen.

Den praktischen Tablettenspender (in dem praktisch nichts fehlt, was Apotheken zu bieten haben) vor sich aufbauend, fällt eine neue Sorge über sie her: «Dieser Hotelbus! Bist du sicher, daß er heute fährt?»

Frieda, zum Nebentisch hin grüßend, meint: «Aber ja doch. Warum nicht –»

«Wer sind die, die du eben gegrüßt hast?» zischelt Klärchen mißbilligend.

«Keine Ahnung. Ich nenne sie bloß das Dreigespann.»

«Du kennst sie nicht? Das ist aber seltsam, das muß ich schon sagen. So wie du sie grüßt, müßte man annehmen, ihr wärt alte Busenfreunde.» Sie riecht mißtrauisch am Marmeladentöpfchen. «Ich kann mir nicht helfen, das Zeug hat einen äußerst seltsamen Geruch!»

«Wird wohl was Einheimisches sein», sagte Frieda unbesonnen und vergällt damit Klara die Melonenmarmelade für den Rest des Urlaubs.

Die drei am Nebentisch interessieren Frieda. Zwei Männer und eine Frau. Der ältere trug ständig eine Schirmmütze, außer natürlich jetzt am Tisch. «Hältst du ihn für seinen Vater?» fragt sie Klara.

«Interessiert er dich! Hast du ein Auge auf ihn geworfen?»

«Ich bitte dich! Es könnten auch bloß Schachpartner sein –» mutmaßt Frieda. Schach paßte irgendwie zu den beiden.

Die Frau gehört dem Alter nach zum Jüngeren. Sie sieht recht gescheit aus und auch nicht gerade unhübsch. Aber sie hat eindeutig einen bitteren Zug um den Mund. «Die beiden Männer sind ein Herz und eine Seele, hast du das bemerkt?»

«Ich», sagt Klärchen mit Nachdruck, «kümmere mich um meine eigenen Angelegenheiten. Ich hoffe nur, dieser Bus fährt!»

Männer, ach du meine Güte! denkt Frieda, während Klara weiterbrabbelt. Wenn die könnten, wie sie möchten, würden die meisten von ihnen in Junggesellenrudeln leben und Frauen nur als unnötiges Anhängsel betrachten – oder als nötig für Haushalt und Wäsche.

Am Pool lagen die beiden, der ältere und der jüngere, ständig nebeneinander. Die Frau war das fünfte Rad am Wagen. Sie las Lehrbücher, hatte Frieda festgestellt. Etwas, das hieß wie «Urdu-Schrift». Das stelle man sich bloß vor: Fährt nach Madeira mit einem Lehrbuch über Urdu-Schrift. Wo in aller

Welt redete man überhaupt Urdu? Frieda würde zu gern ein bißchen quatschen. Das ging aber nicht. Mit den anderen darf sie nicht, da wäre Klara beleidigt, und mit ihr selber ist beim Frühstück nichts anzufangen. Da ist sie in einen verbissenen Kampf mit Brötchen und dritten Zähnen verwickelt. O Graus, ob die den Tee aus den Rückständen einer Gerberei brauten? Was sie jetzt braucht, ist noch ein Saft zum Nachspülen.

Frieda wirft nur einen Blick hin zum Büfett, und schon kommt einer mit dem Krug dahergewetzt. Er schenkt ihr mit einem Lächeln nach, als kredenze er einer fürstlichen Hoheit und nicht einem armen Würstchen wie ihr und verbeugt sich, als er geht.

Diskret schaut Frieda hinter dem kleinen, aber gutgewachsenen Kellner her. Mit einem Schmunzeln denkt sie: Ach herrje, wenn's doch auch umgekehrt möglich wäre! Die Runzeln unterm Make-up verstecken, die knochigen Knie unter einem schicken Hosenanzug, ein paar Drinks an der Bar, ein bißchen Süßholzraspelei und dann ab durch die Mitte mit dem schönen Knaben...

Klara schaut sich stirnrunzelnd nach dem Grund von Friedas leichtfertigem Gekicher um und fragt sauer: «Was gibt's da Komisches?»

«Mir ist nur was eingefallen», grinst Frieda.

Was, das kann sie Klara Kniebusch auf keinen Fall sagen. Die würde ihr doch glatt vom Stuhl kippen vor Empörung.

Sissi bleibt vor dem goldverschnörkelten Spiegel im Zwischengeschoß stehen, zupft sich ein Strähnchen aus dem Zopf, damit was zum Kringeln da ist auf der braunen Schulter und tupft sich noch schnell ein Lächeln mit Grübchen auf die Wangen, bevor sie in den Speisesaal geht.

Julia sitzt zwar mit dem Rücken zur Tür, aber sie spürt am Kribbeln im Kreuz, wer da auf sie zukommt. Außerdem ist ihr Mann ein hundsmiserabler Schauspieler. Wenn man um drei

Uhr morgens heimgeschlichen kommt und nach Guy Laroche riecht, müßte man jetzt schon etwas Glaubwürdigeres anzubieten haben als diesen lächerlichen Die-kenn-ich-doch-von-irgendwoher-Blick.

«Morgen allerseits», zwitschert Sissi munter und setzt sich Professor Kuss gegenüber. «Heute bin ich ein bißchen spät dran, fürchte ich... Aber was macht's, ich hab ja nichts vor –» Ein ungeseufztes Seufzerchen weht durch die Luft. Klar, daß Kuss prompt darauf reinfällt, der Naivling. «Meine Frau und ich», sagt er eifrig, «fahren anschließend nach Funchal zum Markt. Wenn Sie nichts vorhaben, könnten Sie sich uns doch anschließen, nicht wahr, Julia, Liebes?»

Julia-Liebes fährt so ungestüm vom Tisch auf, daß sie um ein Haar das Tischtuch mitreißt und gebietet: «Wollen wir jetzt gehen?» Und zu Sissi sagt sie: «Einen schönen Tag noch!» Sie lächelt dabei so herzzerreißend tapfer wie eine der «Fliegenden Schwestern» am Trapez vor dem doppelten Salto ohne Netz.

Die Markthalle von Funchal an der Kreuzung der Rua Dr. Fernão Ornelas und der Rua do Visconde do Anadia – die mit den wunderschönen lachsroten Bougainvilleas in der Straßenmitte, auf einem Gitter über dem Abwasserkanal – sieht von außen aus wie eine Sporthalle. Gleich hinter den Toren stehen die berühmten Blumenfrauen. Sie tragen die alte Tracht: über den Schultern den kurzen roten Umhang, ähnlich einem Frisiermäntelchen, den weiten buntgestreiften Rock über feisten Hüften, auf dem Haar ein Käppchen, von dem ein lustiger Zipfel absteht wie beim Kürbis der Stengel. Sie sehen aus wie die Mütter und Großmütter der hübschen Blumenmädchen auf den Ansichtskarten.

Es riecht süßlich nach Lilien und Freesien und ein wenig auch nach Friedhof.

Seitlich unter den Arkaden reihen sich die Gemüsestände. Der mit schwarzweißem Mosaik ausgelegte Hof in der Mitte ist an sechs Tagen der Woche leer. Samstags jedoch stellen hier die Kleinbauern der Umgebung ihre handgeflochtenen Körbe mit den Süßkartoffeln und den rührend kleinen Bananen auf, den Orangen, die nicht größer sind als Mandarinen, eine flekkige Schale haben, aber wunderbar schmecken, den grobstengeligen Spinatbündeln, Kohl, Frühkraut, frischen Möhren, Petersilie, Papayas, Zitronen und Cherimoyas, den nach Birnen schmeckenden Früchten der aus Westindien stammenden Annona – mit all dem, was in den winzigen Terrassengärtchen rund ums Haus wächst und das sie anpflanzen, pflegen und ernten, wie Gottvater es seinen ungehorsamen, sexbesessenen Kindern als Strafe aufgebrummt hat: im Schweiße ihres Angesichts.

Ein zweiter Eingang führt von der Rua Boa Viagem durch die Fischhalle. Von dorther kommen Julia und ihr Mann. Sie geht hinter ihm zwischen den Steintischen durch, über die die schwarzen Schwalbenschwänze der Schwertfische hängen, die steinerne Treppe hinauf, auf der anderen Seite wieder hinunter und bleibt dann neben ihm vor einem Gemüsestand stehen. Sie sieht nichts, sie hört nichts, sie fühlt nichts außer dem bohrenden Schmerz in ihrem Herzen und möchte eigentlich nur eines: ins Möhrenkraut heulen.

«Nun, was willst du nehmen?»

Julia starrt stumm auf das Grünzeug.

«Also? Er wartet!» sagt Berni und zeigt auf den Verkäufer.

«Wo warst du heute nacht, Bernhard?»

«Wie bitte?»

«Ich fragte dich, wo du heute nacht warst.»

«Wo sollte ich gewesen sein? Im Bett natürlich.»

«In welchem?»

«Wenn das ein Scherz sein soll, dann ist es kein sehr geschmackvoller! Wollen wir nun einkaufen oder nicht? – *Faça o favor de me dar cinco maracujas»*, sagt er zum Verkäufer, und der fragt:

«You eat them now or in few days?»

«Heute», entgegnet Professor Kuss, jetzt ebenfalls auf englisch und ziemlich verärgert. Mit großer Sorgfalt werden ihm fünf Früchte herausgesucht, deren tiefviolette, verschrumpelte Lederhaut anzeigt, daß sie die gewünschte Reife bereits erreicht haben. Nachdem er gezahlt hat, packt Kuss seine Frau und zieht sie weg von dem verdammten Eingeborenen, der sich weigert, in seiner Muttersprache zu reden, zieht sie unter die dunklen Arkaden.

«Wo, Bernhard?» fragt Julia mit schmalen Lippen.

«Hör mal, müssen wir darüber unbedingt hier diskutieren?»

Julia nickt störrisch.

«Du findest das also tatsächlich den geeigneten Ort für eine Aussprache?»

Findet sie, jawohl.

«Lieber Himmel, wo soll ich schon gewesen sein!» Kuss zuckt die Achseln, probiert es auf leger. «Erst ein wenig spazieren. Dann in irgendeiner Bar.»

«In welcher?»

«Soll das ein Kreuzverhör sein?»

«Nenne es, wie du willst!»

«Ich weigere mich! Ich weigere mich entschieden, mich verhören zu lassen. Von meiner eigenen Frau!»

«Natürlich von deiner eigenen Frau, von wem sonst?» tobt Julia mit einer Stimme, die auf den Sprossen verzweifelter Wut in die Höhe klettert, oben umkippt und kläglich in die Tiefe purzelt. Frauen mit schwarzen Kopftüchern drehen sich nach ihnen um. «Den Polizeichef dürfte es kaum interessieren, bei welchem Flittchen du dich herumtreibst.»

Ihr Herr Gemahl zieht scharf die Luft ein. «Würdest du dich bitte mäßigen!»

Aber Julia ist im Moment das Gebot diplomatischer Zurückhaltung piepegal. «Ach!» sagt sie, und der Hohn trieft nur so aus diesem «Ach», «ich soll mich also mäßigen? Ich? Du mit deinem verdammten vornehmen Getue! Du hängst mir damit zum Hals heraus, jawohl, zum Hals heraus!» Na also. Jetzt hat sie es geschafft. Jetzt heult sie. Blind tastet sie in der Handtasche nach der Sonnenbrille, um die Tränen zu verstecken.

Kommentarlos strebt Professor Kuss einem jener kleinen Läden unter den Arkaden zu, in denen Käse, Salami und Schinken verkauft werden. Er gerät mitten in eine Eifersuchtsszene. Die Verkäuferin fuchtelt bedrohlich mit dem gezahnten Käsemesser, während sie dem jungen Mann, der sich hinter den Salamistangen verschanzt hat, wüste Beschimpfungen an den Kopf wirft, auf die er mit höhnischem Gelächter antwortet. Erschrocken ersteht Kuss zweihundert Gramm Räucherschinken, um sodann schleunigst zu flüchten. Ja, war denn die Welt plötzlich voll eifersüchtiger Weiber? Suchend dreht er sich nach seiner eigenen Frau um. Ein Stich fährt ihm durch den Magen.

Aber es ist nicht Sissi, die er drüben an einem Blumenstand stehen sieht.

Nur ein Mädchen mit genauso langen Beinen und genauso langen, blonden Haaren.

Vati Krendlmaier läßt sein kritisches Auge mißbilligend über fremdländisches Grünzeug wandern, eisern entschlossen, es nicht zu mögen.

«Glaubst –» meint seine Frau schmeichelnd, «glaubst, Vati, wir soll'n ein paar von die da nehmen?» Glänzend rote Früchte haben es ihr angetan. Sie sind so aufregend schön.

«Ja, kennst denn das Zeug?»

«Das nicht», muß sie zugeben, «aber ich hab mir gedacht, sie täten dir schmecken.»

Vati zieht seine buschigen Brauen empört zusammen. «Willst mich umbringen?»

«Aber geh, Vati, wie kannst denn so was sagen!» ruft Frau Krendlmaier, den Tränen nahe. (Ein paar Tage später wird sich eine solche Frucht bei ihrer Marschverpflegung befinden. Frau Krendlmaier wird mit Genuß hineinbeißen. Niemand, schon gar nicht Lois, der Maulfaule, klärt sie darüber auf, daß man diese Baumtomaten ißt wie weiche Eier: mit dem Löffel und nur das Innere, denn die wunderschöne, wie mit rotem Lack überzogene Schale ist gallebitter. Die arme Frau Krendlmaier wird ungläubig einen Bissen hinunterwürgen, danach noch einen, weil sie einfach nicht glauben kann, daß etwas so Schönes so gräßlich schmeckt, und wird dann den Rest klammheimlich im Erikakraut verstecken. Erschrocken wird sie sich denken: Jesus, Maria und Josef, wenn ich die gekauft hätt, damals! Das wäre eine schöne Blamage gewesen. Am Ende hätte ich ihn wirklich vergiftet damit.)

Erfreut zeigt sie nun nach weiterer Inspektion auf etwas Grünblättriges und ruft: «Du, ich glaub, das ist Spinat!» Spinat mag er, der Vati. Am liebsten mit Einbrenne und Rahm zu Rindfleisch und Geröstetem.

«Das soll Spinat sein? Daß ich nicht lach!»

«Spinat, das da?» erkundigt sich Frau Krendlmaier beim Eingeborenen. Der nickt lächelnd, denn er versteht Spinat in acht Sprachen, die einheimischen Dialekte nicht mitgezählt.

Vatis Mundwinkel krümmen sich höhnisch ob so viel hirnrissiger Gutgläubigkeit. *Er* weiß, wie Spinat aussieht.

«Magst einen?» lockt Frau Krendlmaier.

«Naa. Fahr mir bloß ab damit.»

«Ja, was täten wir denn sonst nehmen?» Unter all dem Fremdländischen verzweifelt nach etwas Bekanntem suchend, etwas, vor dem sich der Vati nicht fürchten muß, ruft sie jetzt: «Da schau her, Kraut haben's aa. Möchtest eins? So recht g'schmackig in Rotwein gedünstet?»

«Naa!» sagt Vati entschieden, dem nächsten Stand zustrebend.

Aber auch dort findet er nicht, wonach er sucht.

«Suchst was Bestimmtes?» erkundigt sich seine Gattin, ihm nacheilend.

Vati ignoriert ihr Gegacker.

Aber obwohl er seine Nase in jeden Stand steckt, findet er

nicht, wonach er sucht: einen Kopfsalat. Einen ganz ordinären, hundsgewöhnlichen Kopfsalat. Den gibt es nicht. Es ist nicht zu fassen.

Herr Krendlmaier verläßt, gefolgt von seiner unglücklich über den Speiseplan brütenden Gattin die Markthalle im guten Gefühl, recht gehabt zu haben. Es gab nichts Gescheites bei den Ausländern.

Na ja, *er* hatte es von vornherein gewußt.

Dort, wo die Hoteleinfahrt in die Estrada Monumental mündet, lehnt schon seit Tagen derselbe überquellende Müllsack an der Mauer. Er ist bereits zum Wahrzeichen geworden. Pflichtbewußt hebt Lumpi im Vorbeigehen daran das Bein.

«Geh heim, Hund!» sagt Frieda. Erklärt ihm auch, warum. «Wir gehen nicht spazieren. Wir gehen in die Stadt.»

Lumpi, zustimmend mit dem Schwanz wackelnd, zottelt vergnügt mit ihnen weiter.

«Ich hätte es mir denken können!» sagt Klärchen grimmig.

«Morgen ist er wieder in Ordnung», verteidigt Frieda sich und den Hotelbus, der in Reparatur ist. Ausgerechnet heute, wo Klara Kniebusch ihn zu beanspruchen gedachte.

«Morgen brauche ich ihn nicht mehr.»

«Geh schon heim!» sagt Frieda zum Hund, diesmal eindringlicher. «Marsch, ab mit dir!»

«Schön ist es hier, einfach himmlisch schön», seufzt Doris und lehnt sich gegen die sonnenwarme Steinmauer, hinter der sich die Bananenstauden bis zum Meer hinunterziehen.

Simon hat den Arm auf ihrer Schulter liegen. Er mag sein Mädchen keine Minute mehr loslassen. Wenn er es nicht neben sich fühlt, fehlt ihm etwas ganz Wesentliches. Zufrieden blinzelt er gegen das grelle Sonnenlicht hinunter auf das glitzernde Meer. Er ist wunschlos glücklich. Beinahe wunschlos. Einen Wunsch hätte er allerdings schon: Er möchte jetzt, in diesem Augenblick, Doris dort unter den Bananenstauden lieben.

Klara taucht neben ihm auf und sagt sauer: «Wenn sie hie und da aufräumen würden, wäre es noch wesentlich schöner.» Sie meint wohl das Zeug bei den Häusern zwischen den Bananen – die alten Autoreifen, die rostigen Fahrradteile, das verrottete Boot auf einem Schuppendach, das aussieht, als wäre es dort bald nach der Sintflut gestrandet. Simon würde der Krempel nicht stören. Er hätte ihn gar nicht bemerkt.

«Himmel!» sagt Frieda scharf. «Ihr seid doch alle gleich, ihr Touristen. Regt euch ständig darüber auf, daß es woanders anders ist als daheim und dann, wenn es endlich überall gleich ist, lamentiert ihr darüber, daß es überall gleich ist. Regt sich auf über das bißchen Unordnung! Bei so viel Schönem rundherum. Nicht zum Aushalten!»

«Aber Frieda», murmelt Klara erschrocken, «was hast du denn?»

«Ach was, weil es doch wahr ist!» Frieda weiß selber nicht, was plötzlich in sie gefahren ist. Oder eigentlich – wissen tut sie es schon, wenn sie ganz ehrlich ist. Es ist Neid, schierer Neid, der ihr so zusetzt. Mit Doris und Simon händchenhaltend und schmusend neben sich, wird ihr klar, was ihr fehlt. Sie möchte auch wieder einmal so richtig glücklich sein. Nicht nur zufrieden, das ist sie schon, sondern glücklich. Hier auf dieser Insel, die fürs Glücklichsein geradezu erschaffen wurde, merkt sie auf einmal, daß ihr etwas Wesentliches fehlt. Sie möchte auch wieder einmal einen Menschen neben sich haben, der den Arm um sie legt. Mit dem sie gemeinsam das blaue Meer anschauen kann, die roten Flammen der Weihnachtssternblüten gegen den blauen Himmel, die alten Mauern, über die die Blumen wuchern in einer Pracht und Fülle, als hätte ER sich nachträglich doch ein wenig geschämt darüber, daß er seinen Kindern das Paradies weggenommen hat und sie damit entschädigen wollte. So viel Schönes, findet Frieda, kann man allein kaum verkraften.

Lumpi schnuppert immer noch vergnügt von einem Platanenstamm zum nächsten.

Jetzt wird es Frieda zu bunt. Sie sagt unerbittlich: «Hund, du gehst jetzt heim. Aber dalli-dalli. Kapiert?» Und jetzt hilft kein Schwanzwedeln mehr und kein Sichtaubstellen. Frieda nimmt ihn gnadenlos zwischen ihre Pranken, dreht seine Schnauze in Richtung Hotel und gibt ihm einen Klaps aufs Hinterteil.

Also zottelt Lumpi notgedrungen zurück, vollkommen demoralisiert, dreht sich nach ein paar Schritten noch einmal um und trifft Klara – jawohl, Klara, die ihm nicht das geringste getan hat! – mit einem unsäglich traurigen Blick mitten ins Herz.

Auf der Hafenpromenade trennen sie sich. Doris und Simon wollen zum Markt, Frieda muß mit Klara die Apotheke suchen.

In jedem zweiten Geschäft verkauft man Handgesticktes, in jedem dritten befindet sich ein Häusermakler. Die Lücken dazwischen werden von Blumen- und Andenkenläden ausgefüllt. Nur Apotheken gibt es keine. Sie kommen schon fast auf den Knien daher, als Friedas Adlerauge endlich weit, weit oben in einer den Hügel hinaufkletternden Straße das Schild «Farmácia» erspäht. Sie schleppen sich hinauf. Und dann, als sie keuchend vor der Glastür stehen, weigert sich Klara hineinzugehen. Sie vermißt das Schild «Wir sprechen Deutsch». Und in eine andere Apotheke geht sie nicht. Sie läßt sich nicht irrtümlich von einem Angehörigen dieses schlampigen Volkes vergiften, das die Löcher am Gehweg nicht auffüllt, das den Müll an den Straßenrand kippt und die Autos dort verrotten läßt, wo sie sozusagen im Stehen zusammenbrechen, sagt sie.

Während Frieda sich weiter übers bucklige Kopfsteinpflaster schleppt, denkt sie über die Gründe nach, die sie veranlaßt haben könnten, Klara mit auf Urlaub zu nehmen.

Es fällt ihr kein einziger ein. Nicht einer.

Zweimal sind sie knapp dem Verkehrstod entronnen, als sie über die nächste Farmácia stolpern. Diesmal eine «richtige».

Und dann, als Klärchen endlich ihre Tabletten hat, suchen sie nach einem Lebensmittelgeschäft. Sie finden keines. Wieder ist jeder zweite Laden einer mit Handgesticktem und jeder dritte ein Makler. Die dazwischen, weil sie jetzt keine mehr brauchen, sind Apotheken. Nirgends ein Lebensmittelladen. Man ernährt sich in dieser Stadt anscheinend von blümchenbestickten Tischdecken, paniert, gedünstet, gebraten, was weiß man. Also pirscht sich Frieda mit der Frage: «Wo ist *mercato*?» an den nächsten Eingeborenen heran. Der weist geradeaus und gibt einen freundlichen, aber unverständlichen Wortschwall von sich.

«Muß gleich da vorne sein», sagte Frieda, die Optimistin.

Immerhin sind sie auf der richtigen Spur, denn jedes «Mercato, wo?» weist in dieselbe Richtung.

Plötzlich ist Klara weg.

Frieda tut das einzig Vernünftige. Sie bleibt stehen und wartet. Und richtig, etwa zehn Minuten später kommt Klara aus einem der Geschäfte, mit hektisch-roten Flecken auf den Wangen. Frieda späht neugierig in die Auslage, sieht aber nichts als Hundeleinen, Vogelkäfige und dergleichen und fragt erstaunt:

«Was hast du denn *da* gekauft?»

«Nur was angesehen», murmelt Klara.

«Was denn?»

Jetzt explodiert sie. Himmelherrgottnocheinmal, darf sie sich denn nichts ansehen, ohne der ganzen Stadt Bescheid zu geben?

Die Frage, was Klara gekauft haben könnte, beschäftigt Friedas Unterbewußtsein, während sie sich mit ihren «Mercato, wo?» an die Fleisch- und Gemüsetöpfe Funchals heranpirscht.

Eines jedenfalls ist sicher: Vogelkäfig war es keiner. Das kann man sehen.

Zwei Querstraßen weiter zischt Klara aus dem Mundwinkel: «Es verfolgt uns einer!»

«Quatsch!»

«Schau dich bloß nicht um!» Klara wickelt sich vorsichtshalber den Handtaschenriemen zweimal ums Gelenk und murmelt, den Blick starr geradeaus: «Ausgesprochene Verbrechervisage. Ich hoffe bloß, Frieda, die Polizei spricht hier Deutsch!»

«Du bist ein Kindskopf.» Frieda schielt über die Schulter. «Meinst du den Langen im blauen Anzug?»

«Ich habe doch gesagt, dreh dich nicht um! – Ja, den.»

Vor dem nächsten Geschäft bleibt Frieda stehen, schaut in die Auslage und dabei wie zufällig zurück. Es ist ein großer Hagerer mit stolzer, aufrechter Haltung, graumeliertem schwarzem Haar mit dem hier üblichen sorgfältigen Schnitt, in einem dunkelblauen, aus der Mode gekommenen Anzug. In der Hand trägt er eine schwarze, offensichtlich stark strapazierte Aktentasche. Ungefähr in Friedas Alter. Ein Einheimischer.

«Du schaust zuviel ‹Tatort›, Klara. Das bringt dich auf blöde Gedanken. Dieser Mann ist absolut harmlos.» Frieda pocht das Herz. Er hat ihr zugelächelt.

«Ist er noch da?» raunt Klara.

«Ja.»

«O Gott! Es wird uns so gehen wie der armen Paula, du wirst schon sehen. Du weißt doch noch, was mit der passierte?» Frieda nickt. Sie weiß es noch. Der hat einer in Neapel die Handtasche von der Schulter gerissen und den Arm fast dazu.

«Das war in Neapel! Und außerdem ist Paula ein Rindvieh. Wenn ich nach Neapel fahre, stecke ich mir nicht meine sämtlichen Pretiosen an.» Frieda grinst.

«Lästere du nur. Eines Tages haut dir einer eins über den Schädel, dann wird dir das Lachen schon vergehen.»

«Möglich», gibt Frieda gleichmütig zu. «Aber was hab ich davon, wenn ich mich dreißig Jahre lang davor fürchte?»

Aber Klara hat schon recht. Der Mann im dunkelblauen

Anzug folgt ihnen. Denn als sie endlich ihr sechstes oder siebentes «Mercato, wo?» vor das gesuchte Tor spült und Frieda sich noch einmal umschaut, bevor sie hineingehen, überquert er soeben den Platz. Und jetzt gibt es gar keinen Zweifel mehr: Sein Lächeln und das schüchterne Heben der Hand gelten ihr.

Ihr, Frieda, fünfundsechzig, keine Schönheit und nie eine gewesen, dem alten Schlachtroß mit dem Plissee im Gesicht und einer nicht umzubringenden Romantik im Herzen. Nicht, daß sie gleich das große Glück erwartet. Ein ganz, ganz kleines würde ihr schon genügen. Über einem Glas Wein einem sympathischen Mann in die Augen sehen...

«Wenn du aufwachst, dann sag, was wir möchten!» keift Klara.

Sie kaufen dicke gelbe Zitronen und komischen Kräuselkohl mit Blüten und kleine Zucchini, die so lustig gestreift sind wie junge Wildschweine, und Tomaten, Orangen, frische Feigen und eine Melone. So stellt sich Frieda das Paradies vor: voll von reifen Früchten, die nicht in Plastik verpackt sind.

In der Fischhalle spazieren wohlgenährte Hunde zwischen den Steintischen herum, mit dem Kennerblick des Gourmets die über die Kanten hängenden Fischschwänze beäugend.

«Wir hätten Lumpi ohne weiteres mitnehmen können», sagt Klara plötzlich aus heiterem Himmel und reckt dabei kampflustig das Kinn vor.

«Wie stellst du dir das vor bei dem Verkehr? Und überhaupt, ich denke, du kannst Hunde nicht leiden?»

«Gewöhnliche Hunde, ja... Himmel, er macht mich nervös!»

«Wozu wolltest du ihn dann auch noch mitschleppen?» wundert sich Frieda.

«Unsinn. Ich spreche von deinem seltsamen Verehrer.»

Tatsächlich, er ist wieder da, steht diskret im Hintergrund, die Aktentasche unter dem Arm. Er lächelt schüchtern und sehr, sehr lieb.

Hinter Klaras Rücken lächelt Frieda zurück.

«Fall ihm doch gleich um den Hals!» sagt die, weil sie auch hinten Augen hat in solchen Fällen. «Kauf auf keinen Fall mehr als zwei Pfund, hörst du. Und paß auf, daß er dir nicht das Grätenstück andreht.»

Bloß: zwei Pfund, das geht hier nicht.

Hier kauft man nur ganze Fische. Jeder so groß wie ein mittlerer Hai.

«Lassen wir es!» befiehlt Klara. «Ich mag sie ohnehin nicht.»

«Was stört dich an ihnen?»

Aber das will Klara nicht sagen. Es sind die Augen. Sie sehen aus wie Glasknöpfe in Aspik. Sie graust sich davor.

«Mensch, Klara, überleg doch! Ein ganzer Fisch kostet hier weniger als zwei Portionen in einem Restaurant! Man sagt, es hat noch kein Mensch einen Espada lebend gesehen.» Sie stimmen Frieda ein wenig traurig, diese schönen, wilden, schwarzen Geschöpfe mit den großen, erstarrten Augen und dem herrlichen Raubtiergebiß, das ihnen jetzt im Tode so gar nichts mehr nützt.

«Bitte, tu, was du nicht lassen kannst. Ich jedenfalls rühre ihn nicht an.»

Der Typ hinter dem Steintisch sieht um nichts weniger wild aus als seine schwarzhäutige, glotzäugige Ware. Ungeduldig beißt er auf seiner selbstgedrehten Zigarette herum mit seinem prachtvollen Armeleutegebiß, das meistens diejenigen haben, die sich von Kartoffeln und Polenta ernähren müssen, und er möchte endlich wissen, welchen Fisch die Senhora will.

Frieda zeigt auf den kleinsten.

Jetzt muß sie sich konzentrieren, denn Klärchen paßt scharf auf, ob sie keinen Murks macht. Sie nickt mit Kennerblick, als der Schwarzbärtige für sie das Fischmaul auseinanderklafft.

Klara zischelt mißtrauisch: «Was bedeutet das?»

«Daran erkennt man, ob er frisch ist.»

«Ach? An was?»

«An den Zähnen», sagt Frieda aufs Geratewohl. Die Aufzucht dreier naseweiser Kinder hat ihre Hemmungen in dieser Beziehung erheblich abgestumpft und hat sie gelehrt: Es kommt nicht so sehr darauf an zu wissen, sondern überzeugt so zu tun, als ob.

«Pfui, ich kann sie nicht einmal ansehen!» graust sich Klara. Was sie so besonders entsetzt, ist, daß der Rohling jetzt dem Fisch, als wäre er eine Bowlingkugel, in die Augenhöhlen greift, um besser Halt zu finden. Denn jetzt hackt er die Rückenflossen ab und den Unterkiefer. Dann steckt er den Schwalbenschwanz ins kieferlose Maul und klatscht den zusammengerollten Fisch in einen Plastiksack.

Inzwischen hat Frieda unter dem Tisch etwas Beunruhigendes entdeckt: Gedärme. Sie erinnern sie daran, daß ihr Fisch dieses unappetitliche Zubehör noch irgendwo in seinem Innern hat.

Als hätte er ihre schwarzen Gedanken erraten, steht plötzlich ihr eingeborener Freund neben ihr, sagt mit sanfter Autorität in leidlich gutem Deutsch: «Fisch nicht gut so für Sie, Senhora!» und zum Bärtigen rapid etwas auf portugiesisch, worauf der mit einem Achselzucken den Espada wieder aus dem Sack holt und ihn seinem Gehilfen zuwirft.

«Dauert nur ein wenig, Senhora. Ist gleich fertig.»

Frieda lächelt zu ihm auf. Sie schaut in ein hageres, sehr männliches Gesicht mit tiefen Falten und sanftmütigen, schwerlidrigen schwarzen Augen, bemerkt, daß sie nicht wirklich schwarz sind, sondern von einem warmen Goldton, wie sie ihn einmal in einem Moorsee in Schottland gesehen hat. Schnell, bloß um ihn nicht schon wieder gehen zu sehen, sagt sie: «Sie sind von Madeira?»

«Ja, Senhora.»

«Aus Funchal?»

«Nein, Senhora. Lebe in Machico.»

«Ich glaube, dort haben wir einmal Schnaps getrunken», erinnert sich Frieda. Sie sieht die Kneipe vor sich und hat den süßen Geschmack von Ginja, dem einheimischen Kirschlikör auf der Zunge.

Jetzt ist auch ihr Fisch schon wieder da. Nur ist es jetzt kein Fisch mehr, sondern zwei Streifen weißes Filet. Frieda zahlt und hat danach keinen Grund mehr, noch länger hier herumzustehen. «Ja dann –» sagt sie und möchte so gern noch etwas Wesentliches sagen.

Auch der Mann aus Machico sieht so aus, als wollte er das. Klärchen neben ihnen jedoch verströmt eine Eisigkeit, die selbst einen Istanbuler Teppichhändler vertrieben hätte. So schauen sie sich bloß eine Weile hilflos an. Schließlich sagt er traurig: *«Adeus,* Senhora.»

«Vielleicht –» sagt Frieda atemlos, aber Klara verjagt ihn endgültig mit einem frostigen «Auf Wiedersehen».

Die nächsten Minuten denkt Frieda darüber nach, wie Klara es geschafft hat, achtundsechzig zu werden, ohne sich die ganze Welt zum Feind zu machen.

Auf das berühmte Café Golden Gate stoßen sie rein zufällig. Oder sagen wir – so zufällig, wie Ameisen in einen Ameisenbau fallen. Denn jeder, der durch die Avenida Zarco beziehungsweise die Avenida M. Arriaga geht, landet automatisch früher oder später vor dem eleganten Portal aus weißem Marmor.

Frieda hätte ewig hier oben sitzen können, auf dem schmalen Balkon über dem Gewoge der Avenida M. Arriaga mit dem Blick hinüber zum Denkmal des João Gonçalvez Zarco. Jenem Mann, der vor fünfhundert Jahren Madeira der Zivilisation geschenkt hat und der heute, bedeckt von Grünspan, den Degen zwischen den strammen Schenkeln baumelnd, recht nachdenklich die Avenida Zarco in Richtung Hafen blickt.

Ein verärgertes «Es ist nicht zu fassen! Ist denn dieser Mensch schon wieder da!» läßt Frieda aufblicken.

Er ist es. *Er!* Steht vor ihnen mit seinem schüchternen Lächeln, die Aktentasche in der Hand.

Friedas Herz macht einen Salto. Sie muß zweimal ansetzen, bevor sie herausbringt: «Möchten Sie sich nicht setzen?»

«Ich darf?»

«Aber ja, natürlich. Bitte sehr.» Schleunigst hievt sie die Plastiksäcke mit dem Obst und dem Grünzeug vom Stuhl und kümmert sich einen Dreck um Klärchens Gejammer darüber, daß sie gerade gehen wollten.

Die Aktentasche stellt ihr neuer Freund unter den Stuhl.

Frieda lächelt in seine fremdartigen und doch inzwischen schon so vertrauten Augen, schwebt selig mitsamt Balkon über Jacarandabäume und rote Ziegeldächer hinauf in den blauen Himmel.

Inzwischen hat der Mann aus Machico ein *água mineral* bestellt und auch erhalten, hat geduldig gewartet, bis der Kellner sich zurück in den Saal verzog, hat den Damen zugeprostet und einen schönen Urlaub gewünscht und danach mit einem: «Wenn die lieben Damen gestatten –» die Aktentasche auf die Knie gestellt.

Er hat sie aufgemacht und nach einem vorsichtigen Blick über die Schulter Richtung Saal und Kellner eine Kollektion spitzengesäumter Taschentücher und bestickter Tischsets hervorgeholt und sie liebevoll zwischen Gläsern und Kuchentellern ausgebreitet.

«Echte Handarbeit», erklärt er stolz. «Alles von eigener Familie. Wenn die lieben Damen vielleicht –?»

Bums. Frieda haut es samt dem in Himmelsgefilden schwebenden Balkon zurück auf die Erde. Das also war's. Von wegen in die Augen schauen und so ... ha ha! Was für ein Rindvieh war sie doch, fünfundsechzig und um nichts gescheiter geworden.

Aber sie überlebt auch diesen Schlag mit bewundernswertem Phlegma. Sie klopft sich die Trümmer ihrer ach so kurzen Illusion aus dem Pelz und kauft dem Oberhaupt einer stickenden, spitzenerzeugenden Familie zwei Sets Taschentücher ab, sechs Gläseruntersetzer in Form von Weihnachtssternen sowie eine Anzahl entzückender, schlingstichbestickter Küchenschürzchen für sich, ihre weibliche Verwandtschaft und ihre besten Freundinnen.

Auf dem Heimweg warten sie eine Dreiviertelstunde an der Haltestelle der Avenida do Infante auf den Bus Nummer vierundsechzig hinaus zum Boa-Vista. Drei Dutzend Autobusse, alle mit falschen Nummern, kommen in Auspuffgase gehüllt die Straße heraufgedonnert, halten und keuchen dann – blaue Wolken billigen Diesels ausstoßend gleich gereizten Tintenfischen – weiter die Avenida do Infante hinauf. Schuld daran ist Frieda. Wer sonst?

Im Hotel muß Klara sich augenblicklich hinlegen. Ihr ist sehr seltsam. Völlig von Auspuffgasen beduselt, schläft sie ein.

16

Simon hat die Beine schön gemütlich auf dem Couchtisch liegen, neben einem Strauß Freesien, die er Doris auf dem Markt gekauft hat, und der Orchidee im Aschenbecher, den diese jetzt mit der Kamelie teilen muß, wenn auch nicht mehr lang – Kamelien sind kurzlebig. Ihre Ränder färben sich schon braun.

Simon schaut Doris beim Kochen zu,

Es geht ihm gut. Sehr gut sogar. Er befindet sich in jenem Zustand seliger Paralyse, in den Männer üblicherweise verfallen, sobald sie den anstrengenden Teil der Liebe, die leidige Nachrennerei, hinter sich haben. Jetzt erntet er die Früchte seiner Bemühungen. Das einzige, was ihn momentan stört, ist der Pico Ruivo. Daß er dazu verurteilt ist, ihn morgen zu besteigen. Zu Fuß. 1861 Meter. 1861 Meter Vertikales. Und das im Urlaub.

Aber wer, zum Teufel, zwingt ihn eigentlich dazu?

«Du meinst», entgegnet Doris auf seinen Vorschlag hin erschrocken, «wir sollten nicht mitgehen?»

«Genau», sagt Simon, hocherfreut, daß sein Schatz ihn so gut versteht.

«Aber Simon, das können wir doch nicht tun!» Doris' sparsames Hausfrauenseelchen windet sich bei dem Gedanken daran, daß sie ja schon im voraus bezahlt hat. Und außerdem fände sie so etwas schrecklich unzuverlässig. Wo käme man da hin, wenn alle so dachten? Was täte der Lois dann? Ein Führer mit niemandem zum Führen –

Ach, so ist das also! kontert Simon, ohne den Kerl kann sie wohl nicht mehr leben?

«Aber Simon!» stammelt Doris, perplex und viel zu gutmütig, um ihm ordentlich den Marsch zu blasen.

Dieses jämmerliche «Aber Simon!» ist Wasser auf seine Mühle. Auf dem Gebiet hat er noch eine alte Rechnung zu begleichen. Und dafür muß Doris jetzt herhalten. Bergführer, Skilehrer und solche Kerle, lamentiert er, auf die flögen die Weiber, auch wenn sie aussähen wie Fred Feuerstein und weniger Hirn hätten als ein Mistkäfer.

«Gut», murmelt Doris mit überschwemmten Augen, «gut, wenn du glaubst, daß es so ist, dann gehe ich eben nicht.» Du liebe Zeit, sie lernt es aber auch nie!

Aber Simon pfeift auf ihr Opfer. Bitte, wenn sie unbedingt auf diesen verdammten Berg steigen will, bitte, dann steigt er eben auch. Trotz fürchterlicher Schmerzen in Armen und Beinen und im Kreuz. Zwar hat er noch nie bemerkt, daß er überhaupt ein Kreuz hat, aber es konnte nicht schaden, auch dieses leiden zu lassen. Wo doch heute faktisch jeder darunter litt.

Doris zupft stumm das Braune von der Kamelie. Das Schweigen hängt so penetrant in der Luft wie der Mief von Simons Zigaretten.

Das gerötete Dekolleté mit Kühlcreme und den Rest des Körpers mit Sonnenöl bedeckt, pflegt Julia unten am Pool äußerlich ihre Sonnenbräune und innerlich ihren Kummer.

Oben im Appartement läßt sich ihr Herr Gemahl einen Campari-Soda aufs Zimmer bringen.

Mit dem Glas in der Hand schlendert er hinaus auf den Balkon und legt sich, den Drink in Reichweite, in den Liegestuhl. Er schiebt Griegs a-Moll-Konzert, Opus 16, in den Recorder, nimmt einen genußvollen Schluck, schließt die Augen und gibt sich, eingelullt von den romantischen Klängen, völlig jener bittersüßen Stimmung hin, die ihn neuerdings mit einer Vehemenz überfällt, gegen die er gänzlich wehrlos ist. Gegen die sich Professor Kuss früher sehr wohl mit aller ihm zur Verfügung stehenden Charakterstärke gewehrt hätte.

Aber dieses Wesen mit dem mondsüchtigen Lächeln auf den Lippen ist nicht mehr der Mann, der er noch vor wenigen Tagen war. Er ist nur noch ein Fragment davon. Das Weichstück sozusagen. Das Krebslein, das – zum ersten Mal im Leben – aus dem schützenden Gehäuse geschlüpft ist. Oder vielmehr: das mit sanfter, erfahrener Hand daraus hervorgekitzelt worden war.

Griegs zu Musik gewordene Träumereien steigen, trillernden Lerchen gleich, zum Himmel auf, fallen als silbriger Tropfenschauer zurück ins Meer und ziehen dort heitere Kreise wie von spielenden Delphinen. Bernhard Kuss verfolgt das liebliche Schauspiel seiner Phantasie hinter geschlossenen Lidern.

Während seine Gefühle also in höheren Sphären schweben, durchackert sein Verstand das Feld maskuliner Ausreden in der Hoffnung, eine auszugraben, die es ihm gestatten würde, heute abend möglichst unauffällig seiner Frau zu entwischen.

Auf dem rückwärtigen Parkplatz stochert der Lois in den Eingeweiden eines schrottreifen Seats herum. (Hier auf dieser Insel mit lauter Bergstraßen und Amateurrennfahrern gibt es nur zwei Sorten von Autos: fabrikneue und schrottreife.) Von der Küche her kommt Lumpi angezottelt, setzt sich neben den Lois und schaut ihm zu. Der sagt: «Servus, du Strolch!» und krault ihm mit ölverschmierten Fingern den Nacken.

Dann stutzt er. Kopfschüttelnd läßt er Zündkerzen Zündkerzen sein, geht, wie er ist, in dreckstarrenden Jeans und mit öligen, scharf riechenden Händen erst an die Rezeption und dann hinein zu den Küchenmamsells, um herauszufinden, welche von ihnen einen derartigen Vogel hat, daß sie einen zugelaufenen Straßenköter mit einem echtledernen, nietenbesetzten Halsband adelt.

Keine will es zugeben.

Doris hat fein säuberlich die Spinatblätter von den Stengeln geschnipselt, diese in Zeitungspapier gewickelt und im Müll deponiert. Jetzt steht sie vor dem winzigen Spülbecken und wäscht die Blätter. Ihre Shorts reichen nicht so weit, um noch die Falten zu verdecken, die sich beim stehenden Menschen dort bilden, wo die Sitzfläche ins Bein übergeht. Ein Anblick, der Simon ganz schön aufregt.

Er vergißt, daß er eigentlich böse mit ihr ist. Jetzt liebt er sie wieder. Und er kennt nur eine Art, einer Frau zu zeigen, daß er sie liebt.

«Aber Simon, doch nicht jetzt!» erschrickt Doris. Sie versucht ihn abzuschütteln.

«Komm. Komm weg vom Herd!» bettelt Simon.

«Liebling, sei doch bitte vernünftig. Später –»

«Du liebst mich nicht», mault er.

Doris seufzt. Sie liebt ihn ja. Aber mehr mit dem Herzen. Nicht unbedingt so körperlich, wenn sie einen Fisch auf dem Herd hat und das Spinatwasser zu brodeln anfängt. Und der Streit von vorhin noch nicht aus der Welt geschafft worden ist, sondern noch in der Luft hängt.

Simon mag ja nicht gerade ein Seismograph sein. Aber ein Klotz ist er auch nicht. Er spürt die Abwehr in ihrem Rücken, läßt die Arme sinken, schleppt seine verdammte, aus allen Nähten platzende, nutzlose, verschmähte Liebe zurück zur Couch und angelt sich mit bebenden Fingern eine Zigarette aus der Packung.

«Heute gibt es im Sheraton einen Folkloreabend, Liebling!» ruft Julia aus dem Bad.

Der Herr Gemahl raschelt nervös mit den Seiten des Reiseführers und erkundigt sich unlustig: «Sagtest du etwas?»

«Ich sagte, im Sheraton gibt es heute abend Folklore.»

«Wie bitte?»

«Folklore! Tanz!»

«Ach ja?»

«Sollten wir es uns nicht ansehen? Der Hotelbus würde uns hinbringen und wieder abholen –»

«Was mich betrifft, nicht unbedingt.»

«Es soll nicht schlecht sein. Nicht so ganz der übliche Touristenmumpitz.»

«Nun, dann schau es dir doch an!»

Julia wickelt sich das Badetuch um die Brust, muß es aber mit einer Hand festhalten, weil da nicht genügend ist, um es am Rutschen zu hindern. «Du meinst also», sagt sie zu ihrem Mann, der auf der Couch sitzt, «ich soll allein hingehen?»

«Warum nicht? Wir sind schließlich keine siamesischen Zwillinge. Du weißt, ich mache mir nicht sehr viel aus dieser Art von Pseudokultur.»

«Ach, und für welche Art von Kultur schwärmt mein gebildeter Herr Gatte?» In ihrer gestikulierenden Wut hat Julia das Badetuch losgelassen und muß es nun wieder hinaufzerren.

Kuss klappt, den Zeigefinger als Lesezeichen benützend, den Reiseführer zu. Indigniert schüttelt er den Kopf. «Könntest du dich zur Abwechslung bitte wieder einmal halbwegs vernünftig mit mir unterhalten?»

«Du gehst also nicht?»

«Ich sagte dir schon, ich habe keine große Lust dazu.»

«Nun, was das angeht – ich habe in unserer Ehe öfters getan, wozu ich keine große Lust hatte.»

«Ach? Was zum Beispiel?»

«Dreimal darfst du raten.»

«Nun, wenn es so ist», sagt er, langsam seinen Finger aus dem Reiseführer ziehend, «dann ist es wohl das beste, ich befreie dich von meiner unerwünschten Gegenwart.»

Er schließt die Tür hinter sich mit jener bemitleidenswerten Resignation, die einem Mann zusteht, der soeben erfahren mußte, daß es eheliche Pflichterfüllung war, was er jahrelang für Liebe gehalten hat.

Julia brüllt hinter ihm her: «Scher dich zum Teufel, du

elendes Stinktier! Hau bloß ab und laß dich nicht mehr blikken!» Dann wirft sie sich aufs Bett und begießt das Kopfkissen mit ihren Tränen, bis das Reservoir leer ist.

Zehn nach sieben steigt Julia ein Stockwerk tiefer, hinunter zu Frieda. Bis dahin hat sie auf ihren Mann gewartet.

Geweint hat sie später nicht mehr. Sie hat sich schließlich an Michis Rat erinnert: «Mensch, heul nicht, du Schaf. Kein Mann ist eine Träne wert. Drisch ihm gegen's Schienbein, wenn es dir davon wohler wird.» Michi war ihr Bruder. Er starb vor vier Jahren bei einem Autounfall.

Das Schienbein stand ihr leider im Moment nicht zur Verfügung. Aber sie würde es diesem Kerl schon zeigen. Was *er* konnte, konnte sie schon lange –

Als sie jetzt vor Friedas Tür steht, hat sie das starke Empfinden, ein Jammer wie der ihre verlange nach einem stärkeren Gegenmittel als Folklore.

Frieda bleibt der Mund offen. «Ins Casino? Wir beide?» Sie erinnert sich daran, daß andere Frauen hin und wieder auch Ehemänner hatten. «Und dein Mann natürlich.»

«Natürlich ohne meinen Mann», entgegnet Julia kühl.

Frieda streift das schmale Gesicht unter dem blonden Pony mit einem mitleidigen Blick.

«Meinst du das wirklich im Ernst? Wir zwei ins Casino?» In einem Casino war Frieda noch nie.

«Wir müssen ja nicht spielen», lockt Julia mit süßen Flötentönen, «nur ein bißchen zusehen –» Sie schaut sich vorsichtig nach dem abwesenden Klärchen um, flüstert: «Es gibt dort auch eine Bar. Vielleicht angeln wir uns was Smartes zum Tanzen.»

«Du meine Güte, Kindchen!» Frieda kichert. «Ich und tanzen! Wer würde schon mit einer tanzen wollen, die so aussieht, als hätte sie in ihrer Jugend noch Quadrille gelernt?» Dann fällt ihr ein, was jeder Frau in einer solchen Situation einfällt: «Geht nicht. Ich habe nichts zum Anziehen.»

«Ach was! Rock und Bluse genügen.»

Damit ist Frieda überredet. Ins Casino! Sogar das erlebt sie noch auf ihre alten Tage... Sie will sich gerade anfangen zu freuen, als Klara aus dem Bad kommt. Im guten Weinroten mit der Altsilberbrosche am Busen. Frieda hatte die Folklore vergessen. «Vielleicht ein andermal?» murmelt sie gottergeben.

«Sicher. Verschieben wir's.»

Klara sagt heiter: «Warum? Wenn du lieber ins Casino gehst, dann geh doch!»

Frieda seufzt. Die Leier kennt sie – erst großmütiger Verzicht, dann drei Tage lang beleidigte Leberwurst. Da verzichtet sie lieber aufs Casino.

Aber Klara meint es ernst. Sie sagt entschlossen, sie brauche weiß Gott kein Kindermädchen, und wirft sich die Häkelstola über die Schulter. Mit einem fröhlichen «Tschüs, ihr beiden» verabschiedet sie sich und geht. Weil sie aber nie beim ersten Mal geht, wenn sie geht, steckt sie noch einmal den Kopf zur Tür herein, sagt: «Vergiß nicht, den Schlüssel unten abzugeben!» geht, macht die Tür wieder auf, sagt: «Ach ja, und falls du zufällig deinen Verehrer aus Machico siehst, besorg mir doch noch eins von diesen reizenden Schürzchen!» Und geht diesmal wirklich.

Unten vor der Hoteltür kramt sie in ihrer Handtasche, zieht eine Hundeleine hervor, spitzt die Lippen und pfeift. Lumpi kommt um die Ecke geschossen, sie hakt die Leine an seinem Halsband fest, und dann gehen sie zum wartenden Hotelbus, Klärchen und der Hund.

Oben im Appartement wundert sich Frieda, ganz von den Socken: «Sag mal, war das tatsächlich Klara?» Und dann muß sie Julia noch die Story vom Mann aus Machico erzählen.

Ein paar Minuten nach elf streckt Frieda vor dem Nobelbau des Casinos so ladylike wie möglich ihre schwarzen Sonntagsschuhe aus dem Taxi. Ein sanftes Lüftchen läßt die Palmwedel leise rascheln. Es ist eine jener wunderbar lauen Nächte, für die Madeira berühmt ist.

Hinter den hohen Glastüren des Vestibüls werden Frieda und Julia von der Eiseskälte eines hervorragend klimatisierten modernen Betonbaues überfallen. Und Julias Schultern wärmt nichts weiter als zwei Spaghettiträger.

Aber sie lächelt eisern.

Sie ist entschlossen, sich an diesem Abend zu amüsieren, und wenn es sie umbringt... Gegen ein Uhr nachts schiebt sie sich – zurück im Boa-Vista – steifbeinig auf einen der sahneweißen Lederhocker in der Bar.

Frieda ist ins Bett gegangen. Sie hat das Casino unter «interessante, aber nicht unbedingt zu wiederholende Erfahrung» eingereiht. Wie die Avocado. Und die Ehe.

Im Boa-Vista schläft man schon. Madeira ist nicht Ibiza.

Julia aber will noch nicht ins Bett. Sie fürchtet sich davor, daß die andere Bettseite leer sein könnte, wenn sie jetzt hinauf ins Zimmer käme. Fürchtet sich aber andererseits auch davor, daß sie es *nicht* sein könnte. Sie schläft nicht gern neben einem Feind.

In seiner geisterhaft blau beleuchteten Flaschenburg steht mutterseelenallein João und steckt sich eine der kurzen, filterlosen einheimischen Zigaretten am Stummel der anderen an, um sich notgedrungen wach zu halten.

Langsam und sehr, sehr behutsam greift Julia nach den Zigarillos. Sie hat das Gefühl, sie dürfte sich keinesfalls zu heftig bewegen, weil sie anstelle der Finger spröde Eiszapfen hat, die abbrechen könnten.

João nimmt ihr sanft das Etui aus der Hand, zieht einen Zigarillo heraus, steckt ihn Julia zwischen die blutleeren Lippen und zündet ihn an. Julia macht einen tiefen Zug. «Ah, herrlich! Danke, João.» Sie spricht mit ihm Englisch. Ein Großteil des Personals spricht Englisch. Julia hat es in den Staaten gelernt, wohin sie vor einem Jahrzehnt ihren gelehrten Herrn Gemahl begleitet hat.

«Was möchten Sie trinken?»

«Etwas zum Aufwärmen.» Julia hört, wie es beim Sprechen in ihren Ohren knackt, und sagt entgeistert: «Ich glaube, ich habe einen Kieferkrampf.»

«Warum das?»

«Mein Lieber, ich habe einen Abend lang krampfhaft gelächelt.»

João hat inzwischen ein Glas mit Maracuja aufgegossen, als Vitaminspritze. Jetzt greift er nach dem Cointreau, kommt jedoch nach einem prüfenden Blick zu dem Schluß, daß das Häufchen Elend da vor ihm etwas Stärkeres braucht, und nimmt den Gin. Er schaut sich Julia noch einmal genauer an, sieht dann auf die Uhr an seinem schwarzbehaarten Handgelenk, zieht sich das rote Jackett aus und legt es sanft über Gänsehaut und Spaghettiträger. Er beruhigt Julias schwachen Protest. Um die Zeit komme ohnehin kein Mensch mehr. «Sie waren aus?»

Sie nickt trübselig. «Im Casino.»

«Mit Senhor Kuss?»

«Ohne Senhor Kuss.»

«Sie sehen nicht sehr glücklich aus. Hat man sie belästigt?»

«Belästigt? O nein! Soll ich Ihnen etwas verraten, mein Lieber?» Julia beugt sich über die spiegelnde Glasplatte der Theke und flüstert: «Ich wollte, man hätte!»

«Männer aus Madeira gehen selten ins Casino, Senhora ... Ihr Drink, bitte.»

Julia muß sich erst einmal stärken, bevor sie sich erkundigt: «Sie wollen damit sagen, die Männer aus Madeira hätten ...?»

«Nicht belästigt. Nur umschwärmt. Wir lieben blonde, kühle Damen wie Sie, Senhora.»

«Ach, João! Nun, jedenfalls weiß ich jetzt, wie das Fegefeuer aussieht.»

Das englische Wort für Fegefeuer ist João neu. Julia muß es ihm erklären. Das ist dort, sagt sie, wo man halb brät, aber noch nicht ganz. Sozusagen der Warteraum. Aber von wegen braten! Seit heute weiß sie, daß im modernen Fegefeuer keine Flammen züngeln, sondern daß es vollklimatisiert ist. «Waren Sie schon einmal dort? Im Casino?»

«Ja, aber es ist uns nicht erlaubt zu spielen... Schmeckt er Ihnen?»

«Prima. Nicht so stark. Mehr ein Saft, was?»

João lächelt so nachsichtig, wie man über jemanden lächelt, der einen Fliegenpilz süß findet. «Wie war es? Haben Sie gewonnen?» Er ist im Zeichen des Stiers geboren. Er muß alles ganz genau wissen.

Julia grinst ein wenig schief. «Wir sind überhaupt nicht zum Spielen gekommen. Wir hatten unsere Ausweise nicht mit... Wissen Sie, was das Schlimmste war, João? Keiner redet dort mit dir. Jeder sieht so aus, als wäre er in Zellophan verpackt, mit einem Schild um den Hals: Ware bitte nicht anfassen. Mit der Zeit erstarrst du zu Eis und hast nur noch den Wunsch, dich entweder zu besaufen oder heim ins Bett zu schleppen.»

«Es tut mir leid, daß es Ihnen nicht gefallen hat.»

Julia saugt an ihrem Drink, saugt aber mit einem höchst peinlichen Geräusch nur noch Luft ein. Sie kriegt daraufhin einen zweiten Drink, diesmal jedoch mit halber Ginration.

«Wie lange arbeiten Sie schon hier im Boa-Vista?»

«Zwölf Jahre, Senhora.»

João spült das Glas von Julias erstem Drink, poliert es, poliert dann die spiegelblanke, gläserne Theke. Und Julia schaut den geschickten Händen zu und wünscht sich, was sie sich sonst nur sehr, sehr selten wünscht: ein paar Stunden lang wieder ganz jung zu sein. «Legen Sie was Sentimentales auf, João, mein Lieber!»

João steigt hinauf zum Discoturm neben der dunklen Tanzfläche.

«Ich hätte heute so gern getanzt», sagt Julia sehnsüchtig.

«Und? Warum haben Sie das nicht?»

«Alle hatten ihre Frauen dabei.»

«Ich würde gern mit Ihnen tanzen, Senhora, aber es ist uns nicht erlaubt.»

«Was», fragt Julia traurig, «ist euch überhaupt erlaubt?»

João lächelt.

«Einer war solo», erinnert sich Julia.

«Und?»

«Er holte Frieda. Frieda in ihrem mausgrauen Pulli und den Pfadfindertretern!» Jetzt, mit einem Drink vor sich und mit Joãos Jackett zum Wärmen, kommt es Julia nicht mehr so schlimm vor. Nicht mehr ganz so schlimm. Sie grinst ein bißchen in der Erinnerung daran. «Dabei war ich so wild entschlossen, mich zu amüsieren. Aber ich glaube, man riecht es, wenn einer traurig ist. Traurige Menschen mag man nicht. Man macht einen Bogen um sie. Sind Sie manchmal traurig, João?»

«*Naturalmente.*»

«Warum?»

«Ich denke, weil ich noch jung bin. Da ist man oft traurig. Oft weiß man gar nicht, warum.»

«Sie glauben, das bessert sich später?»

Joãos Augen lächeln in die ihren. «Ich hoffe es.»

«Wann, hoffen Sie, wird es besser?»

«Vielleicht mit dreißig?»

«Hoffen Sie, João, hoffen Sie. Das kostet nichts. Und wie viele Jahre fehlen Ihnen noch bis zu diesem seligmachenden Alter?»

«Bis ich dreißig bin? – *Cinco.*» Fünf, zeigt er mit den Fingern.

Julia braucht eine Weile zum Subtrahieren, weil sie im Rechnen immer schon eine Niete war. Dann sagt sie streng: «Sie Flunkerer! Nach meiner Rechnung hätten Sie mit neun angefangen zu arbeiten!»

«Mit dreizehn, Senhora.»

Mit dreizehn, denkt sie sich, Heiland, mit dreizehn! Dreizehn ist jetzt ihre Tochter. Sie putzt ihr immer noch die Schuhe.

«Sind Sie verheiratet?»

João hebt abwehrend die Hand, voller Entsetzen. Nein, nein, er heirate nicht vor Dreißig. (Dreißig scheint für ihn eine magische Zahl zu sein.) Er möchte, sagt er, seiner Frau ein guter Mann sein. Und dafür brauche man – wie heißt das Wort? – *experience*, nicht wahr?

«Und die sammeln Sie inzwischen, die Erfahrung?»

Ein wenig, ja, lächelt er. Kein Berufslächeln. Sein privates. Es ist ein bißchen herb und spröde um die Lippen herum und sehr sanft in den Augen. Er selber hat keine Ahnung, was er mit diesem Lächeln anrichtet.

Mit seinem Aussehen und den vielen einsamen Frauen hier im Hotel dürfte es ihm nicht schwerfallen, Erfahrung zu sammeln, meint Julia.

«Mir gefallen nicht sehr viele, Senhora», entgegnet João leise und sieht Julia an. Und Julia schaut in die gescheiten Augen von der verwirrenden Farbe hellen Akazienhonigs – und plötzlich ist da etwas, das besser nicht da sein sollte. Nicht, wenn er fünfundzwanzig ist und sie zweiundvierzig, verheiratet und halbwegs bei Verstand.

Sie trinkt ihren Drink aus, unterschreibt den Bon und rutscht vom Hocker.

«Senhora –»

«Ja?»

«Ich begleite morgen eine Gruppe Franzosen zum Fado. Vielleicht hätten Sie Lust mitzukommen?»

«Fado? Ist das ein Nachtlokal?»

Jetzt grinst er. Zum ersten Mal ist er nicht Erster Barkeeper eines Viersternhotels, sondern ein amüsierter junger Lauser. «Lesen Sie keinen Reiseführer?»

«Nie. Nicht, wenn es nicht unbedingt sein muß.»

«Fado, das ist unsere Musik, Senhora. Portugiesische Musik.»

«Ach? Danke, João. Möglich, daß ich komme.»

«Kommt Senhor Kuss auch?»

«Möglich. Ich werde ihn fragen. Gute Nacht, João.» Sie muß dann noch einmal zurück, um die Jacke zurückzugeben.

João macht die Abrechnung fertig, dreht die Beleuchtung ab, wechselt in der Kammer hinter der Bar die Kleider, hängt die Hose sorgfältig auf den Spanner und hält dann ein paar Momente lang sehnsüchtig die Nase ans Futter des Jacketts.

17

Am nächsten Morgen Punkt sieben fährt die Wandergruppe zum Pico Ruivo ab. Der Fahrer ist ein Einheimischer, ein unheimlich netter Mensch. Er flucht auch dann nicht, wenn knapp hinter einer Kurve irgend so ein lebensmüdes Rindvieh mitten auf der Straße sein Auto notrepariert. Auch den grüßt er nach einer dramatischen Vollbremsung mit einem heiteren *Bom dia!* als wäre es sein bester Freund. Aber leider – er fährt wie alle hier: wie ein Spitzenanwärter auf den Grand Prix. Bei ihm Schutzengel zu sein, das ist ein Fulltimejob mit Gefahrenzulage. Nach dem vierten beinahigen Herzversagen seiner Passagiere schreit Klärchen plötzlich spitz auf.

«Ach du liebe Zeit! Mein Stock!»

Bei der nächsten Hauseinfahrt muß er wenden. Ohne ihren Stock geht sie nicht, die Klara Kniebusch.

Der Lois bürstet nachdenklich mit Daumen und Zeigefinger das Bartgestrüpp unter der Nase. Aber er verliert kein Wort, bleibt ganz gelassen. Äußerlich.

In seiner Phantasie jedoch, also in seiner Phantasie staucht der Lois das Fräulein Klärchen derart zusammen, daß sie klein und so häßlich wird wie ihre grauenvollen, abgewetzten Plastiksäcke, die sie pausenlos und unverdrossen mit sich herumschleppt.

Schließlich jedoch stellt sich Klaras vergessener Stock doch noch als ein Segen heraus, denn als der Bus vor dem Hotel hält, da steht am Mäuerchen vor den Agaven und Strelitzien einsam und vergessen ein Paar Bergschuhe. Marke Austria Alpina.

«Ich glaube, es sind deine, Liebling», sagt Julia ein wenig süffisant zu ihrem Herrn Gemahl. Und jeder denkt sich seinen Teil. Jeder weiß, warum er so zerstreut ist, der Herr Professor. Man ist schließlich nicht blind.

Danach geht es erneut los. Inzwischen ist es Viertel vor neun geworden. Wenn das so weitergeht, gibt Vati Krendlmaier laut bekannt, dann verlangt er sein Geld zurück.

«Bitte schön», entgegnet der Lois, lässig mit dem über die Lehne baumelnden sehnigen Bergsteigerbein schlenkernd, «tu, was du nicht lassen kannst. Meinen Segen hast du.»

Vati wendet sich, krebsrot, an die Allgemeinheit. «Ihr habt's gehört! Eine solche Impertinenz laß ich mir nicht bieten von dem jungen Hupfer!»

«Für dich immer noch der Lois, wohlgemerkt», sagt der Lois.

Irgendwas muß an dem Tag den Herrn Krendlmaier noch mehr als sonst in Rage gebracht haben, sonst würde er nicht sagen, was er jetzt sagt. Er sagt nämlich zum Lois klar und deutlich, er könne ihn . . . nein, gern haben sagte er nicht direkt.

Frau Krendlmaier murmelt mit feuchten Augen: «Aber Vati, ich bitt dich!»

Der Lois sagt etwas auf portugiesisch zum Fahrer, wahrscheinlich, daß er anhalten soll, denn das tut der jetzt, worauf der Lois ganz höflich und auf unheimlich hochdeutsch den Herrn Krendlmaier ersucht:

«Bitte steigen Sie aus!»

«Ja, sonst noch was! Einen Dreck werd ich!»

Frau Krendlmaier schluchzt ins Taschentuch.

Alles harrt aufs angenehmste erregt auf den Ausgang der Kraftprobe.

Herr Krendlmaier hat die Daumen hinter die Hosenträger gehakt und sitzt breitbeinig und stur da mit dem guten Gewissen desjenigen, der im voraus bezahlt hat. Und nach einer Weile läßt der Lois achselzuckend weiterfahren.

Der Bus fährt an Bananenplantagen vorbei, aus denen vereinzelte Papayas wie Giraffenhälse ragen, zwischen Steinmäuerchen, hinter denen wiederum Bananen wachsen oder Wein mit einem üppigen Teppich orangeblühender Kapuzinerkresse darunter. Und immer gibt es gewaltige Schluchten, links oder rechts von der Straße oder unter steinernen Bogenbrücken. Palmen wachsen dort unten, Kiefern und hochstämmige, sichelblättrige Eukalypten und junge Eukalyptusbäumchen mit großen, runden Blättern, die so blau sind wie frisch gespritzte Weinstöcke.

Hie und da gibt Frieda von ihrem Fensterplatz her bekannt: «Wetten, wir kommen gleich in ein Dorf!»

Es stimmt immer.

Sie erkennt es am Abfall, der sich dann da unten in den Schluchten häuft.

Etwas weiter oben verwandelt sich die Gegend in eine Mischung aus österreichischer Alm und englischem Schloßpark. Auf grünen Matten wachsen hübsch gruppiert dickpelzige Lärchen und Kiefern mit überdimensionalen Nadeln und blausilbrige Tannen vor einer wilddramatischen Bergkulisse.

Auf einer Lichtung steht, ganz für sich allein, ein Mimosenbaum in voller Blütenpracht. Es ist ein Traum. Ein Wunder.

Das alles ist so schön, daß man fast Magenweh davon kriegt. Doris sagt ganz ergriffen zu Simon: «Hättest du dir so was Schönes je träumen lassen?» Sie soll es nie erfahren. Denn Simon schweigt trotzig aus dem Fenster. Er sieht so verschlossen aus wie eine Ladentür mit heruntergelassenen Rolläden.

Seine miese Laune hat die verheerende Wirkung eines Aschenregens auf Doris' heiteres Gemüt.

Vor dem Rasthaus am Pico do Arieiro scheucht Lois seine Herde aus dem Bus. Hier soll die Besteigung losgehen. Schleunigst holen alle ihre Anoraks und Mützen aus den Rucksäcken. Es ist überraschend kalt hier oben. Jahreszeiten finden auf Madeira nicht zeitlich, sondern vielmehr, wie Professor Kuss, heimgekehrt, seinen Schülern anhand anschaulicher

Dias demonstrieren wird, «in der Vertikalen statt: in Küstennähe ewiger Frühling, aufgrund eines beständig vom Meer her wehenden Windes und äußerst angenehmer Temperaturen um die zwanzig Grad. Darüber herrscht auf windgeschützten Sonnenhängen Hochsommer, ein kontinental-trockenes, heißes Klima, welches sich selbstverständlich auch auf die Vegetation auswirkt –» An dieser Stelle wird der Herr Professor die gelungene Aufnahme eines silberstacheligen Feigenkaktus vor ziegelroter Lavaerde zeigen (ein erinnerungsschwangeres Foto, bei dessen Anblick den Professor leises Wehsein durchflutet, ähnlich den Nachwirkungen einer noch nicht gänzlich ausgeheilten Krankheit). «... und in den höchsten Regionen wie hier am Gipfelplateau des Pico do Arieiro in 1806 Meter Meereshöhe kann es, zumindest in den frühen Vormittagsstunden, sogar ein wenig winterlich sein.»

Dazu wird er eine Aufnahme bringen, die unter den Schülern Gejohle und Gekicher auslöst: Vati Krendlmaier mit einer Stahlfeder auf dem preußischen Haarschnitt, an der zwei filzige Plüschkugeln als Ohrenschützer sitzen.

Der Lois ist jetzt mit Herrn Krendlmaier per Sie.

Berni steigt von den Sandalen in die Bergschuhe um. Er versucht die Zehen auszustrecken und findet seltsamerweise keinen Platz dafür. «Das hier sind nicht meine», sagt er nach genauerer Inspektion vorwurfsvoll zu seiner Gattin.

«Ach nein? Und wo sind deine?»

Berni zuckt ratlos die Achseln. Er weiß es nicht. Im Hotel vermutlich. Obwohl er sich deutlich erinnern kann, sie in der Hand gehabt zu haben.

«Nun», sagt Julia mit einem Lächeln in den Mundwinkeln, das ein gutes Quentchen Bosheit beinhaltet, «ich fürchte, es wird dir nichts anderes übrigbleiben, als in diesen hier zu gehen.»

«Du hast leicht reden!» zischt er. «Sie sind mir zwei Nummern zu klein!»

«Und ist auch das meine Schuld, Liebling?»

Stumm schaut sich der Lois dieses neue Drama an. Nachdenklich klopft er sich mit dem Fingernagel gegen die Schneidezähne und wünscht sich nichts sehnlicher als seinen alten Job als Mechaniker zurück, wo ihm nichts Schlimmeres hätte passieren können, als unter einer schlampig aufgebockten Karosserie in handlichem Brieftaschenformat zu enden. Er nickt zum Bus hin. «Wirst halt mit ihm zurückfahren müssen. In den Dingern kannst du nicht gehn.»

«Ich werde –» beschließt Berni nach einem verstohlenen Blick in Sissis Richtung, «es trotzdem versuchen. Ich möchte gerade auf diese Tour nicht verzichten.»

Der Lois zuckt die Achseln. «Wenn du meinst. Ich tät's nicht an deiner Stelle.»

«Ich auch nicht», sagt seine Gattin.

Aber Kuss pfeift auf alle guten Ratschläge. Er geht. Wenn es sein muß in Socken. Auf bloßen Füßen. Auf allen vieren. Himmel, aus Liebe haben Männer schon ganz andere Dinge vollbracht. Sollte er bloß wegen eines kleinen Malheurs das Handtuch werfen? Will man das wirklich von ihm verlangen?

Jawohl. Der Lois will es. Und wie er es will. Denn er sieht die Folgen klar und deutlich voraus.

Aber er hat für diesen vermaledeiten Haufen schwachsinniger Dilettanten ja nur die Verantwortung. Zu sagen hat er nichts, rein gar nichts.

Diesmal kommt Wanderschwester Klara Kniebusch dahinter, daß sie ihren Stock vergessen hat, als man gerade über das windige Plateau des Arieiro zottelt. Nur ist sie sich nicht hundertprozentig sicher wo –

«Leut'ln», sagt der Lois zu seinem österreichisch-deutsch-britischen Häuflein, schon ganz apathisch von so viel Unheil, «gehts schön *slowly* weiter. Allweil dem *sign* nach.» Er wetzt mit weit ausholenden Schritten zurück. Und Klärchen sagt zum Hündchen am anderen Ende der Leine mit milder Rüge: «Du mußt in Zukunft besser auf Frauchens Stöckchen achtgeben, mein Kleiner. Ich fürchte, der junge Mann wird sonst mit uns beiden sehr, sehr böse werden.»

Lumpi gibt, eifrig mit dem Schwanz wackelnd, seine volle Zustimmung.

Lois findet den verdammten Stock in der Ecke des Restaurants, wo Klärchen ihn sorgfältig angelehnt hatte.

Als er seine Schäfchen wieder eingeholt hat, haben sich diese am Rand eines scharfgratigen Bergrückens zusammengerottet, wo sie mit gemischten Gefühlen auf das hinspähen, was sich da vor ihnen auftut: magenkribbelnde Abgründe und darüber das Weglein auf einem Grat, der so schmal und so steil ist wie der Dachfirst eines Nürnberger Patrizierhauses.

«Also, dann los!» Der Lois treibt sie kurzerhand und ohne Pardon hinaus auf den unheimlichen Grat. «Du», meint er begeistert, Alex Korb in die Rippen stupsend, «das wär doch was für dich, oder? Hier ergäb sich doch die Gelegenheit für einen Mord, wie er im Büchl steht. Ein kleiner Schubser und dann –»

«Du meinst einen Absturz? – Nicht mit dem Zeug da.» Korb weist auf die Seilsicherungen beiderseits des Weges.

«Ich bitte dich! Die läßt du halt einfach weg.»

Nein, nein, das ginge nicht, sagt Korb. Er schreibe ausnahmslos mit authentischem Hintergrund. Bei ihm stimme jedes Detail bis hin zur Senfmarke auf dem Pappteller einer Autobahnraststätte.

Irene dreht sich mit zuckrigem Lächeln nach ihnen um. «Mein lieber Lois, mein Mann würde vermutlich vor einem Mord nicht zurückschrecken, nur um seinen lieben Leserinnen die Details richtig beschreiben zu können. Nicht wahr, mein Schatz?»

«Es könnte sich eines Tages als notwendig erweisen, da magst du recht haben, mein Liebes», kontert Korb ebenso zuckrig.

Irene gibt einen Laut von sich wie das Zischen einer Viper

in dem Moment, in dem man sie hinter den Kiefern packt, um ihr das Gift abzunehmen.

Ungerührt verpestet Julia die reine Bergluft mit dem Gestank ihrer Zigarillos. Sie braucht auf einen Ehemann, der hinter einem fremden Frauenzimmer herhumpelt wie ein fußlahmer drittrangiger Schmierenschauspieler, keine Rücksicht mehr zu nehmen. «Frieda», seufzt sie, in ihrem Unglück empfindsam und beinahe weise geworden, «Frieda, ich sage dir, eine Ehe, das ist wie ein Schachspiel. Sie funktioniert nur so lange, wie sich beide Partner an die Spielregeln halten. Aber wenn der andere plötzlich mit dem Läufer zu springen anfängt, was machst du dann?»

«Nichts. Ihn springen lassen oder aufhören zu spielen.»

Julia holt das Taschentuch heraus, schneuzt sich und wischt sich das Wasser aus den Augen. *Er*, fällt ihr auf, hinkt jetzt schon ganz deutlich. Gut. Sehr gut. Blasen soll er kriegen, so groß wie Untertassen. Wie Suppenteller. Auf den blanken Knochen soll er kriechen, der Schuft.

Inzwischen hat der Lois seine Herde auf ein über dem Abgrund schwebendes Felsplateau gelotst. Auf das Meer hinunterdeutend, auf dem eine Insel mit einer weißen Wolke darüber schwimmt, erklärt er: «Die Insel da unten, das ist Porto Santo. Porto Santo, *you understand?* Dort werden sie dann tanken beim Heimfliegen ... *Yes, Lady, I will say it in English.*» Und er erklärt auf deutsch und auf englisch, warum sie in Porto Santo tanken müssen, die Flugzeuge, weil sie hier in Funchal mit den vollen Tanks nicht in die Luft kämen, deshalb. Die folgenden «Ogottogott» und die Anrufe an die Heiligen im Himmel, die sie beschützen mögen, quittiert er mit einem unter dem Schnurrbart versteckten Grinsen.

«Hast du das gehört, Frieda?» sagt Klara.

Frieda hat. Sie ist ja nicht taub.

«Und ausgerechnet hierher mußten wir fliegen! Was hast du dir eigentlich dabei gedacht?»

«Daß meine Kinder, falls es schiefgeht, die Lebensversicherung kassieren», entgegnet Frieda in aller Seelenruhe. «Das einzige, was mir Sorgen macht – wer gießt dann meinen Gummibaum?»

Die Aussicht ist phänomenal. Das gesamte Ostkap liegt unter ihnen ausgebreitet, mit grellgrünen Sonnenflecken bepinselt. Am äußersten Zipfel hängt, dem steinernen Schwanz einer Eidechse gleich, die Ponta de San Lourenço ins tintenblaue Meer.

Pflichtschuldig schießt Doris Fotos nach allen Seiten. Große Klasse das, wirklich. So etwas sieht man nicht alle Tage, nein, wirklich nicht. Man sollte dankbar sein, so etwas erleben zu können. Bloß, sie ist es nicht. Es ist wie Essen ohne Hunger. Wie eine Fahrt im geschlossenen Auto durch herbstliche Felder, ohne den Geruch nach Mostbirnen und verbranntem Kartoffelkraut. Was hilft die schönste Aussicht vor den Augen, wenn das Herz eine leere Wüste ist? In einer so schönen Umgebung fühlt sich ein trauriger Mensch nur um so trauriger.

Die Ursache ihres Traurigseins, Simon, spielt immer noch beleidigte Leberwurst. Er spricht nicht. Er fotografiert nicht. Er tut überhaupt nichts. Er steht bloß im Weg herum und verbreitet Feindseligkeit.

«Erwischen sie bei dir den Mörder eigentlich immer?» erkundigt sich Lois bei Korb, während er darauf wartet, daß seine Herde fertig fotografiert hat.

«Immer», bestätigt Korb.

«Schade!» seufzt der Lois. «Ich wollte, es käme hie und da einer davon, zur Abwechslung. Du, ich hab heute noch was für dich! Damit kannst du sicher was anfangen in deinen Geschichten.» Eine Schneerinne, erklärt er mit Begeisterung, in einer Nordwand, die Seilsicherung sei mit einer Lawine abgegangen. Mit der letzten Partie hätte er dort umkehren müssen. Aber diesmal könnten sie es schaffen, wenn ihm einer beim Sichern helfe. «Schaffst du das?»

«Sicher, wenn du es mir zutraust... Sehr steil?»

Der Lois zeigt, wie steil. Ungefähr wie ein gotischer Kirchturm. Und darunter falle die Wand senkrecht ab bis ins Tal. Mit einem Wort, für einen Krimi ein wahres Zuckerl. Er küßt, von schöpferischer Begeisterung hingerissen, seine Fingerspitzen.

Irene neben ihnen erschauert von den blondierten Haarwurzeln bis hinunter zu den cyclamenrosa gelackten Zehennägeln.

«Ich sehe Irene nirgends», bemerkt Frieda nach mehrmaligem Umdrehen eine knappe halbe Stunde später.

«Und ich», sagt Julia mit schmalen Lippen, «sehe meinen feinen Herrn Gemahl und dieses Dämchen nirgends.»

Am Schwanzende der Wanderschar, hinter einer vor Rückblicken schützenden Felsnase, hält Bernhard Kuss Sissi am Handgelenk zurück. Bettelt: «Bleib doch noch eine Minute, Sissi!» Er bemerkt ihren diskreten Seufzer nicht, nimmt sie in die Arme und küßt sie stürmisch. Dabei kommt ihm der Fotoapparat in die Quere. Mit der freien Hand zerrt er ihn vom Hals, sich vor Ungeduld mit dem Riemen beinahe die Ohren abreißend, und läßt ihn völlig ungerührt auf den harten Boden plumpsen.

Sissi dreht den Kopf zur Seite, um den Mund freizubekommen und maunzt: «Aber Berni, ich bitt dich! Es könnte doch jeden Moment wer daherkommen!»

Kuss jedoch ist das egal. Er befindet sich in einem Zustand, in dem ihn selbst die Zuschauerschaft eines vollbesetzten Fußballstadions nicht hätte von seinem Vorhaben abhalten können. Er startet einen neuerlichen vehementen Angriff auf Sissis längst verlorene Unschuld.

Sissi wehrt sich nicht länger. Sie ist nicht lebensmüde. Sie hat sich kurz die Abgründe rundum angeschaut und als kluges Mädchen das kleinere Übel gewählt.

Auf der Felswand vor ihnen kleben Unmengen von handtellergroßen Kakteen flach am Gestein. «Wie Napfschnecken», denkt Sissi, während der Herr Professor lustvoll stöhnend seinen Lebenssaft verströmen läßt. Seltsam, warum Napfschnecken? So was Verrücktes, wie kam sie bloß darauf? Sie hat in ihrem Leben noch nie welche gesehen, oder? Gab's das überhaupt – Napfschnecken? Himmel, wenn sie nur wüßte, wie sie Berni loswerden könnte...

Der Lois merkt, daß ihm Irene fehlt, nachdem er seine Herde über eine im Fels verankerte Leiter gelotst hat und dann unten, auf sicherem Boden, die Köpfe seiner Schäfchen zählt. Irene ist nicht da. Es hat sie schon eine ganze Weile keiner mehr gesehen, auch ihr Mann nicht. Nach einem bitteren Monolog über verantwortungslose Ehemänner, die nicht in der Lage wären, auf ihre Weiber aufzupassen, hangelt der Lois sich die Leiter wieder hinauf, zwei Sprossen auf einmal nehmend.

Eine halbe Stunde später ist er wieder da. Allein.

Frieda wird es speiübel vor Schreck. «Wenn ich daran denke, daß wir so was die ganze Zeit über ahnten und nichts unternommen haben –» flüstert sie Julia ins Ohr. Die nickt bedrückt. Auch sie hatte ein ungutes Gefühl bezüglich der beiden.

Inzwischen sind die bis dahin auf ihren Regenmänteln kauernden, aus Langeweile den Großteil ihrer Tagesration vertilgenden Wanderer auf die erlahmten Beine gekrabbelt, um ihren Führer zu umringen. Einen Führer, dessen Kiefer knirschend mahlen und dem die blanke Mordlust in den Augen steht.

«Die hat's erwischt!» bemerkt Vati lakonisch.

Korb hat ihnen den Rücken zugekehrt und sieht sogar von hinten so aus, als ginge ihn das Ganze nicht das geringste an.

Noch immer hat der Lois keinen Ton von sich gegeben. Jetzt macht er den Rucksack auf, holt die Feldflasche mit dem Tee heraus, setzt sie an und läßt es glucksend durch die Kehle rinnen. Dann schraubt er die Flasche wieder zu und wischt sich mit dem Handrücken über die Lippen – jene Lippen, an denen gespannt aller Augen hängen.

Endlich sagt er es. «Sie ist zum Bus zurückgegangen», sagt er. «Ein Glück, daß er noch da war.» Und dann sagt er noch etwas auf portugiesisch, das so klingt, als ob es besser wäre, es nicht zu verstehen.

«Es hätten unsere zweiten Flitterwochen werden sollen», murmelt Julia wehmütig, während sie neben Frieda herlatscht. «Der erste Urlaub ohne Kind ... Nun, er flittert ja. Nur leider Gottes nicht mit mir.» Über das Leidergottes wird sie gleich darauf bitterböse. Sie will ihn ohnehin nicht mehr, faucht sie, nicht in Geschenkpapier verpackt mit Goldband drum. Nicht einmal, wenn er auf den Knien zu ihr zurückgekrochen käme. Was, wie es scheint, dem blöden Hund ohnehin bevorsteht. Denn er geht jetzt, als stiege er ununterbrochen auf Seeigel. Aber sich die Augen nach dem Flittchen auszukugeln, dazu reichte es immer noch –

«Ach, weißt du», sagt Frieda, in der Mottenkiste ihrer Erfahrung kramend, «in dem Alter erwischt es die meisten einmal. Um die Fünfzig herum platzt bei ihnen das Sicherheitsventil. Du hättest meinen erleben sollen, bevor ihn die Leber notgedrungen zurück auf den Pfad der Tugend führte!»

«Ich könnte ihn umbringen!»

Frieda nickt. Auch das kennt sie. Wollte sie auch, bis zu dem Moment, wo es mit ihm wirklich soweit war. Da hätte sie denn weiß Gott was darum gegeben, wenn er aufgestanden wäre und sie weiter sekkiert hätte.

Eine Weile hängen beide stumm ihren trübseligen Gedanken nach. Hie und da versucht Frieda, Julia für die Gegend zu interessieren. Aber Gegend interessiert Julia im Moment nicht. Dafür hat sie keine Energie übrig. Und als Frieda sie fragt, was denn mit Simon los sei, winkt sie bloß mit matter Hand ab.

«Glaubst du, die beiden haben sich zerstritten?» bohrt Frieda weiter.

«Ach, der Blödian. Der wird es nie kapieren.»

«Was?»

«Nun, daß es mit dem Gutaussehen und dem Einfach-ein-Mann-Sein allein nicht getan ist.»

«Die Frauen machen es ihm zu leicht», gibt Frieda zu.

«Doris ist viel zu gut für ihn! Und was das schlimmste ist, sie liebt ihn. Wie Martha. Weißt du, Frieda, ich habe das Gefühl, die Liebe einer Frau wirkt sich auf die männliche Moral sehr negativ aus. Ich sage dir, was Simon braucht: ein raffiniertes, egoistisches, dickfelliges Luder, das ihn schamlos ausnutzt und das sich aus ihm so wenig macht wie aus Zahnweh.»

Frieda grinst zufrieden.

So gefällt ihr Julia schon viel besser.

«Das wär's», sagt Lois zu Korb und zieht die Schultern aus den Rucksackträgern. «Jetzt mußt du mir helfen. Aber erst trete ich eine Superspur.» Langsam und gewissenhaft stapft Lois über die rund zwanzig Meter breite, matschige Schneezunge, die sich vor ihnen über den Weg gelegt hat und am steilen Fels abwärts leckt. Er stapft hinüber und wieder zurück, mit seinen schweren Bergschuhen eine in seinen Augen narrensichere Spur legend. Als er danach das Seil aus dem Rucksack holt, mit dem er und Korb die Wanderer sichern wollen, pirscht sich Klara an ihn heran. «Herr Haberle, sind Sie mir sehr böse, wenn ich Sie um einen klitzekleinen Gefallen bitte?»

Haberle heißt Lois mit Familiennamen. Klara Kniebusch weigert sich kategorisch, jemanden, den sie erst seit ein paar Tagen kennt, beim Vornamen zu nennen.

«Was wär's denn?»

«Mein kleiner Liebling –»

«Was ist mit dem kleinen Liebling?» erkundigt sich der Lois.

«Ich würde ihn ja selbst ... aber ich fühle mich so schrecklich unsicher im Schnee, und da wollte ich sie bitten, ob Sie –»

«Klar, wenn's sonst nichts ist», sagt der Lois erleichtert,

greift nach der Leine, zieht Lumpi, der sich hinter Klaras Rücken voller Begeisterung im Matsch wälzt, auf die Beine und hinter sich her.

Klara kreischt auf. «Aber ich bitte Sie! Sie werden ihn doch hier nicht laufen lassen! Das ist doch viel zu gefährlich!»

«Ja, soll ich's vielleicht tragen, das Hundsvieh?»

Klara nickt mit Nachdruck. Jawohl, das soll er.

«Gnä' Frau», sagt der Lois höflich und sehr bestimmt, «das kommt überhaupt nicht in Frage. Der verdammte Köter kann laufen. Der ist in den Bergen aufgewachsen.»

«Aber nicht im Schnee. Und nennen Sie ihn nicht mit einem derart häßlichen Wort, junger Mann!»

«Tragen tu ich das Pinscherl nicht, und wenn's mich meinen Kopf kostet!» entgegnet der Lois, zum Äußersten entschlossen. Dann, in der Mitte der Schneerinne angekommen, dort, wo ein Ausrutscher fatal wäre, überlegt sich Alois Haberle – ein ungemein zufriedenes Hundevieh unter den Arm geklemmt –, ob dieses Sklavendasein für hysterische Weiber überhaupt noch einen Sinn hatte. Ob es nicht klüger wäre, sich durch einen danebengetretenen Schritt rapid und dramatisch in ein besseres Jenseits zu befördern.

Sich selber und den elenden Köter.

Lumpi fühlt, daß dieser liebe Mensch an ihn denkt, und beweist ihm seine Zuneigung mit einem zärtlichen Schlecker übers Kinn. Weiter hinauf reicht er in seiner momentanen Lage leider nicht.

In dem Moment ist es beim Lois wirklich um ein Haar soweit.

Noch so eine Reisegruppe, und er kündigt und macht daheim den Skiwart an einem Babylift.

18

Frieda schnuppert genußvoll, es riecht so fein nach Harz und Sonne. Vögel zwitschern im Heidekraut. Fette Fliegen brummen den knieweichen Wanderern um die erhitzten Köpfe. Am frühen Nachmittag stehen sie auf dem Pico Ruivo. Sie haben den Gipfel des höchsten Berges der Insel erklommen.

«Gipfel?» meint Vati verächtlich. «Das Tischplattl da soll ein Gipfel sein?»

«Ich glaub schon», Frau Krendlmaier drückt die Hand gegen den wogenden Busen, «zumindest geht's nirgendwo mehr wo weiter in die Höh, Vati.»

Die sich nach und nach heranschleppenden Wanderer hokken sich rund ums Gipfelkreuz. Nur Professor Kuss lagert sich abseits, als er schließlich nachgehumpelt kommt. Er muß sich seiner Bergschuhe und -socken entledigen. Und was darunter vermutlich zum Vorschein kommen wird, das dürfte kein Anblick sein, den er der Allgemeinheit zumuten kann.

Lois, der herübergeschlendert kommt, um sich das Malheur anzusehen, stößt einen vielsagenden Pfiff aus.

«Es sieht ziemlich schlimm aus, nicht wahr?» meint Kuss bedrückt.

«Schön schaut's nicht aus. Wart, ich hol dir ein paar neue Pflaster.» Aber – Pflaster in dieser Größe, also solche Pflaster, die gibt es gar nicht.

Simon hat den Rucksack neben sich hingestellt, zum Platzhalten für Doris. Die kommt eine ganze Weile nach den anderen.

Sie ist so langsam, weil sie so schwer zu tragen hat an ihrem schweren Herzen. Jetzt schielt sie hin zu Simon, sieht, daß der Platz neben ihm von seinem Rucksack besetzt ist, und denkt trotzig: «Okay, wenn du es so haben willst!» Schnurstracks geht sie an ihm vorbei und setzt sich neben den Lois. Sie hat auch ihren Stolz.

Der Lois kramt die Lederflasche mit dem Schnaps aus dem Rucksack, schenkt den Becher voll, der auf dem Verschluß steckt, und hält ihn Doris hin.

Die nippt am Schnaps, blinzelt dabei hinaus übers wilde Land voller Bergspitzen und möchte am liebsten weinen, weil alles so aufregend und schön ist und sie selber so traurig.

«Magst meine Banane?» Der Lois hält ihr verlockend eine der kleinen Früchte unter die Nase.

«Nein, danke, ich hab keinen Hunger.»

Da zieht der Lois die Schale bis zur Hälfte ab und steckt Doris die Banane kurzerhand zwischen die Zähne, so wie man ein Baby füttert.

Danach schenkt er ihr noch einmal den Becher voll.

Doris stammelt, völlig verwirrt von so viel Aufmerksamkeit: «Aber Lois, ich bitte dich!»

«Ach komm, einen vertragst schon noch.»

Heimlich blinzelt er zu ihr hin und stellt fest: Jetzt hat sie schon wieder Grübchen in den Mundwinkeln. Und gleich darauf, ziemlich erschrocken: Menschenskind, gut daß heute der letzte Tag ist! Die würde ich zwei Tage lang trösten, und am dritten wäre ich mit ihr verlobt.

Und dann durchzuckt ihn ein noch viel gewaltigerer Schrecken, als er denkt: Wär das denn wirklich so schlimm? Endlich einmal was Solides. Was richtig Nettes. Eine mit Herz und Hirn. Eine, die mit dir bergsteigt und die sich nicht zu gut dazu ist, ihren Rucksack selber zu tragen.

Aber er kennt sich. Es würde nicht gutgehen.

Und ohnehin würde eine wie Doris einen Windhund wie ihn nicht nehmen. Also wozu die Aufregung?

«Kennst du den vom Zebra und dem Stier?» fragt er und grinst bis hinter die Ohren.

Gewissenhaft schießt alles Fotos, Gruppenbilder rund ums Gipfelkreuz und Aussicht. Doris ist auf der Suche nach Motiven neben Burkhard stehengeblieben. «Schön, nicht wahr?»

Er nickt. «Das da, die Erinnerung an all das hier» – seine Hand beschreibt einen Bogen vom Eidechsenschwanz der Ponta de San Lourenço bis hinüber zur baumlosen Ebene von Paul da Serra im Westen, hin über die Schluchten, die sich grünen Strömen gleich den Ruivo hinunterziehen, über die Terrassengärtchen unten am Fuß, grün und braun gestreift, als trüge der Berg Ringelsocken – «das alles wird mir die Kieferhöhlenvereiterungen und Mittelohrentzündungen der kommenden Monate etwas erträglicher machen.» Verschämt murmelt er und läuft dabei rot an: «Wenn ich das sehe, dann lächle ich mit der Seele ... Hesse –»

«Du, den mag ich auch sehr gern», gibt Doris zu.

Das haut den armen Kerl um. Auch das noch! Sie mag auch noch Hesse. Und so was Liebes, Kultiviertes, Gescheites verliebt sich in diesen ... diesen geistigen Stockfisch!

Tu was, hat Frieda gesagt, sei ein Mann!

Ein Mann sein, jawohl, das war jetzt vonnöten. Burkhard strafft entschlossen die runden Schultern. Vor seinem nach innen gerichteten Auge verwandelt sich das dunstige Meer in roten Sand. In roten Sand unter seinen sporenklirrenden Schritten. Lässig liegt seine Rechte am Revolverknauf. Die Augen unter dem breitkrempigen Hut sind mit der Intensität eines angreifenden Adlers auf einen einzigen Punkt geheftet: auf jenen Mann, der ihm jetzt langsam und ebenfalls sporenklirrend entgegenkommt. Es ist ein großer Hagerer mit harten Lippen, eingefallenen Wangen und gnadenlosen Augen, der Simon Kuss zum Verwechseln ähnlich sieht. Es herrscht Totenstille.

Sie bleiben stehen, er und der Hagere, die sehnigen Beine gespreizt, die Hüte werden mit einem lässigen Stippen des

Zeigefingers in den Nacken geschoben. Da – ein blitzartiges Hinzucken des Hageren zum Revolverknauf. Ein Schuß – zwei Schüsse – zerfetzen die Stille. Pulverrauch. Drüben dreht sich der lange, hagere Mann mit den harten Lippen und den gnadenlosen Augen langsam um die eigene Achse, sinkt dann in den roten Sand, der sich mit seinem Blut vermischt... Lässig über den noch rauchenden Lauf blasend, den Revolver zurück in den Gurt schiebend, geht Burkhard mit dem steifbeinigen Gang des Mannes, der sein Leben im Sattel verbringt, die hölzernen Stufen zum Saloon hinauf, stößt die Schwingtüre auf und ruft nach einem doppelten Whisky. – Ha, so macht man das, Simon Kuss! Du hast zum letzten Mal einem Mädchen das Herz gebrochen...

Höchst widerwillig kehrt Burkhard vom Schauplatz seiner Heldentat zurück auf den Pico Ruivo. Er muß feststellen, daß Doris inzwischen weitergeschlendert ist, und eilt ihr nach. Aber leider, er kommt nicht weit. Der große Revolverheld stolpert über sein offenes Schuhband und kracht der Länge nach hin. Zwar rettet er geistesgegenwärtig seine Brille, dafür jedoch schürft er sich ein Knie und beide Handballen auf.

Und der lange Affe schaut her zu ihm und grinst dreckig.

«Mensch, glaubst du, er hat sich was gebrochen?» fragt Simon hoffnungsvoll Julia, die neben ihm sitzt. «Weißt du, was ich jetzt möchte?»

«Ein Bier?» fragt Julia sehnsüchtig.

«Das auch. Aber was ich noch viel lieber möchte?»

Sie schüttelt den Kopf. Sie weiß es nicht. Sie kann sich im Moment nichts vorstellen, was sie lieber hätte als ein Bier.

«Ich möchte aufstehen und diesen Supermann schlicht und einfach zum Teufel schicken. Eilbotig...»

«Na, dann tu's doch!» Julia ist alles recht, was sie von ihrer eigenen Misere ablenkt. Eine Messerstecherei. Mord und Totschlag. Alles.

Aber Simon seufzt nur.

Er kann nicht. Er ist nicht einmal in der Lage aufzustehen,

geschweige denn, irgendwelche Tritte auszuteilen. Noch nie im Leben hat er sich elender gefühlt. Außer vielleicht in jenem fürchterlichen Augenblick, als er feststellen mußte, daß Martha auch den Fernseher mitgenommen hatte.

Lumpi weiß aus Erfahrung, daß es dort, wo Leute rasten, immer was zu futtern gibt. Er hat ein halbes Ei, zwei Stück Traubenzucker und etliche Wurstscheiben so schnell wie ein Staubsauger mit frischem Filtersack in sich aufgenommen, während sein Frauchen damit beschäftigt war, eine mitgebrachte Plastikschüssel mit einer Riesenportion Hundefutter aufzufüllen.

Als Klara sich jetzt suchend umblickt, trifft sie beinahe der Schlag. Sitzt da nicht ihr Liebling vor der Frau Krendlmaier, die soeben etwas aus einem Papierchen wickelt, das sehr nach einem sauren Drops aussieht. Saure Drops! Klara ruft voll berechtigten Unmuts: «Hören Sie, unterstehen Sie sich und geben ihm dieses Zeug! Das kann doch wohl nicht wahr sein! Komm her, komm her zu Frauchen!»

Lumpi wirft zwar noch einen bedauernden Blick auf den Drops, kehrt jedoch augenblicklich zu Frauchen und Freßchen zurück. «Du böses, böses Hundilein!» schimpft Klara. «Hast du so etwas nötig? Betteln, pfui. Frauchen hat alles, was du brauchst. Drops! Wirklich, dieses Frauenzimmer hat den Verstand einer Bohne.»

Frau Krendlmaier sitzt da mit dem Drops und dem Papier und fragt perplex: «Was hat sie denn, die spinnerte Fuchtl? Die tut ja geradeso, als wollt ich's vergiften, das Pinscherl.»

«Siehst, das hast von deinem guten Herzen», sagt Vati. Er tastet dabei nachdenklich die Gegend um die Leber ab, in der es sonst zwickt und zwackt und wo heute, zumindest die letzten paar Stunden, alles friedlich zu sein scheint. Zum ersten Mal seit langem tut ihm außer den Füßen nichts weh.

Ein himmlischer Zustand. Aber Herr Krendlmaier weiß aus bitterer Erfahrung: Das Gute hält nie an. Nur das Miese hat

Bestand. Allerdings, auch nach dem kurzen, für die meisten jedoch außerordentlich peinvollen Abstieg nach Santana und während der Rast auf einer heimatlich anmutenden Wiese herrscht immer noch himmlischer Friede in seinen Innereien. Vati hat sich ins Gras gestreckt, den Kopf im Schatten einer Palheira, einer jener winzigen strohgedeckten Hütten, in denen die Einheimischen ihre zumeist einzige Kuh unterbringen und durchfüttern. Und als seine Frau jetzt sagt: «Geh Vati, leg doch den Mantel drunter, die Erde ist Gift für dein Rheuma», da befolgt er ihren Rat widerspruchslos. So milde stimmt ihn das vorläufige Ende der Zwackerei.

«Willst auch das Polsterl?»

Er nickt. Aus dem Rucksack holt Frau Krendlmaier ein Campingkissen, das sie aufbläst und Vati unter den Kopf schiebt.

Der entnimmt dem Rucksack eine längliche Schachtel und dieser eine Mundharmonika.

Den Kopf gemütlich auf dem Kissen fährt er erst einmal mit der Zunge über die trockenen Lippen, dann setzt er die Mundharmonika an und dudelt probeweise die Tonleiter hinauf und hinunter. Und danach spielt er die «Caprifischer».

Es ist dasselbe Wunder, als würde ein Drache plötzlich zu schnurren anfangen. Als man begeistert klatscht und ruft: Noch ein Lied, bitte! kriecht so etwas wie ein Lächeln über Vatis Lippen.

Auch Simon und Doris sind sich wieder gut. Die miese Laune hat sich so spurlos aus Simons Gemüt verzogen, wie Morgennebel sich im Sonnenschein auflöst. Er kann sich wieder leiden. Und Doris auch. Bloß eines möchte er nicht: über seine vorhergegangene schlechte Laune reden. Warum und wieso und wie man sie in Zukunft vermeiden könnte.

«Aber wir sollten darüber reden, Lieber. Es ist wichtig.»

«Wozu denn?» murmelt Simon, faul und glücklich. Er küßt Doris.

Also seufzt Doris nur. Sie kennt Männer wie Simon, solche,

die auf alle Kümmernisse als Pflaster einen Kuß kleben und die felsenfest davon überzeugt sind, daß damit alles wieder heil wird.

Ein in der Sonne blinkender roter Käfer kommt die Bergstraße heraufgekrochen. Es ist der Bus. Die Wanderer stecken ihre Siebensachen zurück in die Rucksäcke und die Füße in Schuhe, die mit einem Mal drei Nummern zu klein sind.

«Ich hab's euch ja gesagt, laßt sie lieber an», seufzt der Lois, schaut sinnend seinen Schäfchen nach, die zufrieden mit ihrer Leistung hin zur Straße humpeln, und macht ein heimliches Kreuzzeichen. Das wäre wieder einmal überstanden.

Lumpi verharrt noch dort, wo vorhin Klara auf einem Stein gesessen hat. Durch diskretes Bellen gibt er zu verstehen, daß sie was vergessen hat.

Als Klara sich umdreht und ihren Stock dort lehnen sieht und daneben Lumpi mit seinem treuen Blick und dem wakkelnden Schwänzchen, da ist es aus mit ihrer Fassung. Sie fängt an zu heulen. Klara Kniebusch hat die zweite große Liebe ihres Lebens gefunden. Ihre erste hat es geschafft, sich bis heute taufrisch zu erhalten, weil sich Soldat Gustav Müller bei der Belagerung von Montecassino von einer Granate töten ließ. Im schmalen schwarzen Eichenrahmen mit Trauerflor überlebte sie auf Klaras Nachttisch den Zahn der Zeit und der Gewohnheit. Nichts konnte diese Liebe gefährden, weder ein beginnender Schmerbauch noch die ungute maskuline Gewohnheit, den Rasierapparat über dem Waschbecken auszublasen.

Jetzt jedoch hat der in Ausübung seiner Vaterlandspflicht gefallene Soldat Müller eindeutig schwere Konkurrenz erhalten.

19

Julia kommt vom Swimmingpool. Als sie durch die Halle zum Lift geht, fällt ihr eine stattliche Reihe von Koffern auf. Sie sucht die dazugehörige Gesellschaft. Aber es sitzt nur eine Dame auf einem der Sofas, in einem rosa Hosenanzug.

Julia schaut noch einmal hin – nein, ganz entschieden *keine* Dame.

Der dazugehörige Mann steht am Tresen. Zu kurz geratene Beine, Schultern, als hätte er noch den Kleiderbügel unter dem Sakko stecken, ein Kinn wie ein Nußknacker.

«Honey, frag ihn, ob sie in dem Laden da Diät kochen!» schreit sie auf englisch quer durch die Halle. «Und ob er einen Tierarzt kennt, der kein kompletter Idiot ist!»

Julia stellt sich neben den Ansichtskartenständer.

«Unser Hund hat den Tatterich», klärt der Nußknacker den hübschen jungen Mann an der Rezeption auf. Wie Julia vermutet hat – Amerikaner. Nur die reden so, als spuckten sie die Worte auf den Boden und klopften sie mit dem Stiefelabsatz weich, bevor sie Gebrauch davon machten.

«Ich werde mich sofort erkundigen, Mr. Jankovsky. Und selbstverständlich kochen wir Diät, auf Wunsch.»

Sie schreit: «Sag ihm, für den Hund, falls er es nicht verstanden hat.»

«Das Vieh kriegt Diät», sagt Mr. Jankovsky traurig. «Und mir setzt sie Hamburger vor.»

Julia schaut sich noch immer nach dem Hund um.

«Ich werde in der Küche nachfragen lassen. Im allgemeinen

glaube ich jedoch nicht, daß wir für Hunde –» Der schöne Knabe ist ein wenig ratlos.

«Sag ihm, daß drüben bei uns Pipilein in jedem Hotel ihr spezielles Freßchen kriegt. Absolut in jedem!»

Jetzt hat Julia das Vieh entdeckt. Sie hat es bis dahin für ein pelziges Accessoir der Kleidung der Amerikanerin gehalten.

«Sie haben in Ihrem Appartement eine eigene Küche, Mr. Jankovsky, eine sehr schöne kleine Küche, sehr modern. Vielleicht könnte die Lady selbst –»

Mr. Jankovsky hat anscheinend schon lange keinen so guten Witz mehr gehört. Sein dröhnendes Lachen läßt draußen am Pool die Dösenden auffahren. «Hast du das gehört, Gladys?» brüllt er vergnügt. «Er sagt, du sollst dem Hund seinen Fraß selber kochen. Siehste, das ist *good old Europe.* Da halten sie die Frauen noch dort, wo sie hingehören, nämlich am Herd!»

Der schöne Knabe an der Rezeption stammelt erschrocken: «Nein, nein, Sie mißverstehen mich –»

Mrs. Jankovsky springt vom Sofa auf. «Wenn das so ist, dann laß uns lieber gehen. Was stehst du denn noch herum? Ruf lieber ein Taxi!»

Inzwischen ist Pipilein ihrem Arm entschlüpft. Sie entpuppt sich als kleine Ratte mit rosafarbenem Schleifchen am struppigen Schöpfchen und einem rosa Mäulchen. Einem Mäulchen, das grausige Töne von sich gibt. Der schöne Knabe deutet Mr. Jankovsky vorsichtig an, daß Madame und das liebe Hündchen vielleicht doch besser in einem anderen Hotel aufgehoben wären. Hier hätte man zum Großteil Gäste älteren Jahrgangs, leider sehr empfindliche Gäste mit lädierten Nerven –

Aber Madame bleibt. Jetzt erst recht.

Oben in ihrem Appartement steht indessen Klara unschlüssig vor den Pflanzenablegern, die aus dem Bidet wuchern und das Bad mit kleinem Käferzeug und leichtem Modergeruch versorgen. Neben ihr sitzt Lumpi, geduldig der Dinge harrend. «Wir werden es in der Wanne machen müssen», murmelt Klara, vor dem Grünzeug kapitulierend.

Ihr Liebling soll gebadet werden.

Aus diversen Plastiksäcken kramt Klara die nötigen Utensilien. Dann legt sie eins der großen, flauschigen Badetücher bereit, prüft sorgsam die Wassertemperatur mit dem Ellbogen und hebt zuletzt Lumpi in die Wanne.

Der trägt es mit Würde, wenn auch ein deutliches Zittern durch seinen abgehärteten Stromerkörper läuft. Klärchen beruhigt ihn. «Frauchen tut dir doch nichts. Siehst du, mein Liebling, das ist doch nur Wasser. Und jetzt noch ein klitzekleines Tröpfchen Shampoo ... Es beißt überhaupt nicht, hat mir der nette junge Mann im Supermarkt gesagt. Du bist ja so ein braves, braves Hundilein ... Und jetzt noch ein Tröpfchen davon aufs Köpfchen –»

Lumpi mag ein braves Hundilein sein, normalerweise, aber nicht, wenn ihm urplötzlich ein grauenhaftes Ungeheuer die Augen auszukratzen versucht. Er schießt raketenartig aus der Wanne, heult und schlägt um sich. Klärchen flattert verzweifelt hinter ihm her und jammert: «Aber Liebling, es ist ja nur Shampoo, bleib doch stehen, Frauchen wäscht es dir aus!» Aber Lumpi bleibt nicht stehen, o nein, er schießt auf die Tür zu, die Tür geht auf, und Frieda, die gerade herein will, schreit: «Was um Himmels willen –» Lumpi, naß wie eine Kanalratte, schießt ihr heulend zwischen den Beinen durch.

«Halt ihn doch auf!» ruft Klara.

Aber er ist nicht zu halten. Er katapultiert sich die Treppen hinunter, rutscht auf dem spiegelglatten Marmorboden aus, rappelt sich wieder auf, dabei ständig winselnd und nach dem fürchterlichen Feind auf seinem Schädel ausschlagend.

Sein Geheul lockt sämtliche Gäste aus den Zimmern. Zum ersten Mal vergißt Lumpi den obersten Grundsatz seines lehrreichen Streunerlebens: Mach's Maul nur auf, wenn es was zu futtern gibt.

Aber er war auch noch nie dem Sterben so nahe.

In der Halle rennt er, blind wie er ist, einem der Kellner gegen die Beine. Jetzt kriegt er zum Seifenschaum auch noch Tomatensaft auf den Pelz und einen saftigen Fluch hinterdrein.

In seinem shampooschäumenden Kielwasser rennt das völlig verzweifelte Klärchen, zwei Wickler vorne im Haar, Frieda, halb aufgelöst von einem Lachkrampf, und ein Rattenschwanz von Personal und distinguierten älteren Damen und Herren, die sich seit ihrer Kindheit nicht mehr so köstlich amüsiert haben.

«He, *was* ist das hier, junger Mann!» brüllt Mr. Jankovsky, sich vergnügt auf die Schenkel klatschend. «Ein ruhiges Hotel, was? Kein Platz für Hundegekläffe, was?»

Obschon halb blind von Seifenschaum und total plemplem vor Schmerz und Angst spürt Lumpi: Da ist Wasser in der Nähe. Also nichts wie hinein. Er muß seinen furchtbaren Feind ersäufen. Sein Sprung in den leicht überfüllten Swimmingpool des Boa-Vista macht Hotelgeschichte.

Inmitten dieses herrlichen Tumults kläfft Pipilein die Tonleiter hinauf bis zum hohen C, bleibt dort oben mit einem heiseren Jaulen stecken, verdreht die Augen, legt sich auf den Rücken, zuckt noch einmal mit den dünnen Rattenbeinchen – und erstarrt.

Ihr Frauchen stößt einen Heuler aus wie eine Schiffsirene vor dem Ablegen.

«Mach kein Theater, Gladys. Die wird schon wieder.»

Aber Pipilein sieht tatsächlich sehr tot aus. Mrs. Jankovsky, das Häufchen Haar mit Schleifchen an die Brust gedrückt, kreischt: «Tot ist mein Pipilein, tot! Und du verziehst nicht einmal eine Miene, du hartherziger Kerl! Du wolltest ihr nicht das Freßchen gönnen, das sie braucht. Du bist...»

«Halt endlich die Klappe, Gladys.» Mr. Jankovsky schiebt eine Dollarnote über den Tresen. «Lassen Sie den Tierarzt kommen, junger Mann, und sorgen sie dafür, daß der Hund, wenn er wieder auf den Beinen ist, das Zeug gekocht kriegt, das die Lady haben will.»

Julia geht weiter in die Bar. Ihr ist soeben eingefallen, daß sie diesen Abend nicht mit zum Fado gehen kann. João besprenkelt gerade eine Bloody Mary mit Salz und Pfeffer – Ersatz für diejenige, die Lumpi teils im Fell kleben hat, teils ans Wasser im Pool abgegeben hat.

«Sie kommen nicht? Schade. Wie geht es Senhor Kuss, etwas besser?»

«Nein, fürchte ich. Er hat Fieber.»

«Oh, das tut mir leid. Er liegt im Bett?»

«Ja», sagt Julia und denkt grimmig: Zumindest liegt er im eigenen.

«Ich habe morgen meinen freien Tag», sagt João.

«Ach ja?»

«Was werden Sie unternehmen, Senhora?»

«Morgen? Eigentlich wollte ich mir gerne die Stadt ansehen, aber –»

«Darf ich Sie begleiten?»

«Unsinn. Sie werden mit Ihrem freien Tag was Besseres anzufangen wissen.»

«Es gibt noch viele freie Tage ... Aber natürlich möchte ich Ihnen nicht lästig fallen, Senhora.»

«Aber João, wie könnten Sie! Ich finde es reizend von Ihnen. Nur –» Nur, denkt sie, bist du fünfundzwanzig und ich zweiundvierzig, und man sieht mir momentan jeden Tag davon an. Aber nett, also nett wäre es schon. Ein Trostpflaster auf die Wunden meiner Seele. Sie seufzt. «Selbst wenn ich wollte, mein Lieber, wird es nicht gehen. Ich werde meinen Mann pflegen müssen.»

«Natürlich ... Für den Fall, daß es ihm bessergeht – ich warte um zehn oben an der Haltestelle.»

«Ich fürchte, das wäre vergeudete Zeit. Mein Mann wird mich sicher brauchen.» Es war doch immer dasselbe: Wenn es den Kerlen schlechtging, dann wußten sie ganz genau, wohin sie gehörten.

Am nächsten Morgen hat der Herr Professor 38,2, in der Achselhöhle gemessen. Es war eine Nacht ohne Ende gewesen. Ein halbes dutzendmal hatte er die Leselampe angeknipst, um seine Beine auf verräterische rote Streifen hin zu untersuchen. So gegen zwei herum, also zu einer Zeit, wo das Leben ohnehin auf Sparflamme flackert, hatte er sogar kurz ans Sterben gedacht.

Nicht gerade seiner Blasen wegen. So hysterisch war er denn doch nicht. Aber ans Sterben im allgemeinen. An ein paar von den hunderttausend Möglichkeiten, die ein erfinderischer Gott sich ausgedacht hat, um ein Leben zu beenden.

Trotzdem ist er jetzt dafür, daß Julia in die Stadt fährt und sich noch einen schönen Tag macht. Er besteht sogar mit allem Nachdruck darauf. Ihre Einwände wischt er mit matter Hand zur Seite. «Was heißt, wenn ich was brauche! Nun, dann läute ich eben. Schließlich gibt es hier einige Leute, die dafür bezahlt werden, daß sie mich bedienen. Fahr du nur –»

«Also, wenn du wirklich meinst –»

«Natürlich. Fährst du allein in die Stadt?»

«João hat sich angeboten, mich zu begleiten.»

«João?»

«Der Barkeeper, Schätzchen. Er hat heute frei.»

«Der Barkeeper, so, so ... Findest du das in Ordnung?»

Dafür hat Julia nur ein spöttisches Heben der Brauen übrig.

Professor Kuss wartet zehn Minuten, für den Fall, daß seine Frau noch einmal zurückkommen sollte, dann manövriert er unendlich vorsichtig seine malträtierten Füße aus dem Bett, humpelt ins Bad, rasiert sich, wäscht sich und klopft sich am Ende noch männlich-herben Wohlgeruch auf Wangen und Kinn. Er quält sich in einen frischen Pyjama und jault auf, als der bügelfrische, steife Stoff über die Wunden kratzt. Mit dem Handtuch wischt er sich den Schweiß von der Stirn, wäscht sich noch einmal die Hände und versprüht ein wenig Herrenparfüm. Dann kriecht er zurück ins Bett, klopft das Kopfkissen glatt und hofft, daß das Bettzeug nicht nach Fieber und der Angst der vergangenen Nacht riecht.

Er steht noch einmal auf, humpelt zur Kommode und holt unter seinen Socken ein kleines Etui hervor, das er unters Kopfkissen steckt. Danach greift er zum Telefon, wartet auf die Stimme an der Rezeption und sagt: «Hier Appartement 408. Verbinden Sie mich bitte mit Nummer 519... Jawohl, Miss Vogel.»

«Ja bitte!» ruft er wenige Minuten später auf ihr Klopfen hin. Er atmet tief durch, um sich zu beruhigen, und wünscht, er hätte Wein anzubieten. Daran hätte er denken sollen.

«Aber, aber, Professor, was machen Sie denn für Geschichten?» ruft Frieda munter, die mitgebrachten Weintrauben schwenkend. Hinter ihr tauchen Klara und der Köter auf. «Darf ich herein?»

Kuss nickt und schluckt schwer an seiner Enttäuschung.

Als Frieda darauf besteht, ihm ein Krankensüppchen zu kochen, nickt er gottergeben. Himmel, er will keine Suppe. Aber er wäre auch mit einem Fliegenpilzsüppchen einverstanden gewesen, nur um die beiden so schnell wie möglich wieder loszuwerden.

Klara hat nach Beendigung des Besuchs kaum die Tür des Krankenzimmers hinter sich zugezogen, als Lumpi auch schon losprescht wie eine Rakete. Ausnahmsweise hört er auch nicht auf Klaras Rufen. Er hat im Moment anderes im Kopf. Denn vor ihm tänzelt das wiederhergestellte Pipilein hinter seinem Frauchen her.

Alles Folgende ist das Werk von Sekunden: Lumpis Überraschungsangriff, Pipileins freudig-erschrockenes Gewinsel und Gladys wütender Fußtritt.

Es war vermutlich die kürzeste Vergewaltigung in der Hundegeschichte.

Simon ist es elend. Jeder Knochen schmerzt ihm einzeln und hat sich zur ausgesprochenen Persönlichkeit mit kreativem Eigenleben entwickelt. Nicht nur Arme und Beine tun ihm weh, sondern auch der Kopf. Als wäre er auf dem auch gewandert. Was heißt hier gewandert! Das war keine Wanderung, das war die Ausgeburt eines Sadisten, vergleichbar nur mit den Folterungen des Mittelalters, Vierteilungen, Daumenschrauben und so. Was ihn noch mehr leiden läßt, ist, daß Doris nichts von alledem verspürt. Ihr geht es gut. Verdammt gut. Sie möchte sogar noch wohin: in den Botanischen Garten in die Stadt, zum Einkaufen, weiß der Kuckuck wohin sonst noch.

«Ja, wie denn?» jammert Simon. «Ich bin schon froh, wenn ich bis zum Pool hinunterkomme.»

«Wir nehmen ein Taxi, ja?»

«Verdammte Bergsteigerei!» flucht Simon. Von Alex Korb hat er gehört, daß oben auf dem Hügel in einem aufgelassenen Steinbruch ein Autoschrottplatz sein soll. Da müßte man doch mal vorbeischauen –

Doris unterbricht seine Gedanken. «Wir sollten auch deinen Bruder besuchen, den Ärmsten. Er würde sich sicher freuen.»

Simon heult auf. «Freuen! Kannst du mir verraten, warum er sich als Kranker freuen sollte, mich zu sehen, wenn er mich schon gesund nicht riechen kann?»

«Ach, Liebling, das ist doch Einbildung ... Wir bringen ihm Weintrauben mit. Bei Fieber sind Weintrauben sicher das Beste. Komm, mach doch nicht so ein Gesicht!» Sie streichelt Simon liebevoll übers Haar. Und der stakt dann hinter ihr her mit einer Miene, als humple er zu seiner eigenen Beerdigung. Warum, zum Teufel, muß er immer tun, was sie will?

Bernhard Kuss gibt Sissi noch fünf Minuten.

Nach diesen fünf Minuten greift er entschlossen zu Moravias «La Noia» (im Original) und fängt an zu lesen.

Er liest zwei Seiten, dann klappt er das Buch zu, legt die

Brille ins Etui und schwört sich: Sie noch einmal anzurufen, so weit erniedrigt er sich keinesfalls.

Eine Viertelstunde später nimmt er den Hörer ab. Verlangt Zimmer 519. Wartet. Erst mit aufgeregt klopfendem, dann mit sehr traurigem Herzen hört er sich das Tüt-tüt-tüt an. Danach greift er wieder zum Buch.

Zwei Absätze später läutet er nach dem Boy.

«*Yes?*»

«Bring mir bitte einen Orangensaft. Frisch gepreßt, ohne Eis... Ach, noch etwas – hast du zufällig Miss Vogel gesehen?»

«Blonde Dame mit Zopf?»

«Ja.»

«Sitzt beim Frühstück.»

«Ah ja. Danke.»

Beim Frühstück, natürlich. Er hätte daran denken sollen!

«Noch was, Mister?»

«Ja. Bring eine Flasche Malvasier herauf. Und zwei Rotweingläser. Und wickle eine Serviette um die Flasche, ich möchte keine Flecken im Bett haben... Hier, für deine Mühe.»

Der Bengel grinst. *Er* weiß, wofür er das Scheinchen in Wahrheit kriegt. Und ihm soll's gleich sein.

Zum Malvasier, König unter den Madeiraweinen, kennt Kuss eine hübsche Geschichte. Der Herzog von Clarence, gefangen im Tower und zum Tode verurteilt, durfte sich seine Todesart auswählen. Er bat, in einem Faß Malvasier ertränkt zu werden... In Gedanken versucht Kuss, die Story noch etwas auszuschmücken.

Ach, Sissi, geliebtes Mädchen –

So etwas passiert einem nur einmal im Leben, ein solcher Gleichklang der Gefühle. Seltsam, seine Schmerzen sind wie weggeblasen. Als Sissi jetzt klopft, überrollt ihn eine Welle heißen Verlangens.

Er hat so sehnsüchtig auf sie gewartet.

«Wir gehen gleich wieder», sagt Simon vorsorglich schon von der Tür her.

Auch Doris will ihm unbedingt ein Krankensüppchen kochen. Berni nickt gottergeben. Er ist zu apathisch, um sich dagegen zu wehren. Nach dem Abgang der beiden drückt er zwei Aspirin aus der Packung, quält sich aus dem Bett und spült sie im Bad mit Wasser aus dem Zahnputzglas hinunter. Den guten Vorsatz, im Ausland niemals Leitungswasser zu trinken, vergißt er völlig.

Selbstverständlich hat er es inzwischen aufgegeben, auf Sissi zu warten. Er mag ein wenig verliebt gewesen sein, aber deshalb ist er noch lange kein Trottel. Sie will ihn nicht mehr sehen. Nun gut, es zeugt zwar von keiner guten Kinderstube, einen Kranken nicht zu besuchen, aber darüber würde er hinwegkommen. Er dachte schon gar nicht mehr an sie.

Im dritten Kapitel von «La Noia», erster Absatz, vierte Zeile, trifft ihn die Erkenntnis wie ein Hieb: Natürlich! Sie war hier, hat Stimmen im Zimmer gehört und ist daraufhin selbstverständlich wieder gegangen. Wie konnte er so stupide sein, nicht ans Naheliegendste zu denken! Sie dürfte jetzt unten am Pool sein.

Er schreibt ein paar Worte in seinen Notizblock, trennt die Seite aus dem Block, faltet den Zettel und läutet nach dem Boy.

«Miss Vogel?» Der Knabe denkt nach. «Sein unten am Wasser.»

«Gut. Sei so freundlich und gib ihr das.» Er überreicht ihm den gefalteten Zettel, zusammen mit einem Trinkgeld.

Sie wird an die zehn Minuten brauchen, rechnet er sich aus, um sich etwas überzuziehen und heraufzukommen.

Nach den zehn Minuten gibt er ihr weitere zehn, dann noch einmal fünfzehn, bevor er neuerlich nach dem Zimmerservice läutet.

«Hast du Miss Vogel meine Nachricht überbracht?»

«Miss Vogel?»

«Dame mit Zopf.»
«Nachricht?»
«Den Zettel.»
«Yes, Mister.»
«Und?»
«Hat genommen und gelesen und in Tasche von roten Mantel gesteckt.»
«Sie hat nichts gesagt?»
«Nichts.»
«Danke... Hier, für deine Mühe.»
Weil inzwischen die Tabletten zu wirken begonnen haben, döst er ein...
«Der Hascher schlaft. Kommt's, gehn wir wieder», hört er in seinen Schlaf hinein eine weibliche Stimme zischeln.
Kuss öffnet die Augen.
Neben dem Bett stehen die beiden Krendlmaiers und Alex Korb, die sich zufällig vor seiner Tür getroffen haben.
Beide Partien bringen Weintrauben mit. Es ist das einzige Obst, das er nicht ißt. Er bekommt davon einen wunden Gaumen. Die Frau Krendlmaier sagt, sie wird ihm ein Krankensüppchen kochen.
Als gegen zwölf Frieda mit ihrer Brühe auftaucht, löffelt Kuss sie widerstandslos. Im Bett. Noch nie im Leben hat er im Bett gegessen. Und als er Frieda zur Flasche Malvasier hinschielen sieht, gießt er ihr ein Glas ein. Und sich selber auch eines.
Gemeinsam machen sie die Flasche leer.
Deprimiert ist Professor Kuss danach immer noch. Und fiebrig und voller Schmerzen. Aber jetzt ist er obendrein auch noch total besoffen.
Die Folgen des Weins und der vier Teller Suppe – Frau Krendlmaiers Einbrennsüppchen, mit Oregano und Kümmel gewürzt, war wider Erwarten so gut, daß er zwei Teller davon aß – jagen den Herrn Professor im Laufe des restlichen Tages und der kommenden Nacht alle paar Minuten aus dem Bett.

Prozeduren, die ihm den Schweiß auf die Stirn treiben. In regelmäßigen Abständen knipst er die Nachttischlampe an. Er hört einen Hahn krähen. Ein Blick zur Seite hin zeigt ihm, daß die andere Hälfte des Ehebettes immer noch leer ist.

Er blickt auf die Uhr. Zwanzig Minuten vor fünf.

Kuss hält die Uhr an sein Ohr. Doch, sie geht. Und überdies krähen ja auch bereits die Hähne.

«Hast du denn immer noch deine schlimme Migräne, mein Mäuschen?» erkundigt sich Alex Korb, von seinem Morgenspaziergang zurückgekehrt. Er zieht die Jalousie hoch.

«Umsonst würde ich nicht hier liegen und aussehen wie eine Leiche. Ich bitte dich, laß doch die Jalousie herunter!»

«Aber natürlich, Mäuschen, wenn es dir lieber ist. Sofort mache ich es wieder schön dunkel.» Er läßt also die Jalousie wieder herunter, dann knipst er die Wandlampe an und legt fürsorglich sein Taschentuch über den Schirm. «Das tut mir aber leid, daß mein Mäuschen so leiden muß.»

Irene hebt stöhnend den Kopf. «Hast du getrunken, Alex?»

«Ich? Aber nein. Keinen Tropfen. Riechst du etwas?» Er beugt sich über seine Frau. Die stößt ihn weg. «Laß das! Was stand in dem Telegramm?»

«In dem Telegramm? Ach, in dem Telegramm! Nichts Wichtiges. Nur langweilige Geschäfte... Wieso meinst du, ich hätte getrunken?»

«Du bist reichlich seltsam.»

«Ich war spazieren.»

«Ach, und das stimmt dich so fröhlich. Allein?»

«Natürlich, Mäuschen, natürlich war ich allein. Da war nur noch ein Hund –»

Der Schäferhund hatte vor dem blau gestrichenen Zaun eines blauen Holzhauses gesessen. Das Haus stand einsam am Ende einer schmalen, nicht asphaltierten Straße. Eine junge Frau in Jeans hatte auf einem Schemel gestanden und Wäsche auf eine Leine gehängt.

Der Hund war herübergezottelt, hatte kurz Korbs Handrücken beschnüffelt und war dann hinter ihm hergetrottet.

Die Straße führte an einem zum Haus gehörenden Bananenhain entlang bis hinunter zur Steilküste. Dort endete sie. Ein schmaler Pfad schlängelte sich von hier aus weiter, gefährlich nahe am Klippenrand, wirklich sehr nahe, wenn man in Betracht zog, daß zwischen ihm und dem Abgrund nichts war als dürres, im Wind raschelndes Schilf und Kakteen mit auf den Stacheln aufgespießten Papierfetzen. Er war stehengeblieben und hatte sich umgesehen. – Nein, das Haus war von hier aus nicht mehr zu sehen.

Der Hund hatte sich, nach einem genußvollen Strecken seiner Glieder, neben ihn hingesetzt, um seine Einsamkeit zu teilen. So nahe an den Klippenrand herantretend, wie es seine Nerven und das abbröckelnde Erdreich erlaubten, hatte Korb lange hinunter auf den einsamen Strand geblickt, rund hundert Meter unter ihm am Fuß der hier senkrecht abfallenden Steilküste.

«Ich habe auf meinem Spaziergang ein nettes Fischrestaurant entdeckt, unten am Meer, mein Mäuschen», sagt Alex Korb ins Halbdunkel hinein. «Weißt du was, heute abend führe ich dich dorthin aus, zum Abschied.»

«Abschied? Wieso Abschied?»

«Nun, unseres Urlaubs.»

«Und ich glaube doch, daß du getrunken hast», sagt Irene angeekelt und dreht sich zur Wand.

20

Panik hat die Wanderbrüder erfaßt. Jetzt, am vorletzten Urlaubstag, müssen sie feststellen, daß sie zum Brüllen komisch aussehen: Arme und Beine wurden auf den Wanderungen braungebrannt, aber der Rest ist immer noch beschämend weiß. Fieberhaft machen sie sich daran, nachzuholen, was sie versäumt haben. Schon gegen halb neun beginnt der Kampf um die besten Plätze am Pool.

Frieda besetzt die Liege links von sich für Klara, Julia die auf ihrer rechten Seite für den Herrn Gemahl.

«Wo ist er denn?» erkundigt sich Frieda.

«Beim Arzt.»

«Geht es ihm besser?»

«Keine Ahnung. Er war heute morgen nicht in Stimmung, sich mit mir zu unterhalten. Wo ist Klara?»

«Sie führt den Hund aus.»

«Ist es nicht eigenartig, daß ein Stromer wie er sich derart widerstandslos adoptieren läßt?»

Frieda kichert. «Es ist wohl eher umgekehrt. *Er* hat Klara adoptiert. Sie konnte früher Hunde nicht ausstehen.»

«Sie scheinen sich sehr zugetan zu sein, die beiden.»

Frieda nickt, hat plötzlich feuchte Augen.

Julia meint mitfühlend: «Es ist ein Jammer. Sie kann ihn natürlich unmöglich mit nach Deutschland nehmen. Es gibt jetzt so schrecklich rigorose Bestimmungen. Hast du das gewußt?»

Frieda nickt.

«Glaubst du, daß sie sehr traurig sein wird?»

«Traurig?» sagt Frieda. «Traurig? Es wird ihr das Herz brechen.»

Frau Krendlmaier sitzt unter einem Sonnenschirm. *Sie* hat nichts ausgezogen, nicht einmal die Gummistützstrümpfe, die sie ihrer Venen wegen tragen muß. Sie strickt Socken für Vati, aus einer tristen grauen Wolle. Vati scheint es wieder arg zu zwacken. Sein Mund gleicht einem umgepurzelten Halbmond.

Während sie sich sorgfältig mit Sonnenöl mariniert, sagt Julia so ganz nebenbei: «Gestern war ich in Funchal. Mit João.»

Frieda stößt einen vielsagenden Pfiff aus und erkundigt sich dann scheinheilig, was sie dort gemacht hätten – von dem abgesehen, was sie lieber nicht wissen möchte, da *sie* noch einen Funken Moral im Leib hätte.

Julia blinzelt zufrieden in die Sonne.

«Hauptsächlich auf Mauern gesessen.»

Funchals auf- und abkletternde Straßen waren von Mauern gesäumt. Hohe, über die Bougainvillea, Begonien, Jasmin und Kletterrosen wucherten, und niedrige vor Hausgärten, von denen aus sich die Haushunde beschaulich wie Altersrentner das Leben in den Straßen betrachteten.

Auf einem dieser Mäuerchen war mit Kreide ein Damebrett gezeichnet gewesen. Zwei Männer in blauer Arbeitskluft – ein pfiffig aussehender und ein simpler – spielten darauf mit grauen und roten Lavabrocken. Ihre Kollegen kiebitzten. Julia und João hatten den beiden zugesehen, bis der Simple die Partie gewonnen hatte. Danach hatte sich João erkundigt: «Möchten Sie sich vielleicht die Kirche am Monte ansehen, Senhora? Sie ist sehr schön. Oder den Botanischen Garten? Der ist auch sehr schön.»

«Wo ist sie denn, die Kirche?»

João zeigte wo. Sehr weit oben am Berg. Julia mußte den Kopf in den Nacken legen, um sie zu sehen.

«Ich finde, von hier aus sieht sie am hübschesten aus. Der Botanische Garten, ist das so einer, wo man Täfelchen auf den Bäumen hängen hat, auf denen die Namen stehen und wo sie herkommen?»

Natürlich, entgegnet João, alle hatten diese kleinen Tafeln drauf, sehr, sehr lehrreich –

«Dann lassen wir es lieber. Ich werde sie alle lesen müssen, und danach bin ich so verwirrt und hundemüde, daß ich eine Palme nicht mehr von einem Regenschirm unterscheiden kann.»

João hatte bloß gelächelt.

Unter ihnen hatte Funchal gelegen wie eine antike italienische Stadt, nur mit mehr Grün zwischen den roten Ziegeldächern. Sie hatten sich auf eins der Mäuerchen gesetzt, João hatte seinen Rücken gegen einen der Pfeiler gelehnt und die Knie aufgestellt, und Julia hatte ihren Rücken gegen seine Knie gelehnt.

«Ich hätte ewig dort sitzen können», erinnert sie sich jetzt mit einem Lächeln. «Ich stelle mir vor, das wäre ein schönes Ende – so auf einer Mauer in der Sonne zu sitzen, wunderschöne schnulzige Schundromane zu lesen oder auch einfach nichts zu tun, langsam von Autoabgasen vergiftet zu werden und eines Tages friedlich nach hinten zu kippen, hinunter in die weiche, warme rote Erde zwischen der Kapuzinerkresse unter den Bananen, wo dann aus einem ein junges Bananenbäumchen wächst oder auch eine Annona oder eine Pimpanella.»

«Du spinnst!» sagt Frieda kichernd, wird aber gleich lehrreich. «Hör mal, junge Bananen wachsen nicht so einfach aus irgendwas, aus deiner Leiche schon gar nicht... Was sind Pimpanellen?»

Julia sagt es ihr, sie weiß es, weil João ihr welche gezeigt hat: kleine, grüne, stachelige Kugeln, die wie die Kürbisse wachsen, bloß an einem Spalier.

Frieda schaut sich um und erkundigt sich: «Wo ist eigentlich Simon?»

«Auf einem Autofriedhof, soviel ich weiß.»

«Ich dachte, er kann sich kaum bewegen?»

«Schätzchen, auf einen Autofriedhof würde sich Simon auch noch mit zwei gebrochenen Kniescheiben schleppen.»

Madame Legru und Madame Biron sitzen auf ihren windgeschützten Stammplätzen, zwischen sich das Tischchen mit den Canastakarten. «Du hast schon seit Tagen ein unverschämtes Glück, Louise», stellt Madame Legru gerade fest.

«Nicht wahr? Ich schäme mich schon beinahe.»

«Unsinn. Wir spielen doch, um zu gewinnen. Obwohl mich natürlich der Neid frißt, wenn ich mit ansehen muß, wie du ständig die fettesten Päckchen einheimst ... Ich frage mich, wo unser Romeo bleibt. Ich sah ihn schon gestern nirgends.»

«Habe ich es dir nicht erzählt, Chérie? Er muß das Bett hüten. Er soll sich seine Füße bei der Besteigung des Pico Ruivo entsetzlich zugerichtet haben.»

«Ach, deshalb!» Um Madame Legrus Lippen spielt ein vielsagendes Lächeln.

«Wieso? Was ist?»

«Nun, seine Kleine scheint sich inzwischen einen Neuen angelacht zu haben.»

«Was du nicht sagst! Und du hast mir kein Wort davon erzählt! Wie sieht er aus?»

«Gut. Aber nicht sonderlich hell. Ich zeige ihn dir, sowie er auftaucht ... Die beiden dort schauen nicht übel aus, was sagst du?»

Madame Legru blickt in die angegebene Richtung und nickt. «Nicht übel. Männer halten sich eben doch sehr viel besser als Frauen, nicht wahr? Ich vermute, das macht all das Unterfettgewebe, das bei uns Frauen einfach nachgiebiger wird. Aber weißt du, man kann was dagegen tun. Viele Frauen wollen einfach nicht ...»

«Ja, und die Dame dort drüben ist sicherlich auch mal schlanker gewesen. Die müßte wirklich was gegen ihre Bauchfalten tun, meinst du nicht?»

«Ja, sieht schrecklich aus... warum versuchst du nicht, einen Jokercanasta zu machen?»

«Mit nur drei Jokern? Ich bin doch nicht verrückt. – Ah, sieh an, unser Landarzt ist soeben eingetroffen.»

«Wo denn? Ich sehe ihn nicht.»

«Drüben neben der leeren Liege der armen Julia. Ach nein, schau dir das an! Legt doch tatsächlich seine Kleider einfach unter den Kopf. Frage nicht, wie die aussehen werden.»

«Nun, er hat keine Frau, die ihm deshalb die Hölle heiß macht. Und er selbst wird den Knitter kaum bemerken... Eigentlich sieht er nicht aus wie ein Arzt.»

«In einer Badehose dürfte selbst der Papst nicht päpstlich aussehen. Und er war ja auch nur ein bescheidener Landarzt.»

«Mit seinem Suppengrünzeug! Wirklich, er ist ein Kauz!»

«Wieso Suppengrünzeug?»

«Habe ich es dir nicht erzählt? Er hat mir gesagt, er baut in seinem Garten Suppengrünzeug an, das er auf dem Markt verkauft. Und er hilft alleinstehenden Frauen bei den groben Arbeiten.»

«Ach du meine Güte! Du meinst, er klopft Teppiche und so etwas?»

«Vermutlich.»

«Glaubst du, es geht ihm so schlecht?»

«Aber nein, natürlich nicht. Sonst könnte er sich wohl nicht ein Hotel wie dieses leisten. Er sagt, er macht sich gern nützlich und fühlt sich noch zu jung, um im Seniorenklub Karten zu spielen. Er nimmt kein Geld dafür. Er läßt sich bloß verköstigen.»

«Du hast natürlich versucht, mit ihm anzubandeln?»

«Ich gebe zu, versucht schon. Aber es ist zwecklos. Du weißt, ich spreche kein Deutsch, und sein Französisch ist fürchterlich. Ich könnte einem Mann seine Seitensprünge verzeihen, aber ein solches Französisch – nein, das nicht. Ich würde ihn vermutlich nach acht Tagen kurzerhand vor die Tür setzen, nur um ihn nicht mehr anhören zu müssen.»

«Erzähl!» drängt Frieda. «Wie ist er?»

«João? Furchtbar nett. Als wir in einer dieser Klapperkisten von Bus wieder einmal schrecklich durcheinandergebeutelt wurden, hielt er eine Frau fest, damit sie nicht umfiel. Keine junge, hübsche, sondern eine alte. Und einem kleinen Jungen kaufte er ein Eis, bloß weil seine Freunde eins hatten und er keins.»

«O Gott, hör auf, sonst krieg ich vor Neid das heulende Elend. Ihr seid also Hand in Hand durch die Stadt geschlendert?»

«Nicht Hand in Hand, dabei wäre ich mir doch zu komisch vorgekommen, mit einem so jungen Mann. Doch, einmal nahm er mich an der Hand, als es steil bergauf ging, auf einer dieser schrecklichen Treppen, auf denen man mit Korbschlitten zu Tal rast.»

«Wie romantisch!» seufzt Frieda und grinst ein bißchen.

Wenn sie lache, droht Julia, erzähle sie nicht mehr weiter, und Frieda wischt schleunigst das Grinsen vom Gesicht. «Der Hafen ist komisch. All diese schwarzen rostigen Schiffe mit ihren Kränen. Es riecht so ungeheuerlich nach harter Arbeit.»

«Ich glaube nicht, daß es Rost ist. Es wird eine Schutzfarbe sein. Und die vielen blauen Fischerboote dazwischen mit den roten Kugeln an den Netzen, das sieht doch recht fröhlich aus... Und dort habt ihr euch also zum ersten Mal geküßt, im Hafen?»

«Wie kommst du darauf?»

«Ach, das haben Häfen so an sich, Schätzchen. Es muß an der Atmosphäre liegen, der Geruch nach Meer und Fischen und die Sehnsucht nach der Ferne. Es stimuliert.»

Frieda hat recht. Dort hatten sie sich zum ersten Mal geküßt. Sie hatten wieder einmal auf einer Mauer gesessen und dabei ehrfürchtig zum stinkfeinen Reid's Hotel hinaufgeguckt, in dem romantischen Park mit Palmen und Bougainvilleas und Zedern und Mimosen und den eigenartigen Araukarien, die aussehen wie künstliche Weihnachtsbäume. Und sie hatten sich dabei über die Gäste vom Reid's lustig gemacht, diese vornehmen Pinkel, die mit Krawatte zum Essen kamen und durchschnittlich neunzig Jahre alt waren und nach dem Hors-d'œuvre Sauerstoff kriegten, damit sie es durchhielten bis zum Kompott.

Und da hatten sie sich dann geküßt.

Joãos Lippen waren rauh und trocken gewesen. Bubenlippen. Er hatte sie so geküßt, als hätten sie noch ein Leben lang Zeit dazu.

«Du, das klingt aber nicht sehr aufregend», murmelt Frieda. «Ich habe mir einen Portugiesen feuriger vorgestellt.»

Julia lächelt. Ihr klopft das Herz im Hals, als sie jetzt daran denkt. Aber zu erklären war das nicht. Das war fast so, als wollte man jemandem die Schönheit von flutendem Seetang zeigen und würde den dazu aus dem Wasser holen. Dann war es doch nur noch ein Häufchen schleimiger Mist –

«Und dann?»

«Dann sind wir in eine billige Stehkneipe essen gegangen, wo nur Einheimische hingehen. Den Wein gab's in dicken Wassergläsern.»

«Und dann?»

«Waren wir in einer Disco tanzen.»

Frieda grunzt voller Ungeduld. Das alles war nicht das, was sie hören wollte. Was war dann?

«Dann», sagt Julia mit einem Lächeln, «dann hat er mir das Haus gezeigt, in dem er lebt, mit seiner verheirateten Schwester und deren Familie –»

«Von innen gezeigt oder bloß von außen?»

«Von innen und außen.» Und genau in dem Moment, in

dem es endlich spannend wird, kommt Professor Kuss auf die beiden Damen zu. Er trägt scheußliche Gummilatschen an den frisch verpflasterten Füßen, die an seiner distinguierten Gestalt reichlich deplaziert aussehen, aber das einzige sind, das er momentan anziehen kann. Er hängt den Bademantel sorgsam über das Kopfteil der Liege, steigt aus den Latschen und legt sich so hin, daß seine Sorgenkinder über das Bett hinausragen.

Julia erkundigt sich höflich: «Geht es dir etwas besser?»

«Etwas, ja.» Bernhard Kuss dreht sich seiner Frau zu und fragt leise, mit deutlicher Qual in der Stimme:

«Wo warst du heute nacht, Julia?»

21

«Nun, dürfte ich erfahren, wo du heute nacht warst?» wiederholt Bernhard Kuss seine Frage. «Hörst du mir überhaupt zu?»

«Ich habe dich gehört. Nur – findest du das hier den richtigen Ort für eine Auseinandersetzung?»

«Warum Auseinandersetzung? Es handelt sich um eine simple Frage.»

«Wie ich schon sagte, ich besichtigte die Stadt.»

«Bis sieben Uhr früh?»

«Sechs Uhr fünfzehn.»

«Also gut, bis sechs Uhr fünfzehn?»

«Ich war noch in einer Disco –»

«In welcher?»

«Soll das ein Verhör sein, Liebling?»

Blitzartig erinnert sich Professor Kuss an ein ähnliches Gespräch vor nicht allzu langer Zeit und kommt sich ganz schön blöd vor. Aber eines muß er doch noch fragen:

«Mit dem Barkeeper?»

«Selbstverständlich. Es hätte etwas seltsam ausgesehen, wenn ich ohne Begleitung durch die Lokale gestrichen wäre, nicht wahr?»

Julias Mann gibt einen Laut von sich, der vermutlich als trocken-sarkastischer Lacher geplant war, sich jedoch anhört wie das Röhren eines angeschossenen Bockes. Das Kopfteil seiner Liege aufstellend, greift er nach der Brille und dem Moravia und blickt dabei zufällig zur offenstehenden Schiebetür hin, die von der Hotelhalle heraus zum Pool führt. Er erstarrt. Dann steckt er ruckartig seine Nase ins Buch und blickt lange nicht mehr auf.

Sissi lotst – nach einem schnellen Blinzler hin zu Bernhard – den blonden Hünen an ihrer Seite nach vorne zur Südterrasse, dorthin, wo Kuss sie nicht sehen kann.

Der Hüne ist ein Siegfriedtyp. Bei seinen Kunden heißt er Charly. Daheim in Zederhausen sagen sie «Peterbauer-Karli» zu ihm. Aber daheim in seinem Dorf zwischen den schneebedeckten Tauerngipfeln ist er nur noch selten. Charly ist nämlich Masseur. Er arbeitet hier für mehrere der größeren Hotels, unter anderem auch für das Boa-Vista. Nächste Saison geht er wahrscheinlich nach Gran Canaria. Das hier ist ein Mausoleum.

Madame Legru bemerkt mit diskretem Kopfnicken: «Das ist er, Louise. Der neue Freund.»

«Ah! Nun, er sieht zweifellos gut aus. Aber ehrlich gesagt, ich mißtraue diesen Hünen immer ein wenig. Man setzt zu große Erwartungen in sie. Was natürlich grundverkehrt ist. Es ist nahezu unmöglich, daß ein Mann sich nach allen Richtungen hin gleich befriedigend entwickelt. Die Frau unseres Romeos wird erleichtert sein. Diese Deutschen nehmen die kleinen Eskapaden ihrer Ehemänner immer so entsetzlich tragisch.»

«Nun, ich glaube, Chérie, sie hat sich anderweitig getröstet.»

«Mon Dieu! Bist du sicher? Mit wem?»

Madame Legru beugt sich über Madame Birons begierig lauschendes Ohr, denn João geht eben in Hörweite an ihnen vorbei.

«O nein, was du nicht sagst!» Madame Biron ist sichtlich entzückt. «Es war natürlich das Klügste, was sie tun konnte. Es gibt in einem solchen Fall nichts Heilsameres als ein beiderseitig schlechtes Gewissen und ein paar erfrischende Erinnerungen, nicht wahr? Und ich bin sicher, der Junge ist ein phantasievoller Liebhaber.»

«Das glaube ich auch. Diese Portugiesen sind außergewöhnlich begabt. Ich hatte einmal eine kurze Affäre in Lissabon –»

«Ach nein! Davon hast du mir nie ein Sterbenswörtchen erzählt!»

«Es ist über dreißig Jahre her, Louise! Es war phantastisch, wenn auch etwas anstrengend. Ich war danach monatelang für keinen anderen Mann mehr zu gebrauchen. Sie kamen mir alle vor wie die Elefanten.»

«Elefantenbullen sollen sehr zärtliche Liebhaber sein, Chérie.»

«Du weißt schon, was ich meine – der Elefant im Porzellanladen. Diese Portugiesen dagegen, o là là!» Madame Legru taucht kurzzeitig offensichtlich verzückt in süßen Erinnerungen unter. «Sie spielen auf der weiblichen Gefühlsskala wie auf einem gutgestimmten Klavier», fährt sie dann fort. «Geradezu virtuos. Hast du bemerkt, daß vier Strelitzien über Nacht aufgeblüht sind? Ach nein, eine der Kakteen ist umgefallen! Wie schade. Vermutlich war die Blüte zu schwer. Ich nehme zumindest an, daß das rüsselartige Ding eine Blüte ist. Bei Kakteen weiß man das ja nie so genau. Ich frage mich, wieso so viele Leute Kakteen züchten...»

«Ich fürchte, den König abzulegen war ein Fehler von dir –» Madame Biron heimst zufrieden einen ansehnlichen Stapel Karten ein. «Hast du es gesehen? Die beiden haben sich auf die vordere Terrasse gelegt, so viel Takt hat die Kleine wenigstens. Aber natürlich hat *er* die beiden längst bemerkt. Monsieur dürfte im Moment ein paar außerordentlich schmerzliche Minuten erleben.»

Monsieur Kuss ist es tatsächlich ungemein weh ums Herz. Die Haut über den Wunden seiner Seele ist so dünn und empfindlich wie die auf seinen geschundenen Füßen. Obwohl er natürlich nach der gestrigen Enttäuschung etwas Ähnliches halb und halb erwartet hat. Ein Neuer also –

Was ihm jedoch noch weitaus größeren Kummer bereitet als die offensichtliche Nymphomanie der kleinen Wienerin, ist seine Frau. Sie hat ihn betrogen. Die Art, wie der verdammte Barkeeper ihr über den Handrücken strich, als er ihr vorhin den Drink überreichte, läßt keine Zweifel offen. Oh, jetzt einer dieser primitiven, hirnlosen Schlägertypen sein zu können! Ein gut plazierter Boxhieb in den Magen dieses Rotzbuben (Rotzbub! Herrlich! Welch wunderbare Ausdruckskraft besaß doch die österreichische Sprache!) hätte ihn außerordentlich erleichtert.

Und da sind auch noch die anderen, die glotzäugig verfolgen, wie sie jetzt aus dem Wasser steigt. Nun, Julia hatte immer schon etwas Pikantes an sich gehabt. Aber heute ist da etwas dazugekommen. Was, kann er nicht definieren. Zu psychologischen Analysen fehlt ihm momentan die innere Gelassenheit.

Neben dem Professor hat sich das Dreigespann niedergelassen, die beiden Männer mit dem Schachbrett zwischen ihren Liegen. Sie hat die Nase wie immer in einem Buch stecken. Offenbar verträgt sie die Sonne nicht, denn sie ist von oben bis unten vermummt, inklusive Sonnenhut, ein scheußliches Ding, das an einen von einem Dauerregen durchweichten Pilz erinnert.

«Ob sie wieder Urdu liest, das arme Ding?» sagt Frieda zu Julia. «Wenn ich nicht zu faul wäre, würde ich aufstehen und nachsehen.»

Julia ist es nicht. Sie schlendert an den dreien vorbei und schielt dabei ins Buch. Mühselig, weil verkehrt, liest sie: «Nicht das dt. J., sondern ein palataler Reibelaut –» Du lieber Gott, wer solch ein Zeug las, mußte ja einen sauren Mund kriegen!

Frieda möchte wissen, was ein palataler Reibelaut ist.

«Keine Ahnung. Als ich in die Schule ging, gab es die noch nicht.»

«Frag doch deinen Mann.»

«Ich glaube, der schläft.»

Aber Professor Kuss schläft nicht. Er leidet bloß mit geschlossenen Augen. Höflich erklärt er, was palatal heißt: ein Gaumenlaut.

«Danke, Liebling.» Julia beugt sich hinüber und küßt ihn auf die Wange. Sie hat einen Moment lang total vergessen, daß sie miteinander auf Kriegsfuß sind.

Doktor Ernst Bierbaum (der verwitwete Landarzt mit den Kleidern unter dem Kopf) steigt mitsamt Badehose in khakifarbene Shorts mit Ziehharmonikafalten und zerrt sich das Hemd über den Kopf, das er nicht zuzuknöpfen braucht, weil es nie aufgeknöpft worden ist. Unbesockt schlüpft er in die Sandalen und schielt dabei unschlüssig auf seine Nachbarin hinunter. Er steht noch eine Weile herum, tritt von einem Bein aufs andere, gibt sich schließlich einen Ruck und sagt zu Frieda: «Entschuldigen Sie, darf ich Sie was fragen?»

«Fragen Sie!» Frieda blinzelt faul zu ihm auf. «Fragen darf man jederzeit.» Ein sympathischer Mensch, denkt sie.

Kopfschüttelnd antwortet er: «Ach nee, es hat doch keinen Zweck. Bei dem Wetter wollen Sie doch sicher lieber am Wasser bleiben als –»

«Als was?»

«Mit mir nach Kap Girão fahren.» Jetzt schaut er sie an wie Lumpi, wenn er nicht weiß, was er zu erwarten hat.

Ans Kap Girão wollte Frieda schon immer. Aber irgendwie hat es nie geklappt. Deshalb sagt sie jetzt ehrlich erfreut: «Ja doch, ich komme gern mit. Das heißt, wenn es Ihnen nichts ausmacht zu warten, bis ich mich umgezogen habe. Das geht bei mir aber ruck, zuck.» In dem Moment fällt ihr Klara ein. Sie seufzt. Denn sie sieht Klara vor sich, oben im Appartement, Strümpfe waschend, Geschirr spülend, packend, auf alle Fälle beleidigt, wenn sie ohne sie weggeht.

Die Tür ist abgeschlossen. Frieda klopft, wartet, klopft, wartet. Im Geist sieht sie, wie Klara ausgerutscht ist und nun hilflos blutend vor der Badewanne liegt... Und sie kann nicht hinein! Sie hat keinen Schlüssel. Voller Herzklopfen fährt sie hinunter zur Rezeption. Seltsam, der Schlüssel hängt am Brett.

Oben im Appartement liegt ein Zettel auf dem Tisch: «Mußte dringend in die Stadt. Bin nachmittag zurück. Grüße Klara.»

Seltsam, wirklich.

Frieda ruft nach dem Hund.

Aber auch der ist weg. Auch der mußte wohl dringend in die Stadt.

Nachdem Doris die Gemüsereste, die sie noch im Kühlschrank hatte, für einen Eintopf auf den Herd gestellt hat, ist es kurz nach elf.

Um halb zwölf kommt Simon zum Essen.

Danach wollen sie in den Botanischen Garten und dann in die Stadt, um ein paar Geschenke einzukaufen.

Aus dem restlichen Obst macht Doris einen Fruchtsalat. Sie hat dazu noch eine halbe Avocado – im Stadium zwischen gerade richtig und schon fast zu spät, zum Kern hin schon ziemlich braun –, drei Orangen, ein paar Mispeln, eine überreife Birne und zwei Kiwis. Sie schneidet alles auf und besprenkelt die Kreation mit einem tüchtigen Schuß Madeira. Als sie sie zum Durchziehen in den Kühlschrank gestellt hat und auf die Uhr schaut, stellt sie fest, daß es fünf vor halb zwölf ist.

Gleich wird Simon kommen.

Tellergeklapper aus den übrigen Appartements zeigt die Mittagszeit an. Um zwölf beschließt Doris, nicht länger auf Simon zu warten. Sie ißt ohne rechten Appetit einen Teller Eintopf.

Um halb eins hört sie endgültig auf zu warten.

Sie schöpft sich einen Suppenteller halb voll mit Fruchtsalat, verbessert ihn mit einem weiteren Schuß Madeira, löffelt lustlos in sich hinein, sieht dabei die Sonne unaufhaltsam weiter gegen Westen kriechen und läßt auf Orangen, Birne und Avocado ein paar Tränen fallen.

Kap Girão sieht nur von unten so furchterregend aus. Oben ist es ein lieblicher, nach Harz duftender Pinienwald mit Vogelgezwitscher und Aussichtsplattform und einem Markt für Handgesticktes.

Ohne auch nur zehn Escudos herunterzuhandeln, kauft Friedas Ausflugsgefährte eine blümchenbestickte Tischdecke samt zwölf passenden Servietten für seine verheiratete Tochter. Nachdem er bezahlt hat, sagt er zu Frieda: «Ich kann mir nicht helfen, aber ich komme mir vor wie ein imperialistischer Ausbeuter. Wenn ich denke, wie die armen Frauen sich daran halbblind sticheln –»

«Unsinn. Wenn Sie nichts kaufen, sind sie noch viel schlechter dran. Außerdem sind die hier teurer. Sie hätten handeln sollen.»

«Teurer als wo?»

Ihm möchte sie die Story von dem Mann aus Machico nicht erzählen, also sagt sie nur: «Als die in der Stadt.»

«Sagen Sie, Frieda, was würden Sie jemandem mitbringen?»

«Mann oder Frau?»

«Frau.»

«Tja, kommt ganz drauf an. Gattin? Schwester? Oder die Frau vom Klempner, der hin und wieder Ihnen die tropfenden Wasserhähne repariert?» Gattin vermutlich, denkt sie. So nette Typen wie der waren doch immer verheiratet.

«Nun, unser Verhältnis ist nicht in zwei Worten zu erklären – ah, das ist es, was ich suche! Genau das Richtige!» Er hat die schlingstichbestickten Küchenschürzchen entdeckt und ist, wie Frieda es war, hellauf davon begeistert. Er kauft gleich achtzehn Stück.

«Du lieber Gott!» ruft Frieda entgeistert. «Sind Sie Mormone?»

«Das nicht. Aber ich habe viele Frauen zu betreuen.» Und er erzählt ihr von seinen Ruhestandsbeschäftigungen.

Hinter dem Markt beginnt die Aussichtsplattform, mit einem massiven Eisengeländer rundherum, auf dem Eidechsen herumhuschen von einer Farbe wie Kupfer mit Grünspan. Hinter dem Geländer stürzt der berühmte Felsen senkrecht ins Meer ab. Ein Meer so tief unten, daß es fast schon keine Wirklichkeit mehr ist, eher Malerei: ein zarter weißer Pinselstrich gegen das Rot der Felsen, danach ein breiter Strich smaragdgrün und dahinter unheimlich viel Blau. In dem Blau ein einsames Boot, ein langes, schwarzes, tief im Wasser liegendes. Ein Fischkutter wahrscheinlich. Er zieht ein kleines Bötchen hinter sich her. Frieda findet die beiden süß. Eine schwerarbeitende Mutter mit Baby.

Die beiden haben sich auf eine der Steinbänke gesetzt und die Beine weit von sich gestreckt. Die Sonne wärmt ihre Schenkel durch den Stoff hindurch. «Haben Sie die Inselrundfahrt mitgemacht?» fragt der Doktor.

«Leider nicht. Meistens waren wir ja in den Bergen unterwegs. Da ist nicht sehr viel Zeit geblieben für etwas anderes ... Sind Sie schon einmal eine Levada entlanggegangen?»

«Nein. Kann man denn das?»

«Tagelang», übertreibt Frieda mit Genuß.

«Habe ich nicht gewußt. Schade. Hätte ich gern gemacht ... Sind Sie mit einem Korbschlitten gefahren?»

Frieda seufzt. «Nein. Sie?»

«Ich auch nicht. Einmal war ich nahe dran. Aber dann ... also ehrlich gesagt, so allein wäre ich mir ganz schön dämlich dabei vorgekommen.» Er holt eine Tüte Erdnüsse aus der Hosentasche und schüttet die Hälfte davon Frieda in die hohle Hand. «Es wäre was anderes gewesen, wenn ich jemanden gehabt hätte, mit dem ich hätte lachen können. Aber so allein, nee... Hätte mir aber Spaß gemacht.»

Frieda seufzt. «Mir auch. Waren Sie auf dem Pico Ruivo?»

«Leider nicht. Ich bin zwar ein bißchen in den Bergen herumgestiegen, aber so weit wagte ich mich doch nicht, allein.»

«Ich könnte Sie hinaufführen. Es ist überhaupt nichts dabei. Aber leider –»

Leider müssen sie beide morgen heimfliegen. Daran ist nun einmal nichts zu ändern.

Doris hat endgültig die Nase voll. Ja, was glaubt denn dieser Mensch, was sie sei? Eine blöde Kuh?

Sie setzt sich mit einem Buch auf den Balkon. Zehn Minuten. Sie gibt ihm noch zehn Minuten. Aber keine Sekunde länger. Dann fährt sie allein in die Stadt!

Ebenfalls allein in der Stadt ist Burkhard. Und zwar oben am Monte, bei der Kirche, in der der Kaiser Karl begraben liegt. Er hat sich als gewissenhafter Tourist alles angesehen und fotografiert – das berühmte Bild der Heiligen Jungfrau und die Grabstätte von Karl und die Korbschlittenfahrer in ihren weißen Hosen und den flotten Strohhüten. Außerdem hat er einem armen Einheimischen eine handgestickte Tischdecke abgekauft, ein Riesending für einen Eßzimmertisch für acht Personen. Dabei hat er in seiner Junggesellenbude bloß einen Klapptisch.

Jetzt sitzt er in einem komischen schmalbrüstigen Café hinter der Kirche, schaut den gebratenen Sardinen auf seinem Teller in die glasigen Augen, selber nach zwei Gläsern Landwein auf nüchternem Magen schon leicht kreuzweise, und malt sich aus, wie die neue Tischdecke auf dem großen Eßzimmertisch aussehen würde, an dem er und Doris – und später ein, zwei Kinder – beim Sonntagsbraten sitzen würden, wenn – ja wenn sie *ihn* lieben würde und nicht diesen... diesen – es fällt ihm momentan kein Wort ein, das mies genug gewesen wäre für eine Kreatur wie Simon. Er bestellt sich ein drittes

Glas Wein, um seine Trübsal zu bekämpfen. In dem Augenblick hätte er seine gesamte beschissene Karriere samt seiner ganzen beschissenen Gescheitheit dafür hergegeben, das Aussehen dieses gehirnamputierten Kanalratteningenieurs zu haben sowie jenes gewisse Etwas, das Männer wie Simon zweifellos besitzen mußten, wenn sie so liebe und gescheite Frauen wie Doris so raffiniert einzuwickeln verstanden.

22

Professor Kuss versieht seinen Körper mit einer neuen Schicht Sonnenöl. Er reicht dabei mit einiger Mühe auf dem Rücken gerade bis zu den Schulterblättern. «Soll ich dir helfen?» erkundigt sich seine Frau.

«Wenn es dir nicht zu große Mühe macht», entgegnet er, überrascht und sichtlich erfreut.

«Aber ich bitte dich.»

Kuss hat beinahe schon vergessen, wie sehr er es immer genossen hat, von diesen Händen berührt zu werden. Die wiedergewonnene Freude darüber treibt dem in jeder Hinsicht geschwächten Professor das Wasser in die Augen.

«Auch die Beine?»

«Oh, das wäre nett!»

«Du hast Beine wie ein Jüngling, weißt du das?»

«Julia, ich bitte dich!» ist alles, was er darauf zu antworten weiß. Auch sein Vokabular scheint unter der durchgemachten Krise gelitten zu haben.

Nach einem kurzen Sonnenbad in Bauchlage – gerade lang genug, um das Öl einziehen zu lassen, erhebt sich Kuss, schlüpft in den Bademantel und die gräßlichen Latschen und begibt sich ins Restaurant. Er kauft eine Flasche des halbtrokkenen blumigen Verdelho, dazu eine Flasche Mineralwasser und läßt sich eine Platte mit Brötchen richten. Natürlich hätte er das alles einfacher haben können, indem er es bei João bestellte. Aber mit dem zu sprechen, das wäre denn doch über die Kräfte eines frisch gehörnten Ehemannes gegangen.

Danach tut Professor Kuss etwas zum ersten Mal in seinem Leben: Er klaut. Er klaut unter gewaltigem Herzklopfen in einer versteckten Ecke des Hotelparks von einem Hibiskusstrauch eine der hübschen roten Büten.

Die legt er auf das Tablett mit den Brötchen und dem Wein, neben Julias Glas.

Nach dem Essen kehren die Hotelgäste zur Hauptbeschäftigung eines gewissenhaften Urlaubers zurück: sich rundum so zu drehen, daß man gleichmäßig braun wird. Das ist eine stille Beschäftigung. Das lauteste Geräusch dabei ist das Klappern von Frau Krendlmaiers Stricknadeln.

Plötzlich jedoch wird diese beschauliche Ruhe von einem häßlichen Geräusch unterbrochen, verursacht von dem Buch mit den palatalen Reibelauten, das von der Urdu-Frau auf die Schaumgummiunterlage ihrer Liege geknallt wurde. Sie ist aufgesprungen und kreischt, die Arme in die Hüften gestemmt, im Gesicht und am Hals knallrote Flecken: «Dann geht doch! Geht doch schon zu eurer verdammten Fischerei! Laßt euch von mir bloß nicht aufhalten!»

Jetzt schaut natürlich alles hin, abgesehen vom steinalten Mr. Abbotsford, der sein Hörgerät nicht eingeschaltet hat.

«Du hättest Vater heiraten sollen!» kreischt das arme Geschöpf weiter. «Wo du doch ohnehin Tag und Nacht mit ihm zusammen bist! Und ins Bett kannst du ja mit deinem Schachbrett gehen!» Sie rennt davon, wobei sie sich an den Kanten der Liegen die Beine blau stößt, weil sie die Hände vor dem Gesicht hat, damit man nicht sieht, wie sehr sie weint.

Ihr Mann und der alte Herr mit der Schirmmütze schauen ihr stumm und total verdattert nach.

«Sie kapieren nichts!» seufzt Madame Biron. «Überhaupt nichts. Es ist völlig hoffnungslos... Was glaubst du, Chérie, ist es *ihr* Vater oder seiner?»

«Was macht das schon für einen Unterschied, ihrer oder seiner... Was für ein Jammer. Es ist noch verständlich, wenn man mit einer charmanten Frau betrogen wird. Aber es ist schwer zu ertragen, wenn es eine alte Schildkröte wie Monsieur Schirmmütze ist. Vor allem ist es schwer zu erklären. Kannst du dir eine Frau vor dem Richter vorstellen, wenn sie sagt: Hochwürden –»

«Nicht Hochwürden, Chérie. So nennt man den Pfarrer.»

«Egal. Wenn sie also vor Gericht erklären müßte, mit wem ihr Mann sie betrügt –»

«Du wirst lachen, aber bevor ich Monsieur Biron heiratete, hatte ich einen Freund, der betrog mich mit einem tomatenroten Talbot. Damals waren Autos natürlich noch etwas Besonderes. Er sprach im Schlaf von ihm. Und wenn er über seine Kotflügel strich, hatten seine Augen einen fiebrigen Glanz. Es war beinahe schon unanständig. Und für mich sehr enervierend. Ich war damals noch ein junges Ding mit Illusionen.»

«Du armes Äffchen. Hast du es lange ertragen?»

«Zu lange.» Über Madame Birons Gesicht gleitet ein erinnerungsseliges Lächeln. «Bevor ich ihn verließ, goß ich eine Flasche Tinte über die Polsterung. Sie war weiß. Echt Leder natürlich, zur damaligen Zeit –»

«O Gott, ich hätte zu gern sein Gesicht gesehen. Ich wette, er hatte keine Ahnung, worum es dir überhaupt ging. Die Liebe ist nun einmal für einen Mann nicht dasselbe wie für eine Frau. Für ihn ist sie nicht lebenswichtig. Das ist sie nur für uns Frauen – nun ja, zumindest, bis man in unser Alter kommt.»

«Ich bitte dich! So steinalt sind wir nun auch wieder nicht, finde ich.»

«Also sei einmal ehrlich, träumst du denn noch davon, im Arm eines Mannes aufzuwachen? Aufwachen, sagte ich, nicht einschlafen –»

«Nicht unbedingt», gibt Madame Legru zu. «Ich ziehe es heute tatsächlich vor, zu diesem Zeitpunkt allein zu sein, das kann ich nicht ableugnen. Am Morgen plagen mich gewöhnlich leichte Mißstimmungen. Der Gedanke, sie eines Mannes wegen überspielen zu müssen, hat wenig Verlockendes an sich. Aber alt, nein, wirklich!»

«Also gut. Ich wollte uns ja eigentlich auch nicht zu alten Weibern machen. Was ich meinte, war, wir sind gottlob über den Zeitpunkt hinaus, in dem sich für uns alles um die Liebe und die Männer dreht. Oder schlimmer noch – um einen Mann. Ach, das arme Ding hat beim Weglaufen den Sonnenhut verloren. Wenn ich nicht zu faul dazu wäre, würde ich ihn aufheben.»

«Laß es. Er ist zu scheußlich, um sich danach zu bücken. Tja, auch sie wird sich damit abfinden müssen, daß den Männern im Leben sehr vieles wichtiger ist als die Liebe. Für sie ist sie nicht wie für uns Vor-, Haupt- und Nachspeise, sondern höchstens die Garnierung.»

«Für ihren Mann ganz gewiß», stellt Madame Biron mit einem Lächeln fest. «Wenn du mich fragst, ich halte ihn für einen – du weißt schon was.»

Madame Legru nickt zustimmend. Auch sie hat sich darüber bereits so ihre Gedanken gemacht. Jawohl, es wäre durchaus möglich. Dabei war es ein so hübscher Mann. Welche Verschwendung!

Die Sonne kriecht schon auf die westseitigen Balkone zu, als Doris endgültig die Nase voll hat. Jetzt geht sie. Für den Botanischen Garten ist es ohnehin schon zu spät. Es reicht gerade noch zum Einkaufen. Und vom Fruchtsalat kriegt er keinen Bissen! Bevor sie sich über den Rest hermacht, verbessert sie ihn noch einmal mit Madeira. Danach ist sie ganz schön beduselt.

Trotzdem sieht sie nun endlich klar. Sie hat wieder einmal auf das falsche Pferd gesetzt. Aber diesmal hat sie wenigstens keine zwei Jahre gebraucht, um das herauszufinden.

Diesmal hat sie es in knapp zwei Wochen geschafft.

Frieda hat sich im Fahrstuhl mit großer Wärme von Dr. Bierbaum verabschiedet. Und dieser hat zum elften Mal bedauert, daß sie sich erst am vorletzten Tag kennengelernt haben. Wirklich schade. Sie hätten so vieles gemeinsam unternehmen können. Nun, vielleicht sah man sich irgendwann mal wieder –

Im Gang stößt Frieda auf Simon.

Beladen mit einem Haufen Schrott steht er vor seiner Tür, hat den Zimmerschlüssel zwischen den Zähnen, unter jedem Arm eine Radkappe und zwischen den Knien eingeklemmt etwas, das Frieda wie der Teil einer Stoßstange vorkommt.

«Soll das Zeug hinein?» Frieda befreit ihn vom Schlüssel und schließt auf. Sie hilft ihm die Autoteile ins Zimmer hieven, das auch vorher schon keine Augenweide gewesen ist, und sagt mit bedeutungsvollem Nicken: «Ich weiß jetzt, warum Martha dich verlassen hat. Sie hatte es satt, auf einer Sperrmüllhalde zu leben ... Seid ihr schon in der Stadt gewesen?»

Liebevoll poliert Simon einen verbeulten Scheinwerferring an seinen Jeans. «Noch nicht. Ich bin gerade erst zurückgekommen.»

«Ach?»

«Wir können ja jetzt noch gehen», verteidigt er sich.

«Du meine Güte, du Witzbold, schau doch mal auf die Uhr!»

Simon schaut und kann es nicht glauben. Ja, wo ist denn die Zeit hingekommen? Jetzt bekommt er doch leichte Gewissensbisse. «Womöglich ist sie jetzt böse –»

«Böse! Menschenskind, nachdem sie einen Nachmittag lang – euren letzten Nachmittag! – umsonst auf einen Mann gewartet hat, der sich währenddessen auf einem Schrottplatz herumtreibt? Böse? Ich würde etwas ganz anderes mit dir machen, Simon Kuss, wenn ich sie wäre.»

«Du glaubst doch nicht, sie ist in der Lage und haut mir eine runter?»

Frieda seufzt. Doris? Nein, die wohl nicht. Leider.

Aber verdient, sagt sie, also verdient hätte er es, weiß Gott, tausendmal.

Lumpi gibt mit seinem Hinterteil zu verstehen, daß er sich unheimlich freut, Frieda wiederzusehen.

Klara schaut nur kurz von ihrer Packerei auf, murmelt: «Ach, da bist du ja.»

«Ich wollte dich fragen, ob du mitkommen möchtest, aber du warst schon weg», verteidigt sich Frieda.

«Mitkommen wohin?»

Frieda sagt es ihr.

«Ich hätte ohnehin keine Zeit gehabt.»

«Klara», sagt Frieda mitleidig, «geht es dir gut? Was macht die Verdauung?»

«Wie immer», entgegnet Klärchen kurz. Sie hat im Moment andere Sorgen. Um ehrlich zu sein, sie hat die letzten Tage total vergessen, daß sie eine Verdauung hat.

«Und was hast du in der Stadt gemacht?»

Klara murmelt vage etwas von Besorgungen erledigen, packt währenddessen die Reisedecke in die große Reisetasche, und dann packt sie sie wieder aus. Ohne großes Interesse fragt sie: «Warst du allein?»

«Mit einem Bekannten.»

«Ach, mit wem denn?»

«Ich glaube nicht, daß du ihn kennst.» Frieda beschreibt den Doktor, und Klara schüttelt den Kopf. Den kennt sie nicht. «Was ist er?»

«Keine Ahnung. Ich glaube Gärtner oder so was. Er sagte was von Suppengrün und daß er es auf dem Markt verkauft.»

«Du meine Güte. Erst ein Spitzenverkäufer und jetzt ein Gärtner. Verheiratet?»

«Nein. Verwitwet.»

Warum er achtzehn Schürzen gekauft hat, hat sie zwar nicht ganz verstanden, aber das war ja auch egal. Man würde sich vermutlich im Flugzeug kurz wiedersehen, ein Nicken, ein «Wie geht's?», und das war's dann wohl. «Laß doch die Packerei für eine Weile, Klara. Komm, gehen wir noch ein bißchen mit dem Hund spazieren. Es ist ein so schöner Abend.»

Frieda hat einen Kloß im Hals sitzen. Sie möchte den beiden so gerne helfen und hat keine Ahnung wie.

Kurz nach Frieda und Klara verlassen auch Alex Korb und Irene das Hotel. Sie schlagen denselben Weg ein, den Korb am Morgen gegangen ist. Irene zieht eine Schnute. «Himmel, schon wieder dieses gräßliche Pflaster! Ich bin sicher, daß mir Fisch nicht bekommen wird! Und ich habe immer noch entsetzliche Kopfschmerzen. Ich hätte liegenbleiben sollen. Aber nein, du mußt mich unbedingt in irgendein obskures Restaurant schleppen, das am Ende der Welt liegt. Ist es noch weit?»

«Nicht mehr sehr weit, mein Mäuschen.» Es duftet süß nach Orangenblüten. Das hat er heute morgen nicht bemerkt. Der Hund, der ihn begleitet hat, scheint im Haus zu sein.

«Ich sehe kein Restaurant weit und breit», klagt Irene.

Die Wäscheleine ist jetzt leer. Durch das Fenster schimmert es bläulich. Sie sitzen wohl gerade beim Fernsehen –

«Ein Yoghurt im Hotel wäre mir lieber gewesen als diese verdammte Herumrennerei! Was ist das für ein entsetzlicher Lärm?»

«Nur das Meer. Es gibt hier unten einen Steinstrand, weißt du. Das Wasser schiebt die Steine vor und zurück, und das hört sich dann so an.»

«Scheußlich.»

Vom Meer her weht eine leichte Brise. Die dürren Spitzen des Schilfs am Klippenrand rascheln.

«Ich hätte es mir denken können, daß du dir wieder einen saumäßigen Weg aussuchst!» beschwert sich Irene angesichts des am Klippenrand zwischen dürrem Schilf und den mit Papier- und Plastikfetzen bespickten Kakteen dahinkriechenden Pfades. «Wie weit ist es denn noch?»

«Nicht mehr weit, gleich da vorne, unten am Strand. Es führen bequeme Stufen hinunter.» Korb ist stehengeblieben und faßt nun nach ihrem Arm. «Komm her, Mäuschen, schau dir diese herrliche Aussicht an.»

«Zum Teufel mit deinem Mäuschen!» Irene kreischt auf. «Ich bitte dich, Alex, was soll das, bist du verrückt geworden! Laß mich augenblicklich los! Alex –!»

«Ich würde wirklich nicht so nahe an den Rand treten», sagt da eine Stimme hinter ihnen. Alex Korb fährt herum. Es ist Frieda. Frieda, die mit Klara und dem Hund im Gras sitzt, den Rücken an ein Mäuerchen gelehnt.

«Wir wollten Aufnahmen vom Sonnenuntergang machen», fährt Frieda fort, «aber gerade jetzt sind Wolken aufgekommen. Schade. Es wäre ein so romantischer Abschluß unseres Urlaubs gewesen. Aber was soll man machen, man kann nicht alles haben, was?»

23

Vor den meisten Türen stehen schon die Koffer zum Abholen bereit. Hinter den Türen werden noch schwerwiegende Probleme gewälzt, zum Beispiel – was tun mit den restlichen sechs Kartoffeln und den zwei Eiern?

«Schmeiß es weg, das Zeug», rät Charly vom Bett her.

Und Sissi tut genau das. Für sie sind Kartoffeln Kartoffeln und Eier – na, Eier halt, beileibe keine Lebensanschauung. Sie hat ja auch die Hungerjahre nach dem Krieg nicht mitgemacht.

Frieda schon.

Bei der ist alles Übriggebliebene fein säuberlich auf dem Tisch aufgestellt, dazu zwei ausgelesene Taschenbücher. Irgendwer wird es schon brauchen können. Im Bad brütet Klara über dem gehamsterten Grünzeug. Wohin damit? Sie hat als Handgepäck schon die Reisetasche und zwei pralle Plastiksäcke, neben der Handtasche.

Alex Korb klemmt, nach langer, schmerzlicher Überlegung, zwei Hunderternoten unter den Aschenbecher, für die Zimmermädchen.

Professor Kuss ist bei einem äußerst schmerzhaften Abschnitt angelangt: Er zieht sich die Schuhe an.

Schon die ersten Probeschritte lassen sein Gesicht zu einer Grimasse erstarren.

«Das kannst du dir doch nicht antun, Liebling», sagt Julia. «Flieg doch in den Sandalen.»

Aber lieber stirbt er.

Seit einiger Zeit schon umkreist Alex Korb den Tisch, seinen Blick nachdenklich auf die zwei Geldscheine geheftet. Dann steht sein Entschluß fest. Er holt einen der beiden Hundertescudoscheine unter dem Aschenbecher hervor und steckt ihn zurück in die Brieftasche. Hundert Escudos Trinkgeld waren mehr als genug für einen Mann in seiner Situation. Es wurde nun schön langsam an der Zeit, Irene die Neuigkeit mitzuteilen.

Der Gedanke an das bevorstehende Gespräch und an Irenes Gesicht erfüllt ihn mit warmer Freude. Schon lange nicht mehr hat er sich auf etwas so sehr gefreut – nicht, seit er mit sieben aufgehört hat, an den Weihnachtsmann zu glauben.

Unten in der Halle sitzen die Krendlmaiers, fix und fertig zum Abfahren. Das heißt, momentan sitzt dort nur Frau Krendlmaier, Vati ist noch auf einen Sprung hinausgegangen.

Sie strickt gerade die Ferse. Bis zur Landung in Wien wird sie die Socken garantiert fertig haben. Sechsmal hat sie bis jetzt nachgesehen, ob die Pässe noch da sind. Jetzt wendet sie sich an die Dame neben ihr, eine Amtsratswitwe aus Graz, und sagt: «Schöne Sachen gibt's da zum Schenken.» Es kommt ihr komisch vor, stumm wie die Fische nebeneinanderzusitzen.

«Zum Schenken? Ach wissen Sie, meine Tochter und ich sind übereingekommen, keine Andenken mehr mitzubringen. Es steht dann doch nur alles sinnlos herum.»

«Aber gehn S'!» meint Frau Krendlmaier mit echtem Bedauern. «Wie schad'. Ich bring meiner Schwiegertochter eine Tischdecke mit, handgestickt.» Und sie zeigt der Amtsratswitwe die Decke und die Knoten auf der Rückseite, als Beweis für das Handgestickte. «Und dem Gustl, das ist mein Sohn, dem bring ich ein Flascherl Wein mit. Mei, was sollst sonst einem Mannsbild mitbringen, das nicht raucht? Und der Moni den Kugelschreiber –» auch ihn holt sie hervor, ein Prachtexemplar von Kugelschreiber mit giftgrünen Algen und einem roten Seepferdchen in seinem Glasgehäuse, «und dem Karli bring ich das Halsketterl da.» Auch das zeigt sie der Dame. Die Moni und der Karli sind ihre beiden Enkel.

«Sie meinen doch wohl umgekehrt? Den Kugelschreiber dem Buben und das Kettchen dem Mädchen?»

«Aber naa. Die Moni steht auf solche Kuli, wissen S'. Und der Bub wird sich über das Ketterl narrisch freu'n.»

«Tatsächlich? Also ich weiß nicht, ob es klug ist, einen Knaben in dieser Richtung zu unterstützen ... Man weiß doch nie, was das für Folgen haben könnte, nicht wahr?»

«Ja mei», sagt die Frau Krendlmaier mit glänzenden Augen, «er ist halt so gern schön, der Bub.» Womit sie wieder einmal beweist, daß Jungsein nur wenig mit dem Alter zu tun hat und Gescheitheit schon rein gar nichts mit der Schulbildung.

Inzwischen unternimmt Vati Krendlmaier in unmittelbarer Reichweite des Hotels noch einen kleinen Spaziergang. Er freut sich, soweit sich einer wie er überhaupt freuen kann, am Anblick einer roten Weihnachtssternblüte vor dem blauen Himmel, überlegt sich allen Ernstes, ob sie nicht vielleicht nächstes Jahr ... wenn sie halbwegs gesund blieben ... wieder hierher –? Jetzt, wo es ans Abfahren geht, fängt Madeira an, ihm zu gefallen.

Doris ist schnell fertig mit der Packerei. Zuletzt hat sie die Kamelie, die jetzt aussieht wie eine Papierblume vom vorigen Jahr, zum Abfall geworfen. Mit einem winzigen Brennen im Herzen. War das nicht irgendwie symbolisch für die Beziehung zwischen ihr und Simon?

Die Orchidee hat sie zwischen zwei Zeitungsblätter gelegt und die in den Reiseführer. Und dann geht sie hinüber zu Simon, nachschauen, ob sie ihm helfen kann.

Sie ist ihm nicht mehr böse. Man kann nicht jemandem böse sein, den man nicht mehr ernst nimmt.

Simon wickelt gerade eine der auf dem Schrottplatz erbeuteten Radkappen in sein Unterhemd, verfrachtet dann das Paket liebevoll in den Sonnenblumenmargarinekarton zu den anderen Autoteilen. Sorgfältig stopft er die Zwischenräume mit gebrauchten Socken und Unterwäsche aus.

Er hat sogar daran gedacht, eine Rolle Schnur zu kaufen, zum Verschnüren.

Alles übrige, also alles Unwesentliche, stopft er achtlos in die lädierte Reisetasche. Mit überflüssiger Falterei gibt er sich nicht ab. Es stinkt ohnehin schon alles.

Im Kühlschrank findet Doris zwei Scheiben Schinken mit aufgebogenen Rändern und grau verfärbt, eine halbe schimmlige Tomate und den Rest des Rotweinfusels, in dem seltsame Wolken schwimmen. Sie überlegt sich dabei, welchen Schutzmechanismus Männer wie Simon wohl entwickelten, daß sie nicht reihenweise an Lebensmittelvergiftung starben.

Für einen Mann, der über Nacht zum Bettler geworden ist, sagt sich Alex Korb, sind hundert Escudos Trinkgeld reine Angeberei.

Er sucht seine Brieftasche nach Kleingeld ab.

Irene wird er die Neuigkeit unten in der Halle unterbreiten. Dort konnte sie nicht so leicht in Ohnmacht fallen, vor all den Leuten.

«Ich werde mir die Wohnung toll einrichten», gibt Simon bekannt, auf dem Barhocker neben Berni einen letzten – oder vorletzten – Drink zu sich nehmend.

«Ach ja?» In der Stimme von Kuss dem Älteren steckt ein gutes Quentchen Skepsis. Zu oft schon erschöpfte sich Simons Tatendrang in der ersten Phase der Planung.

«Kommt ihr in den Osterferien heim?» fragt Simon. «Julia könnte mir helfen, die Möbel auszusuchen und die Teppiche –»

«Das wird nicht möglich sein. Julia und ich –» Berni sucht lächelnd die Augen seiner Gattin, «fahren in den Osterferien nach Venedig.»

«Nach Venedig!» Simon kann es nicht fassen. «Wieso denn Venedig? Da stinken doch die Kanäle ...!»

«Schönheit liegt im Auge des Betrachters», entgegnet Professor Kuss. Diese Venedigreise hat für sie beide symbolische Bedeutung. Sie haben dort ihre Flitterwochen verbracht. Aber es wäre sinnlos, das jemand wie Simon erklären zu wollen, dessen Gefühlsleben nicht viel weiter entwickelt war als das eines Besenstiels.

«Ich hole mir die Sachen von Auktionen, da kriegt man noch was für sein Geld», macht Simon sich wichtig. Er sieht sich bereits ein französisches Bett aussuchen und einen kuscheligen Wuschelteppich und – schon ein wenig verschwommener – so etwas wie einen Tisch und ein paar Stühle. «Bis du kommst», sagt er eifrig zu Doris neben sich, «habe ich alles piekfein beisammen. Bist du mehr für Streifen oder uni?» Er denkt an Tapeten. Wenn schon neu, dann alles.

Doris antwortet leise: «Ich glaube nicht, daß ich Zeit haben werde für einen Besuch, Simon.»

Aber das hört er nicht. Er hat eine wunderschöne Gottesgabe mitbekommen: Er hört nur, was ihm in den Kram paßt.

Julia hebt ihr Glas, prostet ihrem Mann zu, dann Simon und Doris, und dann sagt sie: «Entschuldigt mich bitte einen Moment», haucht ihrem Mann einen Kuß in den Nacken und rutscht vom Hocker.

João überläßt die Bar dem Zweiten und zieht sich in der Kammer dahinter das rote Jackett aus. Es ist dem Personal nicht erlaubt, die Arbeitskleidung außerhalb des Hotels zu tragen.

«Bring die Dias mit, wenn du das nächste Mal heimkommst», sagt Simon zu Berni, als Julia weg ist.

«Selbstverständlich, gern», entgegnet dieser höflich, Julia nachblickend und mit den Gedanken offensichtlich woanders. «Wenn sie dich wirklich interessieren –»

«Und wie!» grinst Simon. «Besonders die von den Moosen und Farnen.»

Brüderchen Berni zischt, weiß um die Nase: «Eines Tages vergesse ich meine guten Manieren, ich warne dich.»

Seine völlig unmotivierte Wut befremdet Doris sehr. Simon

hatte vermutlich doch recht. Bernhards Abneigung ihm gegenüber war zweifellos pathologisch.

Hausdiener schleppen das Gepäck in die Halle. Jetzt steht es dort herum, wo es allen im Weg ist.

«Ich frage mich, in welchem drittklassigen Kaff wir unseren nächsten Urlaub verbringen werden», sagt Irene verächtlich angesichts des Haufens mittelmäßiger Gepäckstücke und deren noch mittelmäßigeren Besitzern.

«Es wird keinen nächsten Urlaub geben, Mäuschen», entgegnet ihr Mann sanft.

«Keinen nächsten –! Wie meinst du das?»

Korb zieht das Telegramm aus der Jackentasche. «Ostsee-Fisch hat den Konkurs angemeldet.»

«Sie hat was –?»

«Ich bin pleite, Mäuschen.»

«Mach keine dummen Witze.»

«Das ist kein Witz.»

«Alex!» Irene vergißt, wo sie ist und daß sie eine Dame ist, und kreischt, als sie die Tragweite seiner Aussage erfaßt, außer sich: «Du willst sagen, du hast es seit Tagen gewußt?»

Korb nickt.

«Und da hattest du die Ruhe, hier herumzusitzen, es mir zu verheimlichen?»

«Warum nicht? Ostsee-Fisch wäre auch in Konkurs gegangen, wenn ich mit einer Rakete heimgeflogen wäre.»

Irene schweigt. Sie schweigt so lange, daß ihr Mann sich mit einem Seitenblick vergewissert, ob sie nicht etwa in Ohnmacht gefallen ist. Das ist sie nicht. Ihre goldenen Löckchen zittern.

«Zumindest hast du noch deine übrigen Wertpapiere», murmelt sie nach einer Weile.

«Die habe ich alle in Ostsee-Fisch angelegt», sagt Alex Korb. «Aber ich habe natürlich noch Friedhofen.»

«Friedhofen? Welches Friedhofen?» Irene ist es so hervorragend gelungen, Alex' plebejische Herkunft aus ihrem Bewußtsein zu verdrängen, daß sie die paar Hektar Weideland und das trübselige, feuchte Steinhaus, eingeklemmt zwischen zwei Hügeln voller Heidekraut und Farn, tatsächlich vollkommen vergessen hat.

«Wer sollte das wohl kaufen?» sagt sie verächtlich, als sie sich jetzt seiner entsinnt.

«Ich denke nicht ans Verkaufen, Mäuschen. Ich werde dem Verwalter kündigen. Wir werden es selbst bewirtschaften und von unserer Hände Arbeit leben.»

«Wir? Wer wir?»

«Nun, wir beide. Du, mein Liebes, und ich.»

«Ich?» Irene schnaubt durch die Nase. Sie legt nun keinerlei Wert mehr darauf, hier als Dame zu scheiden. «Du bist verrückt! Du glaubst doch nicht im Ernst, ich vergrabe mich hinter den sieben Bergen und schicke deine Kühe über die Hügel auf die Weide?»

«Schafe, es sind Schafe, Mäuschen. Ich fürchte, es wird dir nichts anderes übrigbleiben.»

Irene mag nicht gerade ein Kirchenlicht sein, aber wenn es um ihren Vorteil geht, schaltet sie erstaunlich schnell. «Du vergißt, ich habe das Haus.»

«Welches?» Natürlich weiß er, welches.

«Frag nicht so dumm. Das, in dem wir leben.»

«Es gehört mir.» Gott ja, ein bißchen Widerstand mußte er schon leisten, es war der letzte Spaß, den er Irene bieten konnte.

«O nein, mein Schatz. Es gehört mir. Du hast es mir überschrieben, das weißt du ganz genau.»

«Eine rein steuerliche Maßnahme.»

«Steuerlich oder nicht. Es gehört mir.»

Natürlich. Sie hatte recht. Er hatte sich das alles schon längst überlegt. Im Fall eines Prozesses hätte er kaum eine Chance. Aber er würde es zu keinem Prozeß kommen lassen. Das Haus war ein angemessener Preis dafür, Irene loszuwerden.

«Du siehst so vergnügt aus», stellt Frieda fest, als Korb sich auf der Armlehne ihres Sessels niederläßt.

«Bin ich, bin ich. Ich habe soeben einen Mühlstein im Brunnen versenkt. Und ich bin zu einem Entschluß gekommen. Ich höre auf, Kriminalgeschichten zu schreiben. Das jetzt wird meine letzte sein.»

«Willst du das Schreiben aufgeben?»

«Das nicht. Aber ich werde mich verändern. Du kannst mich auslachen, wenn du willst, aber diese Krimis regen mich zu sehr auf. Ich steigere mich da zu sehr hinein. Weißt du, was mir gestern passiert ist? Du erinnerst dich doch, die Stelle unten an den Klippen, auf dem Weg zum Fischrestaurant, wo wir uns getroffen haben –?»

Frieda nickt. Natürlich erinnert sie sich. Er hat ihr einen gehörigen Schrecken eingejagt.

«Weißt du, was mir dort passiert ist? Als ich da oben stand und mir ausmalte, wie der Mann in meiner Geschichte seine Frau über die Klippen stößt, also da habe ich mich derart aufgeregt dabei, daß mir plötzlich schwarz vor den Augen wurde. Wenn ich nicht Irene gehabt hätte zum Festhalten, wäre ich am Ende noch selbst dort unten gelandet.» Er grinst. «Man kann sich anscheinend auch mit der Schreiberei umbringen.»

«Ich hoffe, es geht dir wieder besser?»

«Keine Sorge, alles bestens. Ich schicke dir ein Exemplar, sobald die Geschichte erschienen ist.»

«Und was wirst du anstelle der Krimis schreiben? Doch nicht etwa deine Memoiren?»

«Ich werde über den tapferen Lebenskampf eines einsamen, alten Herrn auf einem gottverlassenen Bauernhof berichten.»

«Du meine Güte!» Frieda kichert. «Was weißt du schon vom tapferen Lebenskampf eines einsamen, alten Herrn auf einem gottverlassenen Bauernhof?»

«Erstens, meine liebe Frieda, bin ich auf einem solchen aufgewachsen, und zweitens werde ich demnächst dorthin zurückkehren. Ich hoffe, du und Klara kommt mich dann einmal besuchen. Wo steckt sie eigentlich?»

Dasselbe fragt sich auch Frieda mit wachsender Beunruhigung.

«Ich gehe lieber nachsehen.» Sie steht auf. Aber in dem Moment sehen sie Klärchen durch die Hotelhalle auf sie zukommen. In einer Hand schleppt sie zwei Plastiksäcke, die Handtasche und den Mantel, in der anderen die pralle Reisetasche.

«Himmel!» seufzt Frieda. «Tu sie doch zum Fluggepäck. Wo willst du denn im Flugzeug hin mit dem Monstrum?»

Aber Klara Kniebusch preßt nur störrisch die Lippen zusammen und klemmt sich, nachdem sie sich gesetzt hat, die Tasche zwischen die Beine, als befürchte sie, jemand könnte damit abhauen. Sie jagt Frieda jetzt ernstlich Angst ein, weil sie so schrecklich weiß im Gesicht ist. Frieda dankt dem Herrn, daß Lumpi irgendwo draußen herumstrolcht. Jedenfalls ist er nicht zu sehen. «Es wird ihm schon nichts fehlen», Frieda tätschelt Klaras eisige Hand. «Ich bitte dich, in so einem Hotel lebt ein Hund doch wie ein Kaiser! Alle mögen ihn und streicheln ihn und verwöhnen ihn ... Du, wie wär's, wenn wir daheim ins Tierheim gingen und dort so ein armes Kerlchen –»

Ach was, dämliches Gequatsche. Klara liebt Lumpi und nicht irgend so ein armes Kerlchen aus dem Tierheim.

Frieda wird aus ihren trübseligen Gedanken gerissen, als Klara plötzlich mit ihren eisigen, schweißnassen Fingern nach ihrer Hand greift, sie in die Tasche stößt, unter die Reisedecke und weiter bis dorthin, wo Frieda ... wo Frieda ... was Haariges –! Der Herr im Himmel stehe ihr bei! So erschrocken ist Frieda das letzte Mal, als ihr Jüngster mit fünfzehn vom Kirschbaum gefallen ist.

Sie japst: «Klara, du bist übergeschnappt!»

«Pst! Brüll doch nicht so!»

«Ich bitte dich, du kannst doch nicht einen Hund mit nach Deutschland schmuggeln –» Plötzlich fällt ihr etwas anderes auf, und das ist noch viel fürchterlicher. «Du, warum ist er so still und steif?» flüstert sie. Dieses verrückte Frauenzimmer wird ihn doch nicht etwa –? Frieda sieht den Alptraum plastisch vor sich: Lumpi in Klaras Wohnzimmer, ausgestopft, neben dem Fernseher –

«Beherrsch dich doch! Er hat bloß eine Narkose erhalten», murmelt Klara. «Und nimm endlich die Hand aus der Tasche. Man schaut schon her. Der Mann, der mit mir aus dem Lift kam, das war der Tierarzt.»

«Du spinnst.» Etwas anderes fällt Frieda nicht ein.

«Es wird ihm nachher höchstens ein wenig übel sein.»

«Ach das! Aber du kannst doch nicht einen Hund über die Grenze schmuggeln, Klara! Er muß in Quarantäne, nach den neuen Bestimmungen.»

«Niemals!»

«Er wird ersticken.»

Als Antwort hebt Klara eine Lederklappe auf und weist auf drei darunter verborgene Luftlöcher.

«Beim Zoll wird man ihn finden.»

«Ist alles geregelt», flüstert Klara. «Alex wird die Tasche durch den Zoll tragen. Er kennt da jemanden, der ihm einen kleinen Gefallen schuldig ist.»

«Alex? Welcher Alex?»

«Himmel, wieviel Männer kennen wir schon, die Alex heißen? *Er* natürlich.» Sie stupst Korb zwischen die Rippen und schnaubt ob Friedas langer Leitung. Korb grinst vergnügt. Das Leben fängt wieder an, ihm ordentlich Spaß zu machen. «Er hat mir auch geholfen, den Tierarzt zu finden. Ein echter Gentleman.»

Frieda steht kurz vor einem nervösen Lachkrampf. Ein Gentleman, fürwahr! «Das kann nicht gutgehen, Klara! Überlege es dir bitte. Es ist ein kompletter Irrsinn.»

«Weißt du was, Frieda», sagt daraufhin Klara Kniebusch voller Verachtung, «du wirst alt. Du hast überhaupt keinen Mumm mehr.»

24

Als Bernhard Kuss seine Frau zurück in die Halle kommen sieht, steht er von der Bar auf und schlendert ihr lässig entgegen – nun ja, so gut man eben lässig schlendern kann mit einer lädierten Ferse und einem lädierten Selbstbewußtsein. Er fragt leise:

«Hast du dich ernstlich in ihn verliebt?»

João ist soeben hinter die Bar zurückgekehrt.

Julia schiebt ihren Arm unter den ihres Mannes. «Ernstlich gottlob nicht. Aber ein bißchen schon. Hör zu, Berni» – sie sagt Berni, und seltsam, es stört ihn plötzlich überhaupt nicht mehr – «heben wir uns dieses Thema –» sie zwinkert in Sissis Richtung hin, «doch für unsere alten Tage auf, ja? Wenn wir uns die Fotos unseres Enkels zum zwanzigsten Mal angesehen haben und sie im Fernsehen die dritte Wiederholung von ‹Dallas› bringen, werden wir vermutlich sehr dankbar auf dieses aufregende Thema zurückgreifen.»

«Du hast mir verziehen?»

«Verziehen? Ich habe es schon vergessen, Liebling», sagt Julia, woraufhin Professor Kuss gerührt die Hand seiner klugen Frau an die Lippen führt.

An die Bar zurückgekehrt und nach seinem Taschentuch greifend, stoßen seine Finger auf etwas Hartes, Eckiges in seiner Hosentasche. Kuss stutzt und erinnert sich. Er furcht die Stirn, entschuldigt sich bei Julia und schlendert zu dem Schaukasten, in dem so hübscher Schmuck aus ziseliertem Silber ausgestellt ist.

Dort trifft er Burkhard, der sich soeben für eine Brosche in Form einer Orchidee entschieden hat. Eine Blume, findet er, dürfte genau das Richtige sein für ein Ostergeschenk. Er weiß auch schon, wie er sie verpacken wird: in einem Osterei aus Schokolade, eingebettet in einem Nestchen aus Moos... Ob Doris überhaupt Broschen trug? Womöglich fand sie sie altmodisch? Nach kurzer Überlegung nimmt er auch noch einen Anhänger. Eine Rose. Diesmal geht er auf Nummer Sicher. Diesmal will er nichts verpfuschen. Er konnte nur hoffen, daß Frieda recht hatte mit ihrer Behauptung, zwischen Simon und Doris sei es aus. Aber Frieda hat eigentlich immer recht.

Professor Kuss kauft nach längerer Herumsucherei eine Silberkette mit einem Schmetterling als Anhänger. Ein wenig ratlos befingert er danach das andere Etui, das in seiner Hosentasche, dieses unglückselige Erinnerungsstück an eine unglückselige Episode. Was tun damit? Heute morgen hatte er noch vorgehabt, den Skarabäus Julia zu schenken. Aber das kam natürlich nicht in Frage. Zwar würde *sie* nicht wissen, für wen er ursprünglich bestimmt war, aber *er* würde es wissen. Kurz verharrt er vor einem Papierkorb. Aber auch das kam nicht in Frage. Es würde eine zu arge Herausforderung an das Schicksal bedeuten. Womöglich könnte dieses auf die Idee kommen, es den Wohlstandsbrüdern heimzuzahlen, die so schönen und gar nicht billigen Schmuck einfach wegwarfen. Er denkt nach. Und dann geht er entschlossen auf die strikkende Frau Krendlmaier zu, holt das Schächtelchen aus der Hosentasche, macht es auf, sagt «Pardon»! legt die Kette mit dem Skarabäus um Frau Krendlmaiers Hals, schiebt im Nakken die Dauerwellen auseinander und hakt den Verschluß ein, bevor die verblüffte Frau Krendlmaier auch nur einen Ton sagen kann.

Berni gibt sich seltsamerweise keine Rechenschaft über eine Handlung ab, die auf alle Anwesenden einen äußerst merkwürdigen Eindruck machen muß. Früher hätte er sich eher erschießen lassen, als etwas zu tun, das mit seiner Würde in derart eklatantem Widerspruch stand. Aber diese Würde hat in den letzten Tagen einen gewaltigen Riß bekommen. Die glatte Fassade fing zu bröckeln an, und darunter kam der Mensch zum Vorschein. Kein ganz neuer Mensch, auch kein sehr viel besserer, aber doch zweifellos ein sehr viel menschlicherer. In Bernhard Kuss' Augenwinkeln zeigen sich eine Menge amüsierter Fältchen, als er jetzt daran denkt, wie Frau Krendlmaier es wohl dem Vati erklären wird.

Noch einmal werden die inzwischen schon mit Ungeduld Wartenden von ihrer Unrast abgelenkt. Die beiden Jankovskys kommen nämlich durch die Halle gefegt, sie mit Pipilein auf dem Arm. Plötzlich schlägt sie einen Haken, pflanzt sich vor Klara Kniebusch auf und keift voller Gift und Galle: «Ich schicke Ihnen die Wechselbälger, wenn es soweit ist, darauf können Sie sich verlassen!» Leider erfolgt der Ausbruch auf englisch. Die meisten müssen es sich erst übersetzen lassen, bevor sie sich wundern können, was das amerikanische Weibsbild wohl damit meinte. Klara Kniebusch hat das nicht nötig. Sie hat sehr wohl verstanden. Trotzdem sagt sie nur völlig gelassen, mit dieser so ganz neuen, direkt unheimlichen Ruhe: «Ja, ja, machen Sie das mal!» und zuckt die Achseln.

Draußen am Pool meint Madame Biron mit leichtem Seufzen: «An einem Tag wie heute kommen mir zwei Monate doch etwas lang vor. Kaum gewöhnt man sich an die Leute, fahren sie auch schon wieder ab. Und nur wir beide bleiben zurück.»

«Ach was, es kommen wieder neue, Louise. Und du wirst sehen, wir werden auch an ihnen unseren Spaß haben. Ich bitte dich, werde mir ja nicht trübsinnig. Das wäre furchtbar. Was sollte ich mit einer Trauerweide anfangen?»

«Nein, nein, es wird schon wieder. Möglicherweise liegt's auch nur an meinem Magen. Ich hätte gestern abend den Gurkensalat doch nicht essen sollen. – Du bist am Geben, Chérie.»

«Ich bin dir noch ein Bier schuldig», sagt in der Flughafenbar der Lois zum Barkeeper.

«Also habe ich doch recht gehabt! Hat sie ihn herumgekriegt?»

«Klar. Aber es ist schon wieder passé. Zuletzt hatte sie Charly an der Leine.»

«Du machst Witze. Doch nicht Tantchen Charly?»

«Doch. Genau den.»

«O nein, wenn ich dir alles abnehme, aber das nicht. Ich kenne doch unser Herzchen. Was sollte der mit einer Frau anfangen?»

«Jaja, es geschehen noch Zeichen und Wunder», entgegnet der Lois philosophisch. Er wird kribbelig auf seinem Barhokker. Diesmal kann er die Ankunft der Neuen kaum erwarten. Denn diesmal ist die Ingeborg dabei. Sie war auch letztes Jahr schon hier. Dem Lois wird es ganz schwummrig bei dem Gedanken an sie. Er hält die Ingeborg für etwas ganz Besonderes und das, was ihm das Herz flattern läßt und die Kehle austrocknet, für die wahre Liebe... Dabei sind sie nur ausgeruht, er und sein bestes Stück, nach vierzehn ausschließlich mit Schlafen verbrachten Nächten.

Aber darin haben sich schon Schlauere als er geirrt.

In letzter Minute vor dem Abflug ereignet sich dann noch etwas, mit dem kein Mensch gerechnet hat. In der Abflughalle Nummer acht, derjenigen also, in der die Wanderbrüder aus dem Frankfurter Raum auf ihre Maschine warten, springt plötzlich einer vom Sitz auf, schießt hinaus zur Stewardeß, die draußen in der Abfertigungshalle mit ihren Kolleginnen vom Bodenpersonal plaudert, überfällt sie mit einem aufgeregten Wortschwall, gestikuliert dabei mit Händen und Füßen und saust dann zurück in den Warteraum.

Es ist Dr. Bierbaum, der Landarzt mit dem Suppengrünzeug und den achtzehn Schürzchen. Direkt auf Frieda zuschießend, dabei über Taschen und Plastiksäcke stolpernd und etlichen Passagieren auf die Zehen tretend, überfällt er die völlig Perplexe mit der Frage: «Erwartet Sie daheim jemand?»

«Mein Gummibaum», sagt Frieda.

«Gut. Versprechen Sie mir, mir nicht die Augen auszukratzen, wenn ich Sie jetzt etwas ganz Dämliches frage?»

Frieda kann ihn nur anstarren, sie hat keinen blassen Schimmer, was der Verrückte von ihr will. Sie soll es gleich erfahren. Bierbaum platzt heraus, Frieda vor Aufregung am Jackenknopf packend: «Hätten Sie Lust, noch eine Woche hierzubleiben?» Sich zu ihrem Ohr hinunterbeugend, flüstert er verschämt: «Natürlich auf meine Kosten.»

«Ich?» stammelt Frieda. «Ich mit Ihnen? Hierbleiben? Ausgerechnet ich?» Auf ihrem Gesicht steigt ein ungläubiges Lächeln auf.

«Um Himmels willen, lachen Sie sich später zu Tode über mich alten Trottel! Jetzt haben wir keine Zeit dazu. Wir müssen uns beeilen, wenn wir das Gepäck noch kriegen wollen. Es wird gerade verladen.» Er bettelt: «Sagen Sie ja, bitte! Mensch, Frieda, wir beide sind nicht mehr jung genug, um einen so herrlichen Blödsinn wie diesen auf die lange Bank zu schieben. Wollen Sie? Bitte –!»

«Ja», sagt da Frieda und springt auf. «Ja, warum eigentlich nicht, verdammt noch mal!» Und Ernst Bierbaum schreit: «Prima!» nimmt Frieda fest bei der Hand und rennt mit ihr aus dem Warteraum.

In ihrer freudigen Aufregung sehen sie aus wie ein junges Paar. Nun ja, zumindest von hinten.